寻找唯一的真相

现代推理馆 | 誉田哲也

看不见的雨

〔日〕誉田哲也 著

丁楠——译

中国出版集团

现代出版社

目录

序章

姐，也许你不知道。

那天晚上，恰好也是下着这样的雨。豆大的雨点让噼噼啪啪的声音响彻了整个城市——

我正听得出神，一个人影出现在前方，接着，自动门开了。随着一阵冰冷的湿风，黑影朝这边走来，把还没甩过雨水的伞直接插进了伞筒。

"欢迎光临。"

干这份工作，拿不出笑容和亲切的口吻也无所谓。店员也好，客人也好，谁也不指望从对方身上找到什么人与人之间的联系。

"您打算待多长时间？"

客人看了几秒贴在柜台上的价目表。

"三小时。"

对于客人身份证上的年龄，这里同样抱着无所谓的态度。

"选电脑还是电视？"

"电脑。"

之后我会随便给他安排一个符合要求的隔间，然后把打出来的发票递给他。

"请您去 B 行的第十间。"

由挡板隔出的一个个狭小空间和通道纵连在一起，宛如一个巨大木箱。从这里看去，客人的脑袋已经拐过塞满漫画的书架，走出好一段距离了。

于是我再次把目光投向了店外。

自动门的另一侧是少有人经过的商店街。此时正是周日上午的九点四十，街对面那家洗衣店的卷帘门依然紧闭。有个老太太打着深灰色的雨伞从门前走过。

记得姐最中意的伞是没有任何图案的浓绿色。为什么是浓绿色呢？是为了搭配茶色的制服上衣吗，是因为其他人都喜欢更抢眼的颜色，还是由于东京太少绿色的缘故呢？或许是因为这个吧，或许是。

右侧靠里的一位客人站了起来。越过隔板就能看见他穿好了外衣，背好了背包，打开隔间的门走进了通道。是 A 行第五间，包夜的客人。

"感谢惠顾，请问您有积分卡吗？"

"没有。"

"需要为您办一张吗？"

"不必了。"

"您购买的是九小时的包夜套餐……一千九百日元。"

收取两张千元纸币、找回零钱后，我姑且低头表示感谢。

背着深蓝色的尼龙包，不但臃肿还有些弓背的浑圆背影，撑起塑料伞朝车站方向走去。

就像要弥补他造成的空缺似的，另一个不大的人影出现在门外。门才刚刚打开二十厘米的一道缝，人影就迫不及待地挤进了半个身子。

"早啊！"

"啊……早。"

"没迟到吧？"

"嗯……不要紧。"

她露出放心的笑容，朝门外甩了甩伞。

不可思议的是，那是一把浓绿色的伞。

将伞插进筒中后，她从侧面一跃，跳到了柜台后面。

"你几点下班？十点还是十点半？"

"十点半……"

"那咱们还能一起待三十分钟。"

她又冲我笑了笑，然后向里面的职员休息室走去——从身边经过时肩膀碰在了一起，但她似乎毫不介意。

放下东西、脱掉外衣、换上职工专用的红尾裙后，她重新走出来，手里拿着什么。是个保鲜盒。

"昨晚突然想吃了，就做了稻荷寿司，一起吃吧。"

透过半透明的盒盖，可以看到鼓鼓囊囊的、被撑成了三角形的油炸豆皮。

"不喜欢？"

"没有……"

"那就吃吧，喏？"

她把保鲜盒随手放在了柜台内侧的小桌子上。

"因为那个……东京的炸豆腐皮净是小块的，用那个做，稻荷寿司就该变成饭团形了，费了好大工夫才找到大块的……哦，里面是什锦的，味道嘛，我觉得还挺不错的……"

她掀开盖子，把保鲜盒向这边推了推。

不大的保鲜盒里挤着满满当当的稻荷寿司，我用手指夹住一个，拔出来时却蹭破了豆皮。汤汁滴下来，她便把盒盖递给我当盘子用。

"那就不客气了……"

咬一口寿司，冰凉又清淡。里面包着胡萝卜、香菇、魔芋和鸡肉。

"怎么样？"

"嗯，好吃。"

"那还用说，这可是我做的！"

然后不知为什么，她突然说起了自己的母亲、哥哥，还有妹妹。

"内田小姐……小声点。"

我在嘴边竖起食指，却被她莫名其妙地瞪了一眼。

"这算什么啊，什么内田小姐……直接叫我的名字，叫贵代，要么叫'你'也行……咱们不是这种关系吗？"

重点不在这里吧。我只是想提醒你，声音太大了。

十点半准时收工后，我从店里走了出来。雨依然下着。

走在有些冷清的商店街上，随着离中心地段越来越远，落下的卷帘门也越来越多。

那时候，姐的住处附近也有这样一条商店街。或许比这里还要再萧条一点。虽说不至于买不到想要的东西，但肯定算不上繁华，就和大多数东京私营铁道沿线上的商店街一样，给人一种微不足道的感觉。只有到了傍晚，不知从哪里涌现出来的居民们才会为商店街带来短暂的喧嚣。姐的住处便是坐落在这样一片平淡无奇的街道里。

那时姐说手机太贵，还买不起，所以我们都是靠家里的座机联系。那天之前我曾打过好几次留言电话，但姐一次也没有把电话打回来。

那天放学后，我是先回的自己家。已经好几天没在父亲面前露面了。晚饭吃的什么已经记不清楚了，大概是自己随便做的，反正手艺比不上姐的。

当时只是觉得心慌。如果今天姐也不接电话，就直接去家里找她了吧，我是这么打算的。但是果不其然，电话无人接听。

晚上九点，我穿上羽绒服，系上围巾，出了家门。雨下得很大，我放弃塑料伞，撑起一把正经八百的大伞。

直到我出门前父亲也没有回家。想到可能会在去车站的路上和他撞个正着，我就特意绕远路，一口气跑到了车站。

刚好有一趟下行列车进站。等下车的乘客走得差不多了，我才通过检票口，尽量不引人注意地走到月台角落里。那里又暗，风又强，我继续撑着伞，望着空无一人的对侧月台。

经过两次换乘后，我来到了离姐家最近的车站。那时应该还不到十点。车站里更新了一批自动打票机，我记得自己是用新机器结算的路费。

一路上我无数次地回头张望。昏暗的灯光和溅起的雨烟让视野里一片模糊，但如果跟随着过往车辆的头灯看过去，依然可以把握到远处的情形。所以大体上可以确定，没有人跟在我身后。

穿过行人绝迹的商店街，以及一条双向两车道马路，我走在不甚明亮的住宅区里。四周静悄悄的，除了雨水敲打地面的声音和车辆溅起积水的声音，在我身后不绝于耳。

迎面驶来一辆黑漆漆的轿车与我擦身而过。道路右边是幽暗的树篱，左边发霉的外墙已被淋成黑色。路面虽然狭窄，但那里似乎能够允许车辆通行。然而对我来说这些都无关紧要。

在下一个路口左转，眼前的右手边矗立着一栋刚建成不久，相比之下还算洁净的一居室公寓。像姐这样的年轻姑娘想要独立生活，这种地方是首选。特别是走廊里照明充足，亮堂堂的。现在回想起来，走到那栋公寓跟前时，我的心都已经放下了……

姐的房间是一层最靠里的那间。我绕到楼背后，从窗户往里看，姐的屋里黑着。也许是拉着窗帘呢，我想。但仔细一看，缝隙里也没有光亮。

可能就是不在家吧。

我在附近转了转，到底放心不下，于是不死心地决定进屋看看。何况衣服已经淋湿了，冷得很。

我站在最里面那间屋门前，按响电铃。然而无人应答。

备用钥匙被我好好带在身上。姐说过，她不在家时也可以进去，所以我毫不犹豫地插入钥匙，打开了门。所以说，门是锁着的，这点错不了。

门后是一片黑暗。最初发现的异常，是气味。一股好似厨余垃圾的味道。闻到了，但是没有太在意。毕竟没有强烈到不能忍受的程度。

我摸索着照明开关。按下紧贴房门的开关后，只有玄关亮了起来。靠里的八叠①大的房间也分到了一些光亮。不过眼下这个时候，我对里面的情形还一无所知。

我脱鞋走进去。难闻的气味始终弥漫在房间里。可能是连续几天不在家，没有及时处理垃圾吧。虽说这不像是姐一贯的作风，但是在不习惯的环境里独自生活，或许习惯也会随之改变吧。我这样想着，继续寻找灯的开关。

指尖碰到一个有弧度的凸起，轻轻按下去，在啪嗒啪嗒几次闪烁后，整间屋子都亮了起来。

靠里的那张床前，姐好像被折弯了一样倒在那里。

面向天花板的脸上是没有表情的，惨白惨白的。绿色羊毛衫的拉链敞着，带花纹的针织打底衫被掀了起来，露出同样惨白的腹部。

浓绿色的短裙同样被掀了起来。屁股下面像是被茶色的液体浸湿了。脖子上缠绕着一条红豆色、纹路颇有些眼熟的领带。

我没有大喊。我想我没有大喊。也没有去叫附近的人。

因为一目了然地，姐死了。

哪怕是我这种没见过死人的人，也已经没有再去确认的必要，姐就是死得那样彻底。

那时候我也没有手机，但是感觉屋里的座机碰不得，就跑到街上去找公用电话，满脑子想着拨通110后该怎么描述。

---

① 叠，即一张榻榻米的占地面积。一叠相当于1.62平方米。

7

事实上，我不记得当时是怎么说的。拨通电话，告诉对方地址，然后赶紧跑回公寓，在门口等着。随后赶到的警官披着雨衣，骑着自行车。

"报警的人就是你吗？"

"是……"

我想随他一起进去，他却叫我在外面等。没办法，只好照办。夹着雨的风打在身上冷极了，那感觉我至今仍能回想起来。

不一会儿，巡逻车来了，我被要求坐进车里。原以为会被带去警署，车却没有当即开走。车里坐着一名制服警官和一名便衣刑警。"用这个擦擦吧。"刑警递给我一条毛巾。毛巾干爽又带着温度。

我被询问了各种事情。姐的名字，我的名字、住址、籍贯、家庭成员，父亲的名字，姐的工作，我的学校，父亲的公司、联络方式，发现时的状况，以及到此时为止的经过。后来他们又追溯到了更早以前的事，并要求我透露更多的情况。有太多事是难以启齿的，那些全被我用"不知道"带了过去。

见到父亲，是在他被带到警署以后。

当时我把能说的部分都说了，从审讯室里走出来，坐在一间办公室的待客沙发上，这时父亲走了进来。

父亲顶着一张随时都可能哭出来，但又像是在发怒的奇怪脸孔。身旁的警官叫他节哀，他冷静地低下头，应该是在来这里的路上已经听说了大致的情况。

我换上借来的运动衫和长袖外套。

父亲抓住我的肩膀，低声说：

"你小子——"

就没有后续了。

不过我知道他想说什么。

你小子，原来知道千惠的住处。

是啊，知道的。所有的事我都知道。

之后的九年里，我仍然站在那晚的雨中。

不知如何是好，不知能向警方透露什么，一切仍和那晚一样。

因此每当下起雨时，心里都好像如释重负。仿佛一切都可以从那晚重新来过，仿佛自己可以创造出另一种人生——

不，不对。如果曾经的一切全都随着那个雨夜一起结束就好了。如果自己也能随姐、随父亲一起结束的话。可是自己却浑浑噩噩地活到了现在。至少要替那时候的我们做个了断，抱着这样的心情挣扎着活到了今天。

正因为这样，实际走到这一步后才发现，事情反而难办了。

当长年的夙愿得以实现，当所有的一切迎来结局时，自己又一次忽地陷入了无所适从的境地。相比九年前，这次或许还要更为令我不知所措。

回到公寓，折起伞，打开门。

昏暗的房间，蹭掉油漆的地板，厨房里坑洼不平的水池，熏黑的灶台，泛黄的冰箱，从夏天遗留至今的捕蟑小屋，六叠大的和室里万年不叠的被褥，以及那张用来安置电脑的矮桌。

脱下来的羽绒夹克被我挂到了墙上的衣架上。牛仔裤和袜子也都淋湿了，但我决定先不管它们。

到家后的第一件事便是打开电脑。于是硬盘开始旋转，我则在一旁等待若干程序的自动加载。

房间里的窗帘是拉不得的。因为搬来这边以后就几乎没有拉开过，拉开的结果一定是尘土飞扬。

硬盘的旋转告一段落时，我坐到了电脑前。

这时我突然想到，应该给内田贵代写一封邮件，于是想到做到。也许写在邮件里的这些内容她未必能看得懂，但是眼下我还想不出除此以外能做些什么。剩下的事就留到下次再想吧。

接下来要做的，还和往常一样。

行为本身已经变成了每天的例行公事。尽管意义已经不复存在，我仍然在惯性的趋势下继续着相同的行为。如不这样去做，便会觉得自己的人生是真的走到了尽头。

访问搭设在基地里的服务器，调取积攒的数据，一个接一个地检点。由于转换错误的原因，存在着大量意义不明的文本，遇到这种情况，只能依靠直觉进行解析。因为原本就是加密过的数据，需要在破解的基础上进行再次破解也在情理之中。

目不转睛盯着屏幕看的时间终归是有限的。眼睛累了，我就把剩下的部分打印出来，在纸上读。但就算是这样，体力迟早也会见底。一口气干上五六个小时，再怎么样，精神也是会萎靡的。

有价值的情报，一千条中不过十条。若问这十条当中哪些可以拿来换钱，绝大多数情况下是没有的。尽管如此，我仍然继续着。不抱任何期望，不问意义何在，只是一味地继续下去。

姐，其实还有件事你不知道。在那之后，家里也来了警察。他们是来搜家的。有好几名刑警和穿着工作服的人，把家里翻了个底朝天。

他们也去了我的房间。那里在当时是我的基地，所以自然逃不过他们的眼睛。

他们显得相当吃惊。但是很快，惊讶变成了露骨的不悦。有个刑警居然用脚去踹，想毁掉那些设备。一个貌似是他上司的人勉强制止了他。

"沟口，别这样！"

"是……我明白的，您是想说这本身不构成犯罪……请放开我吧。"

然后那家伙轻蔑地俯视着我。

"这家人到底是怎么搞的，一个个的，没一个正经东西！"

退一万步说，这种话是一名警官该在被害者家里讲的吗？我在心里念叨，表面上却保持沉默。说出来又能怎么样呢？

门铃突然响了，我也因此被拉回了现实。

太少有了，这里怎么会有人找上门来呢？

我从盘腿坐变成四脚着地。

"来了……"

然后我一面摆脱腿上的麻痹感，一面往前爬。

可能是听到了我的回应吧，对方没有继续按铃。

我向玄关看去，由胶合板制成的劣质房门上，与视线同高的小窗里映出了白色的天空。在考虑来者何人以前，门外是否有人首先是个未知数。搞不好只是附近的小学生"按了就跑"的把戏。

好不容易爬到玄关，我站起身来。

"来了，请问是哪位？"

门外无人回应。

"是哪位？"

车辆轧过路面溅起雨水的声音，从邻居家传来的收音机或是电视的声音，除此以外再无其他声响。

"谁啊？"

似乎是卡车发动机的巨大嗡鸣声越来越近，货物在货台上剧烈地碰撞。而在它驶过之后，四下又恢复了寂静。

"到底是谁啊？"

这回，小窗里终于出现了一只手的剪影。

"是、人、家、啦！"

宛如耳语一般，嘶哑的声音。

到底会是谁呢——

第一章

1

十二月十九日，星期一，姬川玲子带着两名部下来到了日比谷的一家酒吧。

在这间玲子中意的宛如成年人的秘密基地的酒吧单间里，玲子刚刚喝干了第二杯啤酒。

"菊田，酒单。"

"是。"

实际上，玲子原本打算邀请的是组里最年轻的巡查长叶山则之，只有他一人。但不知为何，这个消息不胫而走，结果一如眼前的状况，菊田巡查部长也跟了过来。

"来一瓶汉诺的 Brut Souverain。"

"啊？那是什么？"

今年三十四岁的菊田长玲子三岁，是与她共事时间最久、最值得她信赖的一名部下。话虽如此，但并不意味两个人一定要形影不离。

"法国香槟酒啊，点一整瓶。"

"真要点啊？"

"真要点。"

警视厅刑事部搜查第一课杀人犯搜查第十组，玲子是那里的第二班，通称"姬川班"的主任。

坐在菊田旁边的叶山，面无表情一如往常地喝下一口啤酒。

叶山被分配到姬川班已有三年，尽管如此，玲子依然感觉他尚未融入这个集体当中。为什么呢？玲子时常抱有这样的疑问。或许应该找个机会和他好好聊聊。

恰巧在今天，玲子和叶山一起参加了擒拿术的训练。她看准了这个绝佳的机会，便问叶山训练结束后有何安排，得知还没有安排，"那就稍微陪我一下吧"，玲子邀上了他。原本是这样打算的——

"我说阿则，你就没个女朋友吗？"

眼看就要离开本部大楼的时候，菊田加入了对话，并且当即决定和玲子二人同去。

"没有。"

叶山身材高挑，相貌端正，给人感觉理应有恋人陪伴。

"瞎说的吧？有吧？实际上。"

"没有啊，真的。"

但是问题在于，玲子今天想谈的不是这种话题。她是打算了解一下，叶山是如何看待刑警工作的。向来不轻易吐露自己的意见和感受，或许是有原因的吧。而让叶山无法挑明这个原因的原因，说不定是出在身为女主任的自己身上呢？若真是这样，希望他能把想说的话直截了当地说出来。总的来说，这才是玲子想要的交流，但是现在看来，这个计划已经泡汤了，而且是彻底泡汤了。只要菊田也在，就绝对不会跟你聊那种话题。

"是吗……其实，我也没女朋友……不过，喜欢的人倒是有一个……"菊田说完，向这边瞄了一眼。

假借与后辈交流感情的名义搬出这种话题，这也太有问题了吧！

于是叶山突然挺直了腰板，眼神游走在玲子和菊田之间。

"既然如此，开始交往不就好了？我觉得菊田前辈和主任还挺般配的。如果妨碍到你们了，我就先回去了。"

一曲爵士乐在店内悠然响起。

"不不，阿则，我不是那个意思……对吧，主任？"

萨克斯的独奏突然激昂起来，抓挠着周围的空气。

"啊……嗯。"

不知该说巧还是不巧，正好赶上酒吧的人进来提供单间服务。

于是叶山不容分说地点了刚才那瓶香槟。

汉诺的 Brut Souverain，一整瓶。

"主任，菊田前辈，还需要点别的什么吗？"

不，已经没什么好点了。

叶山没过多久就回去了。

"笨蛋！怎么能把那种话题甩给阿则呢？"

"抱歉……我是想——"

"不是你想，是我想和阿则好好聊聊工作上的事。你也觉得那孩子到现在都没有融入咱们班吧？"

菊田皱着眉，歪了歪脖子。

"哎？没有的事吧。"

"睁着眼说瞎话。喊他三回，也就能来一回。"

"这种事是个人自由吧。再说了，非要拽上一个想早点回家的人……跟个大叔似的。"

啊，菊田，居然这样替他说话。

"回去得再早，也只有四谷的待命宿舍可待吧？又没有女朋友，一个人回去那种地方，在干什么呢？"

"我哪儿知道？"

你瞧。

"就是说吧，你都没想到自己会不知道吧，关于阿则的事。所以也包括这种事在内，想让他开诚布公地都说出来，不是吗？你倒好，一上来就勾肩搭背地问什么有没有女朋友……菊田，你也有点太粗枝大叶了。"

本想就这样再砸给他四五句，又是在这种节骨眼儿上，一通电话打了进来。

"中场休息……"

玲子从西服兜里掏出手机，盖子的小窗口上显示着十组长——今泉警部的手机号码。

"喂，您好。"

16

"哦，是我。你现在在哪儿？"

"日比谷，和菊田在一起。阿则刚才也在，后来先回去了。"

"是吗……哦，是这样，不需要你马上到场，东中野出了杀人案。据说死后已经过了很久，所以明天一大早去就行，我是这个意思。"

死后已经过了很久？

"过了很久，是有多久？"

"哦，按照鉴定课那边的说法，还不至于烂到化掉，所以，顶多两三天吧。我现在也在外面，还没有收到具体情况。"

眼下天气这么冷，就算过了两三天，发臭也不过是厨余垃圾和公共厕所的程度，没什么大不了的。

"所以说，要去中野署集合喽？"

"嗯……直接去中野署也可以。如果今晚能过去的话，先去现场看看也好。身边有笔的话我把地址告诉你。"

"请稍等……好了，请说。"

"我要说了……"

中野区，东中野五丁目①——

"了解了。那么组长，您今晚——"

"不好意思，我这边脱不开身。如果你能去的话，晚一点也可以，过后把情况告诉我。指望你了。"

"明白了，我和菊田过去。"

挂断电话后，有那么一瞬，玲子想起来也许还来得及退掉那瓶香

---

① 丁目，相当于街或巷。

槟。然而已经太迟了。

"主任……这个很好喝耶！"

"啊——！"

究竟是什么时候……哎呀，已经连半瓶都不剩了！

"干什么呢，菊田！快拿过来！"

"再喝一杯！不，半杯就好！"

就在两人你推我搡的时候，又有电话打了进来。

"哟，公主，一会儿怎么样，去池袋喝一杯吧？我发现了一家特别
会做海鲜干货的店。"

是东京都监察医务院的监察医——国奥定之助打来的。国奥是玲
子的法医学知识的老师。但就算是这样，也不可能随叫随到陪他喝酒的。

"抱歉，一会马上要去现场。"

"骗我的吧？又想使这种借口，把老夫给——"

"是真的啦！再联系吧，请多关照（今泉口吻）！"

挂了——

真是的！为什么主动贴上来的净是这种不着调的男人呢！

两人迅速结账，离开了酒吧。

之后在日比谷大道乘上出租车，把刚才的地址告诉了司机。

"菊田，轻轻冲我哈一口气。"

离开酒吧时菊田的脸色还好，但就算看上去没问题，让一个酒气
熏天的刑警出现在案发现场还是大有问题的。

"啊，是……哈——"

嗯，像是能混过去的。这种程度应该不会有人说三道四吧。

"主任你呢？"

"我不要紧，喝过口气清新剂了。"

"既然带着，也给我来点吧？"

"不要。两个人味道一样的话不是很可疑嘛！"

"哦……那好吧。"

出租车抵达东中野是在大约四十分钟后。

行驶到这条单行线接近下一个路口处，司机停了车。

"那个……您刚才说的那地方就在前面了……但是好像不太好走啊，那边像是出事了。"

这是一条随处可见的、以二层小楼居多的住宅街。此时已过晚上八点半，道路上却被大量居民堵得水泄不通。

"嗯，停在这里就可以了。"

付过车费，玲子二人下了车。

前方是一条狭长的单行道，右手边接连矗立着几家独栋民宅，左手边是月租停车场。现场似乎就在正对停车场的一栋公寓楼里。

玲子从挎包里取出印有"搜一"字样的袖章套在左胳膊上，顺便掏出橡皮筋将头发扎在脑后。为了这种场合，玲子的头发一向是留到可以一把捆起来的长度。

距离现场三十米远的地方已经拉起了"禁止通行"的警戒带，以此将一般行人隔绝在外。

玲子向站在警戒带旁的制服警官露出袖章。

"我们是搜查一课的。"

"辛苦了！"

警官边点头边抬起警戒带，目光朝向的却是玲子身后的菊田。这也难怪，菊田身材魁梧，年纪也确实长于玲子，看上去更有领导派头也无可厚非。

向前走出十米远后，可以看到右侧的路面上铺着橡胶制的通行带。玲子二人走了上去，继续向现场靠近。

前方是一栋外观简洁的四层公寓楼。从这里看去并不能判断现场位于哪个房间。玲子看向被蓝色塑料布包围的公寓入口，便衣警官和穿工作服的鉴定课人员在那里频繁出入。鉴定作业的进展程度同样无从知晓。

在人群当中，玲子发现了一个熟悉的面孔。

原来是曾经在刑事部搜查四课，即现在的组对四课（组织犯罪对策部第四课）担任过主任的下井正文。不论现在还是过去，四课一直是负责暴力团①涉嫌案件的专属部门。如果下井至今没有离开老本行，职级也仍然是警部补的话，在中野署里应该是担任刑组课（刑事组织犯罪对策课）暴力犯罪调查组组长的职务吧。如此看来，这次被害者搞不好是黑社会，或者至少是和黑道有关的人。

只见正在楼门前打电话的下井突然怒喝一声，挂断了电话，把手机收进兜里后准备往楼里走。

玲子小跑着追上去。

"下井警官！"

---

① 即日本黑社会组织。

顶着一头用发胶粘得有棱有角的灰发，下井扭过头来。灰色大衣的下摆被夸张地翻弄起来。

"嗯……哦，我还以为是谁呢，这不是一课的头牌小姐嘛！"

宛如日本猴子一样的脸孔，皱纹深陷的皮肤，肤色仿佛被酱油煮烂的牛蒡。

"好久不见。过了三十岁还能得到您的垂青，是我的荣幸。"

"好家伙……终于到了死猪不怕开水烫的岁数了。"

真失礼呀！

"不敢当，只是学会见招拆招罢了。"

下井轻轻喷出鼻息，抬起眼睛看玲子。论身高，玲子还要略高一点。

"小姐现在在哪个组啊？"

"没变，还是杀人犯班第十组。下井警官呢？"

"我也没变，还是干防暴的……你们组里还有哪个主任？"

"日下警部补。"

嗯，那就是了，下井一副认同的表情。

"那么……已经定下来了？由你们来负责这个案子？"

"从在厅人员的配置来看，应该会这样安排吧。"

所谓在厅，即随时准备赶往案发现场的待命状态。今天傍晚五点时处于在厅状态的有杀人犯班第十组、第四组，以及特警班的特搜一组。即使从轮替顺序的角度来讲，也理应轮到第十组了。

"反正，早晚是要和你们刑事口'短兵相接'的。与其事后被你们说成是'玩儿阴的'，说成'和黑社会穿一条裤子'，不如趁早把手里的牌摊给你们……是吧？"

"您说的是。"

玲子跟在下井后面穿过了楼门，菊田紧随其后。绕过集体报箱那一面墙，正对着的便是楼梯间。这栋楼里应该是没有电梯。

"被害者姓名，小林充，二十九岁。"

就算是"趁早"，也不用刚开始爬楼就说这些吧！

"汉字是？"

"小树林加上充电的充，小林充。此人是六龙会底下的小混混……哦，六条难写的龙（龍），六龙会。六龙会是大和会系石堂组下面的，仁勇会的下级组织……我这么说，你大致能想象吧？"

"是，大致能明白。"

大和会是日本最大的指定暴力团[①]，石堂组是其下属组织。如今的石堂组组长[②]，大概是大和会的现任会长奥山广重的舍弟[③]。而在石堂组旗下，确实有个名为仁勇会的组织。假使六龙会的位置在其下方，便

---

① 依据日本都道府县公安委员会在 1992 年所实施的《暴力团对策法》，视该暴力团的规模、有犯罪经历的成员所占比例、对社会的危害程度等，在符合《暴力团对策法》第 3 条之必要条件下，将该暴力团给予"指定"，以便加强对该暴力团的管制及监控作业。

② 指定暴力团的内部结构是以组长为最高点，模仿封建时期的义父子关系，晚辈绝对服从长辈的顺序伦理，各级的位序不容随意逾越。

③ 在暴力团组长地位之下的后辈可分成两部分：一为组长之后的义弟或称舍弟，另一部分是被视为晚辈的义子，晚辈中先入者为兄（大哥），后入者为舍（小弟）。

是从大和会算起的四级团体。①

下井途经三层，继续向上爬去。

"那么，这个叫小林充的，是个什么样的人呢？"

"不好说……说实在的，我也不清楚。用我们刑警长的话说，这人做生意不太行，又是个暴脾气，总之是个提不起来的家伙。"

来到顶层四层后，这边的楼道里也铺着通行带，想必是案发现场的第二扇门的周围被蓝色塑料布包裹着。

"对了，下井警官，遗体现在……？"

"藤代警视说可以了，就搬去医院了。你想看啊？"

藤代警视是检视官，是尸体检验方面的专家，同时也是该部门的最高负责人。

"嗯，如果能看到的话，当然。"

"遗憾了……不过，还是去现场里面看看吧。正好鉴定课的人也已经出来了。"

"好的。"

玲子随下井走了进去。

一进门处已经准备好了塑料鞋套，玲子和菊田各取两枚套在脚上，顺便戴上了白手套。

"在里面。"

---

① 舍弟和义子这两部分人在组织中被泛称为"直参成员"。一级团体的"直参成员"，可以为二级团体的组长；二级团体的"直参成员"，亦可以为三级团体的组长……依据这一定律，形成金字塔形的"指定暴力团"阶层构造。

"好的。"

走进房间的第一感觉是天花板有些低矮。如此想来不论是玄关门的横宽、土间①的大小，还是通往里侧起居室的走廊格局，都给人以微妙的缩水感。近些年来就连出租房的顶棚也有越建越高的趋势，这幢房子却不一样。也许只是进行过内外翻修，其实年头相当老了。

"就是这么个状况。"

下井站定在走廊与起居室的交界处，把玲子他们请进了屋里。

"打扰了。"

菊田低头走进去。

"啊……原来如此。"

"搞得相当花哨嘛。"

起居室的面积比十叠略大，靠里似乎还有一间屋子，不过毫无疑问，行凶就发生在起居室里。

房间靠里一侧摆着沙发和矮桌，沙发对面、靠墙的位置上摆着超薄电视。

被害者应该是倒在了沙发前面，用粉笔描出的人形轮廓还留在那里。

"菊田，你去找鉴定的人要现场照片。直接拿相机过来也可以，拷贝到谁的笔记本上也行，总之我马上要看一下。"

"遵命。"菊田简短答道，离开了房间。

---

① 日本传统民宅中地势低于其他生活空间的部分。现代的土间通常指玄关里放置鞋物的空间。

玲子再次看向遗体原本所在的地方。

从粉笔的印记来看，被害者是背对沙发，双腿向外，身体右侧朝下，横向倒在地上的。上半身，确切地说是胸腹部一带，有严重的出血迹象。血液已经变成黑色粘在木地板上。

然而不寻常的并非是遗体本身，而是遗体周围。天花板上，白色蕾丝窗帘上，同为白色的壁纸上，细看之下还有电视屏幕上，四面八方都溅有血迹。

菊田这时抱着笔记本电脑回来了。

"久等了。他们刚好完成备份，我就把整台电脑借来了。"

菊田把屏幕转向这边。

"点这里，然后一直往下滚动。"

"明白了。"

玲子从菊田手中接过电脑。虽说是笔记本，却也有相当的重量。玲子决定回到走廊里，直接把电脑放在地板上看。

专用的阅览软件已经在桌面上启动，于是她先点开编号为"001"的图片。

于是跳出一个新窗口，至于里面的内容——

"呜哇……"

"真够惨的。"

第一张便是浑身是血的遗体。和想象中的一样，被害者右侧朝下倒在地上。被害者穿着一身白色的棉毛衣裤。在其映衬下，黑红色的血液显得格外醒目。第二至第五张均为稍稍错开角度拍摄的同一幅画面。

从第六张开始转为面部特写。左眼看似被刃物直接刺伤，伤痕由眉骨上方起始，向下直至颧骨，约十厘米长。鼻部与嘴部被斜向割开。伤口从右鼻翼起始，经过上唇正中至下唇。由于以上两处较为严重的伤口，被害者面部自然也是布满血迹。照片中的血迹已经凝固，颜色恰似用传统工艺烤出来的麦麸点心。过去点心铺里十日元就能买到的、表面刷一层黑糖烤出来的麦麸点心，尸体的脸色就和那个一样。

接下来第十张。被害者穿着白色棉毛衫的上半身被凶器划得乱七八糟。较为严重的伤口主要集中在遗体左侧的肩部和小臂。

从第十四张开始为肩部伤口特写。与棉毛衫上的切口形状相同，右肩部的肌肉被干脆地割开了。皮肤表面似乎雕有文身，但由于外衣切口狭窄，无法确认其图案。

从第十七张开始变为胸部及腹部的特写。这里应该是致命伤了。虽然不清楚伤口状况如何，出血量之大却是其他伤口无法比拟的。躯体正面几乎没有留白，全部被染成了血色。由此判断，刃物恐怕是直接刺入了心脏。肺部应该也有受到相应的损伤。这样看来，面部的大面积血迹也有可能是肺部破裂后，血液经由气管从口腔喷出后造成的。

第二十一张为左手掌，从第二十二张开始的连续三张为右手掌的特写。双手掌部均存在由防御造成的复杂形状创口，特别是右手，伤口较深。可以想象，被害者在抵抗过程中曾握住凶器刃部，然而凶手用力撤回凶器，致使被害者右手上留下了这类伤痕。被害者可能是右撇子。类似的伤害共有四处。

从第二十五张开始，镜头转向了下半身、背部等没有受伤的部位。照片虽然成像清晰，但是并不存在任何值得留意的地方。

第三十张往后为公寓内部的取景。血迹飞溅到房间各处，每一处旁边都摆放有标号牌，在此基础上进行了统一拍摄。

下井吸了吸鼻子。

"杀人犯班的主任有何高见啊？关于这个案子。"

玲子站起身，再次把起居室环视了一遍。

"现阶段还说不了什么。不过从作案手法来看，凶手应该是个生手。"

下井小幅点头。

"嗯……凶器恐怕不是匕首，而是尖头菜刀、大号菜刀，或是大型砍刀一类可以大幅挥动的刃具。虽说最后一刀是扎进去的，但在那之前凶手一直在挥动凶器。当然了，并不是说匕首就不能挥动，但是考虑到心理因素，手里握着匕首的人通常都会把匕首刺出去吧。何况对方是黑社会，肯定是先捅了再说……不过嘛，这种事，在看到解剖结果之前都还难说。"

玲子指了指里面的房间。

"那里面是？"

"是卧室。虽然溅到点血，但不像是被人动过的。里面没有遭到破坏的痕迹，珠宝首饰之类的财物也都还在。"

"珠宝首饰？"

都还在？

"是啊，这里其实是小林的女人的住处。第一发现人也是那女的，现在应该正在接受我署重案组的审问。"

玲子歪着头说："那女人是凶手的可能性呢？"

在无数次挥刀后将凶器刺入腹部予以致命一击。如果把一个歇斯底里的女人嵌入这样一幅画面中，似乎也没什么不妥。

但是下井摆了摆头。

"首先怀疑第一发现人？你该不会是垃圾刑侦剧看太多了吧？"

太失礼了！杀人犯班的刑警怎么可能有闲工夫看电视剧呢！

"只是在说可能性的问题。如果不能彻底排除其嫌疑，就不能把她从嫌犯的名单上拿下来。"

下井吊着半张脸，露出无趣的笑容。

"不了解。我又没见过她，只是听说罢了。既然这么感兴趣，不如小姐你亲自去审她好了。"

"好啊，一言为定。"

如果时间允许的话，就这么办吧。

2

一不留神，烟已经抽完了。

牧田一把捏瘪了烟盒。

"我说——"

"是！"

身边的川上二话不说就跑到了二十米开外的售货机前。牧田习惯抽万宝路红标，这种烟任何一台售货机里都有备货。

是川上买烟比较快呢，还是自己赶上去比较快呢？牧田边想边走，赶上川上时他刚好起身，转向这边。

"抱歉，让您久等了。"

川上连忙撕开封条，敲打一下烟盒，两三根过滤嘴弹了出来。

牧田抽出一根衔在嘴里，川上马上把火递了上去。

牧田深吸一口，吐出又细又长的烟气。

嗯，好味道——

牧田其实属于那种喜欢大冬天在户外吸烟的人。

"大哥！"

川上递上来另一包尚未开封的新烟。

"嗯。"

牧田接过烟，揣进西服口袋。开过封的那包则被川上放进了自己的衣兜。

两人来到八百屋门前，相识多年的老板正在把切成两半的白菜摆上店头货架。

"早啊，大叔。"

"哦，是阿勋啊！今天也来得很早啊，大冷的天！"

"是啊，可能是上岁数了吧，一大早就醒了。"

牧田今年四十八岁了。

见牧田打算把烟头丢进盛烂菜叶的桶里，老板递出一个空咖啡罐。牧田说着"不好意思"，把烟头丢了进去。

"是买橘子好，还是买苹果好呢……"

"这种黄金蜜橘好像放了蜜一样好吃，阿勋不喜欢吃硬的吧？就选这个蜜橘吧，不酸，好吃！"

"是吗？那就买这个吧。"

"感谢惠顾！"老板举起装着蜜橘的购物袋。

川上瞅了瞅纸袋大小，掏出一张千元纸钞。

牧田在旁边说"不用找零了"，于是老板笑容满面地说"一直以来劳您费心了"，向牧田低下了头。

纸袋由川上接在手里。

两人在老板"感谢惠顾"的恭送声中离开了蔬果摊。

"大哥，不要零钱倒是没什么，但这么做会不会太便宜他了？"

那家店的老板娘去年从卡车上卸货时绊了一跤，造成股关节复杂性骨折。打那以后，天冷时就很少见她到店里来了。老板靠自己一个人，日子过得很不容易。

"所谓极道①这门生意，买卖的是无形无价的东西。对于卖正经东西的正经生意人，适当地撒些钱给他们是应该的。"

"这些我都明白。可是就算这样，这一袋只值三百六十块，找回来的钱却有——"

"咱们用那些钱买了情分……就是这么回事。别再让我来来回回地说了。"

牧田拆开刚才那包烟，衔起一根，川上刚要掏打火机，牧田出手制止了他。

"不用了。"

牧田用自己的汽油打火机点着火，深吸一口气，直到火种发出通红的光。

"话说回来，义则，你也差不多该有一间自己的事务所了。公寓也

---

① 源于江户时代锄强扶弱的任侠之道，但在现代几乎与黑社会同义。

已经买了，再像这样一直当我的跟班，面子上不好看。"

虽然看上去年轻，川上也有四十三岁了。

"不！我这辈子都只当大哥的第一舍弟！不打算拥有自己的组了……这想法至今没变。"

"所以说……你这样下去，要底下的人怎么立业呢？碍着你的面子不能施展拳脚的人可不止一两个啊。"

川上调整了一下怀里的那袋蜜橘。

"我明白，所以我也跟谦太和秀彦说过了，叫他们放手去干，不用给我留什么情面。"

"你觉得他们会听吗？这可是涉及能否服众的问题。"

"那就让我重新和大哥结拜一次吧！不是以舍弟的身份，而是以义子的身份。这样不就好了嘛。"

"不是这么回事吧……"

真是个让人伤脑筋的家伙啊……

位于新宿区百人町一丁目的新本山大楼，虽说不是近两年新盖的，却也是一栋相当气派的商务楼。牧田的事务所就设在这里的二层。

川上推开用金字印着"双叶兴行株式会社"的大门。

"早上好！"

在门口擦桌子的新人颇有气势地给牧田行了鞠躬礼。在其带动下，公司里上上下下大约有二十来人，一起转向这边，齐声向牧田表示了问候。

牧田也扬起手来予以回应。

"好……你，电话下面也要认真擦啊。"

"是！多谢您的提点！"

牧田穿过办公桌之间的空隙，向里面的社长室走去。川上跟在后面，把蜜橘交给了组里的年轻人。

从手底下人面前经过时，牧田拍了其中一人的肩膀。

"隆夫，你拿着账本过来一下。"

"啊……是……"

被点名的理由他本人肯定心知肚明，因此回话时声音才显得格外沉重。

牧田打开事务所里唯一一扇由实木雕成的门，略一低头走进了社长室。

没错，牧田怎么也改不掉这个进门出门时一定要低头的毛病。假使最后一次测量的身高没有萎缩，牧田现在也应该是一米九二。

牧田自幼居住的那幢房子，不论哪间屋子的门梁都是将将碰头。因为他对此不爽，这间事务所里所有的门梁都被提到了两米，不论哪扇门都可以挺直腰板通过，但由于长久以来形成的习惯，他总是在不经意间就已经低了头。

社长室里摆设的是极其普通的待客沙发和办公桌，能与那扇实木雕琢的房门平分秋色的家具，非常遗憾地一件也没有。

"打搅了……"

组里的年轻人端着茶和蜜橘站在门口，后面跟着刚刚被牧田拍肩的夏木隆夫。

见牧田坐到了沙发上，两人赶紧进了屋。

年轻人把茶和蜜橘摆上桌后就退下去了。

夏木把黑皮账本夹在腋下，保持着直立不动的姿势。

"隆夫，我记得有两千万，昨天是最后期限吧？"

此前有两家店借了高利贷，收钱的差事就交给了夏木。

"是……那个，关于那些钱，我确实……有到店里去收。"

"不是问你去没去过。钱已经收回来了，我等的是你这句话。"

牧田站起身。仅仅这一个动作，夏木的表情就已经僵硬得无以复加了。

"隆夫啊……借钱的生意，要是被对方看扁了，今后就没的做了。极清会这块招牌，我没少给你用，但如果自己的屁股总是擦不干净，我这里恐怕就留不下你了……是不是？不动产你做不来，陪酒的买卖你也做不来，开个风俗店更是一塌糊涂。这次是因为你说要在融资上务把力，我才把这摊生意交给了你，不是吗？那就把你的骨气拿出来，拼上这条命，把钱给我要回来。如果这样还不行，到时候我会去替你说话……但是，一旦到了那个地步，你也就没有然后了。这个情况，希望你想想清楚。"

牧田扬起下巴，示意他出去。夏木哭丧着脸，低着头，退出了社长室。

夏目刚出去，桌上的电话就响了。听呼叫音是内线电话。

"喂。"

"我是川上。六本木的 Doobies Agency，不知您是否还有印象，是一家演艺圈的事务所。"

Doobies——

"哦，是专门运营巨乳艺人的那家事务所吧。"

"是。是他们家社长打来的电话……听话音，似乎是走投无路了，请您小心应对。"

"知道了，接过来吧。"

牧田一句话，线路切换了，听筒里传来另一种噪声，似乎是用手机打来的。

"我是牧田。"

"哦！您肯出面真是太好了……上次承蒙您的关照，我是 Doobies 的船山。那个，其实，该怎么说呢……我家的栗山优菜，您也认识吧？"

"啊，知道的。"

经常在中年人周刊杂志上露面的封面女郎。

"有人想要把她……您知道代代木的 Face Promotion 吗？"

"我知道。"

虽然表面上不显，但牧田对演艺圈里的那些事是门清的。说起 Face Promotion，那可是在平面偶像业界里一等一的大型事务所。

"就是这家 Face Promotion，我发现他们正在挖我家优菜的墙脚！优菜……那姑娘要是被挖走了，我们可就垮了！"

是啊，十有八九会是那样吧。

"求求您了，牧田先生！对方身后有松浪组罩着，那可不是我能跑去撒泼的对手……拜托了，牧田先生！帮帮我吧！"

松浪组，不是那么容易摆平啊……

在了解了详细情况后，牧田首先叮嘱船山，在这件事上他是不可能全身而退的，势必要付出一定的代价，在此基础上，让事态向能够保住优菜的方向发展。船山表示接受，将一切托付给牧田后挂断了电话。

就这样，牧田不得不一大早就去代代木走一趟。

在敌方势力范围的正中央，现在停靠着一辆白色君爵。如果不是君爵这种身材魁梧的车型，牧田坐进去都会被挤得动弹不得。顺带一提，车窗是经过了全隐蔽处理的乌黑色。

"大哥，我也跟你一起去。"

"不用了，你就在这里候着……有你出场的机会。"

把认死理的川上留在驾驶席上，牧田一个人下了车。

虽说距离目的地最近的车站是代代木站，但是这栋"第二饭干大楼"的确切地址是在千驮谷五丁目。大楼外墙上贴着轻石，装修风格相当雅致，给人一种就算底层商户有画廊入驻也不足为奇的上流感觉。

总之牧田先由正门进入，然后查看不锈钢质地的引导标牌。二层是饭干土建，三层是饭干建设，四层是饭干办公室。"饭干"是松浪组第三代组长的姓氏，想必作为事务所运营的，就是位于四层的饭干办公室了。而 Face Promotion 就设在了这栋楼的五层。看来松浪组不仅罩着"脸蛋儿"的屁股，同时也是她们的东家。

牧田沿通路一直往里走，在电梯前按下上行按钮。

不一会儿，电梯门开了，从里面走出来一个身材娇小的女子，以及一个个头不及牧田，却也相当高大的男人。大概是艺人和她的经纪人吧。

换牧田乘上电梯后，他按下了四层的按钮。此时牧田的心情谈不上紧张。对方是道上的人也罢，不是也罢，处理纠纷的方式无外乎那几种。

滑动门再次开启，牧田走下电梯，办公室的入口就堵在眼前。乍看之下不过是一间极其普通的办公室，但是比起毛玻璃门上"饭干办公室"的字样，"松浪组东京总本部"这一排字明显要大得多。后者模仿真实笔触的字体也让这一排字显得颇为粗犷。

穿过无声开启的玻璃门，紧接着挡在牧田面前的是灰色的隔断。左边也有隔断，只能往右走。

牧田刚要抬腿，眼前现出一个穿深色西服的男人。看来自己的行动是被监视摄像头看得一清二楚了。

"哎呀，初代极清会会长亲自登门拜访，不知有何贵干啊？"

此人是松浪组的若头辅佐①——坂西。年纪看上去和牧田相差不多，个头却要矮上很多。

牧田叹一口气，挠了挠自己的一头短发。

"呃……你们这里负责演艺圈的是哪位啊？"

"什么意思？"

"是这样……六本木一家叫 Doobies 的艺人事务所的社长跟我哭诉，说楼上的 Face Promotion 打算挖走他们家的头牌，问我能不能想想办法……所以，我想应该先跟这边了解一下情况，就过来打搅了。希望

---

① 若头，暴力团组织中小一辈成员的头领，现任组长的继承人；若头辅佐，即若头的辅佐职位，通常不止一人。现任若头继位后，新一代若头有较大可能从若头辅佐中诞生。

你能帮我引荐一下演艺圈的负责人。"

这里反复只提"演艺圈负责人"是有原因的。牧田当然知道那人是谁，但如果搬出他的名字，只可能打草惊蛇。为了不让事情演变成那样，眼下只好装傻充愣了。

但意料之外的是，牧田想见的人物竟在第一时间主动出现在了牧田面前。

"这件事的话，归我管。"

"大、大哥……"

从坂西身后走出来的人是武藤，这里的若头。论体格，论威慑力，武藤都和坂西大有不同。

"哦，原来是由武藤先生负责啊，失礼了。虽然是个不情之请……百忙之中能否请您喝杯咖啡呢？如果您有常去的地方，能由您来带路的话就再好不过了。"

武藤点头。

到此为止，一切都在预料之中。

跟在武藤后面走出第二饭干大楼时，牧田朝君爵招了招手，并且是动作缓慢地连续两次，意思是让川上慢一点跟上来。

穿过明治大道，武藤向车站方向走了约五十米，站定在沿街一家咖啡厅门前。

"这里可以吧？"

"挺好。"

让武藤找一家他熟悉的店，这当然是为了让武藤放下戒心。但同时，也是为了防止组长饭干武朗突然出来搅局，所以才把交涉场所安排在了事务所外。

很快，川上追上来了。

"大哥！"

川上也有向武藤轻轻点头。

"你这家伙，车呢？"

"丢在刚才那地方了。"

"去把车开到停车场里，会被贴罚单的。"

武藤稳住按在门上的手。

"你是带人来的？"

"咳，也不算吧，他是司机。"

武藤显得有些惊讶，而这同样在牧田的预料之中。

"咱们进去吧！"

牧田催促武藤走进了咖啡厅。

店里没什么人，只有一位抱着小白狗的老太太坐在吧台前。那貌似是一只马尔济斯犬。

武藤选了靠里的桌位。其实坐哪里都是一样。

牧田请武藤坐在靠墙的一侧，自己也缓缓坐下，然后向前来倒水的看似店主的中年男人点了三杯咖啡，也包括川上那一份在内。

"所以说，是什么事来着？挖个墙脚，这个那个的。"

"对。"

武藤身后那面墙上有一枚相框，刚好在他头顶的位置，玻璃上反射出店门口的情形，牧田从中看到川上推门走了进来。

等川上也坐下了，牧田介绍说："这是我家舍弟当中的头筹，川上。"

"幸会……"

武藤撇着脸点了点头。

如此一来"演员们"就全都凑齐了，正巧咖啡也端了上来。

"这件事说起来也简单。Doobies 的台柱子栗山优菜，差不多快要被松浪组楼上的 Face Promotion 给挖走了。Doobies 的船山和我是老交情，他哭着来找我，我不能置之不理。"

所谓的交情，其实也不过是借着某次办活动的机会，向船山索取了保护费。当时的话是这样说的："遇到了麻烦可以来找我商量。"

"据我所知……演艺圈里存在着各种各样的融资商啊。"牧田试探着说道。

武藤听后表情纹丝不动。

"虽然搞不清这帮人是什么来路，譬如一直待在摄影棚角落里的大叔和制片人相当谈得来的花哨大妈，或者是……出外景时的大巴司机。"

栗山优菜经常在杂志《周刊 Kindai》上出镜，那家编辑部所使用的外景巴士公司，正是松浪组的前台企业，这件事牧田已经确认过了。

"艺人的收入并不稳定，手头上没有银行卡的姑娘绝不在少数。一切消费都必须以现金结算，然而事务所的工资还有十天才能下来……这时候，如果有个公司里的熟人主动凑上来说，要不要借你十万啊？姑娘们顺水推舟答应了下来，也是没办法的事。另外，这帮人虽然会提到利息和期限，但在最后一定会补上一句，等有了钱再还就是了。话说回来了，会从那帮人手里借钱的姑娘，钱包的拉锁通常都松得可以。这时候如果冒出一个可以等有了钱再还的金主，那真是多少钱都借得出去啊！"

武藤边听边点上一根烟，看那架势是想让牧田继续说下去。

"栗山优菜也是被这一手给套住了。背着经纪人从外景巴士司机那里借了一百多万。但是不知为什么，这件事传到了 Face Promotion 的耳朵里。"

其实借据是有的，账面上的利息已经超过一千五百万。Face 打算以移籍作为交换，替她扛下这笔债务。这些细节牧田假装一概不知。

"虽然不知道他们是怎么牵上线的，招数实在是寒酸了点，利用高利贷签下卖身契……现如今又不是江户的吉原①。"

其实在别的地方牧田也耍过类似的伎俩，不过今天在这个场子里他肯定是死不认账的。

终于，武藤掐了烟。看来是打算开口了。

"牧田先生，我们是 Face 的靠山这件事，你是知道才这么说呢，还是不知道才这么说呢？"

这里牧田不能说话，只管摇头。

"不知道的话，就只能说你屁事不懂了。Face 的社长梶尾隆昌和我们的第三代组长，那是从小赌到大的兄弟。现在的专务董事是他儿子梶尾恒晴，那可是和我混在一起的。就算没这回事，那家公司也是我们的房客，要是有人嘴巴不干净，我们也是不会坐视不管的。"

等的就是你这句话——

---

① 吉原，江户时代的花柳第一街，合法妓院的集中地。

40

事情一旦说到了面子上，这边就十拿九稳了。

"嗬……听你这意思，是想干架喽，武藤先生？不惜和我争个鱼死网破也要把那个小丫头献给梶尾父子，你是抱着这种觉悟才这么说的吗？"

武藤刚要开口，牧田用话压了上去。

"明白了。我们这边是会长和舍弟头头一起来向你求情，如果这叫'嘴巴不干净'，叫我们闭嘴滚蛋的话，就该轮到我们颜面扫地了……要杀要剐，就请趁现在吧，这样一来川上回去也好跟船山交代，说即使牧田挺身而出也无能为力……怎么样？要动手的话就干脆一点，脖子也好肚子也好随你挑选。刀子之类的总该带在身上吧？没有的话借你一把也可以。"

牧田把上衣的下摆往上一掀，把刀柄在武藤眼前一晃。

武藤眉头一皱。

"武藤先生……请动手吧！"

牧田将头低至腰间，向前伸出脖颈。

足足有半分钟，双方就这样僵持着。

其间的背景音乐是流行歌曲和明治大道上往来的车鸣。

忽然间，武藤的气焰远去了，后背似乎也靠到了椅背上。

"牧田先生……先坐下吧。"

胜负，已见分晓——

极道最大的武器，毫无疑问就是暴力。然而在现代社会使用暴力，施暴一方也会深受其害。若是极道之间的暴力冲突，对自身的危害就更大了。因此暴力只是最终手段，回避暴力才是明智之举。

只不过，若人人皆知暴力无意被使用，暴力也就失去了价值。如此一来，极道便也难称极道了。随时随地可以动手，该动手时必定痛下杀手，极道之所以能成为极道，靠的正是这种觉悟。

那么，谁所展示出的觉悟更为"大义凛然"呢？

就眼下来说，是牧田。

极清会的规模说不上大，但只要会长牧田说动手，就一定会跟你玩命。极清会就是这样的组织。加之今天舍弟头头川上也跟来了，极清会很有可能不是单枪匹马，牧田的同辈盟友搞不好正在伺机而动。

而武藤这一边又如何呢？

所谓"若头"即组里的老二，是仅次于第三代松浪组组长饭干武朗的实力派人物。但是反过来说，他不是老大，在没有组长应允的情况下擅自做出重大决策，这种事他基本上是干不出来的。换句话说，眼下这种情况是否应该抗争到底，武藤并没有资格拿这个主意。

只要把这层构图装在脑子里，剩下的就是如何动嘴的问题了。

雄霸一方的松浪组若头武藤，以及规模不大的极清会会长牧田。客观地看，武藤是占上风的。不管是可以召集到的打手人数，还是资金的雄厚程度，极清会都差着一个零。

那么，这种差距究竟要靠什么来填补呢？

那东西便是觉悟，一种名为"该出手时就出手"的魄力。

武藤正是接收到了这种魄力，认可了牧田的觉悟，才决定退让一步。

"那么你想要我怎么办呢？嗯？牧田先生。"

武藤虽然让步了，却也不能因此就蹬鼻子上脸。如果把他逼急了，这次就不只是武藤面子不保的问题了，这件事若是传到饭干耳朵里，搞不好真会激起组织间的战争。事情要是成了那样，极清会是一定没有胜算的。这种错误，绝对犯不得。

"是……如果能通过武藤先生，让 Face 与 Doobies 结成业务上的合作关系……用这种方式给双方一个台阶下，就再好不过。关于栗山优菜，经营层面照旧由 Doobies 负责，窗口则由 Face 提供，利润五五分成，契约年数另做商议……你看这样如何？"

武藤脸上浮出笑容。

没错，这个结局对双方来说应该都是说得过去的。

事情谈拢了，走出咖啡厅时川上的手机响起来。

"喂，啊……哈？"

也不知电话里讲的什么，不过从川上的脸色和语调判断，恐怕不是什么好消息。

川上从耳旁拿开手机，按下挂机键。

"出什么事了？"

川上听了没有马上答复。

"唉……"

他神色窘迫地皱着眉。

"到底怎么了，把它说出来。"

终于，川上略一点头，开了口。

"就是那个柳井健斗……好像跑路了。"

那个柳井，逃走了？

3

十二月二十日，周二早上八点半，位于中野署四层的讲堂里，玲子出席了设置在这里的"东中野五丁目、暴力团成员刺杀事件特别搜查本部"的初次会议。

"通信指令中心接到报警电话是在昨天，十九日的十八点四十三分。十八点五十分，东中野站前警察署的大仓巡查长到达了遗体发现现场，位于东中野五丁目，Sunny Heights 东中野的四〇二室。"

主持会议的是搜查一课的管理官桥爪警视。同样就座主席台的还有，搜查一课长和田警视正、杀人犯班十组长今泉警部，以及中野署长、副署长、刑组课长、本部组对四课长、组对四课暴力犯搜查第六组长等人。

坐在台下的调查员包括搜查一课、组对四课、中野署，以及由邻近辖区召集来的刑事课警员。再加上鉴定课的人，总人数已超过八十人。这个规模比起通常的特搜本部是略大的。

"第一发现人及报警人，是该房间的名义租借人志村惠实，二十五岁。'志村'是板桥志村署的志村，'惠实'是恩惠的惠，实际的实。职业是 Floor lady，也就是夜总会女郎。现已确认其出勤的夜总会为池袋的 Club Alice。惠实于十六号周五的晚上，参加了四天三夜的北海道旅行，于十九号报警时刻前回到家中，随后发现了小林充的遗体，并进行了通报。惠实与被害者开始同居是在七个月前。当初约定好房租平摊，但是最近三个月以来，小林那份一直拖着未缴……对此，惠实表示已经有了一定的思想准备，似乎是看出来小林的经济状况不佳。"

玲子重新审视了派发下来的小林充的面部照片。那张照片应该是驾照的扩大版。

明显的男性相貌特征，骨骼宽大，五官相对匀称，只是略微上翻的嘴唇给人以粗俗，或者说野蛮的印象。不过作为黑社会来说倒是刚刚好。

"因此，惠实表示其个人与被害者之间并无金钱或异性关系方面的纠纷。异性关系这条线，只要去调查北海道旅行的同行者，应该就可以在一定程度上得出结论……那么下一项，关于被害者与其所属团体……松山组长。"

起身的人是组对四课暴力犯搜查第六组长。

"是……呃，按照组织的层级顺序来说……被害者是大和会系石堂组旗下的，仁勇会的下属组织，六龙会的成员，但并不是什么有头有脸的人物。被害人年龄二十九岁，东京都武藏野市出身，都立武藏野中央高中中途退学。七年前曾因恐吓、四年前因暴力伤害被捕。不过，恐吓事件并未提起诉讼，暴力伤害事件是被判处了缓刑，最终并未入狱服刑。关于被害者的犯罪记录及其生平，目前掌握到的情况就是这样。

"关于六龙会，该组织是在练马区、杉并区，以及中野区一带活动的飞车党，会长是 Dragon Head 的原领头人物竹岛和马。竹岛二十岁时从 Dragon Head 引退并加入了仁勇会，十年后独自成立的组织便是六龙会。六龙会目前拥有成员十七名，事务所位于高圆寺。被害者在二十一岁那年与竹岛结拜为义父子关系。"

六龙会，一个无法从飞车党彻底毕业，终于开始把黑道当作"毕生事业"的男人所成立的新锐团体。如此看来，被害者本人也是相同路数了，据说同样是高中辍学。不过这样想也可能太过偏激了。

"关于六龙会，情况就是这样。"

"有没有疑问？没有的话，鉴定课。"

被桥爪点名后，刑事部鉴定课的秋吉主任站起来。

"是……呃，关于遗体，在东朋大即将进行司法解剖……因此，结果将在今晚的会议上进行详细报告……今天早上，在藤代警视的监督下，进行了大致检视……死亡时刻，推定为十七日夜晚。致命伤为心窝处的宽八厘米的刺伤。凶器是由下方，像这样，向上刺入心脏的……因此，关于凶器……哦，凶器并未在现场找到，不过刃部的实际宽度，应该是不足八厘米的。此外就是程度较轻的割伤……面部两处。一处是以左眼为中心，纵向十一厘米；另一处是从鼻部到嘴部，角度为从十一点钟方向至五点钟方向的斜向伤痕，一直划到下唇。之后是左大臂三处，左小臂四处，左手背两处，左手掌一处，右手掌大小伤痕四处，右小臂两处，共计十六处……这些应该都可以被视作是防御外伤。"

玲子边听边回想自己在现场看到的照片。

可以想象，小林充徒手与持凶器的歹徒进行了对峙，恐怕是像拳击手一样保持防御姿势，承受了十几次刃物的攻击。过程中，小林曾试图夺下凶器，致使手掌负伤。这些割伤均不致命，最终是从下方突破防御的一记刺击，刺穿了小林的心脏。大概就是这种感觉吧。

报告的余下部分由另一位年轻的鉴定员接手。

"从现场总共采集到了七个人的指纹。其中一个是小林充，一个是志村惠实……小林暂且不说，志村与其余五人都没有犯罪记录。那五人具体为……从指纹大小判断，女性三名，男性两名。"

桥爪拿起话筒。

"凡是去过那栋公寓的人的姓名、年龄、住址，全部去向志村惠实进行确认……负责问话的是谁？"

于是一名中野署的调查员举起手。

"哦……之后还会重新分配，是不是你都无所谓……好了，鉴定，继续。"

真是多此一问！玲子心想，当然没有说出口。

"是……只不过，将那五种指纹与遗体倒下的位置进行匹配后，得出的结论只可能是那五人与本案无关……因为现场里留下了凶手穿着袜子的脚印，而该脚印与那五种指纹的采集位置完全没有重合……"

"既然如此为什么不早说！"

靠近走廊一侧的座位上突然传来怒吼。

是日下，搜查一课这边的另一位主任警部补。

"你这家伙，这种事昨晚就已经清楚了吧！我们这边还要赶时间去收集人证！报告不准有遗漏，这无可厚非，但内容一定要简洁、易懂、条理清晰！从脚印开始，接着说！"

玲子至今对日下没什么好感，不过他讲的大致没错。关于指纹的报告，玲子也觉得有失水准。

"是，十分抱歉……那个，脚印长约二十四厘米，袜子的类型和品牌还在分析中。从脚印的形状上可以看出一定的拇指外翻倾向，不排除凶手是女性的可能……接下来，关于位置……凶手是由玄关进入，步行至起居室内进行作案的。"

"不要说得那么绝对！是你认为凶手这样作案的。"

又是日下。这次说得有点过了。

"对、对不起……我个人认为，凶手是这样作案的……因为，那个，从玄关，到起居室的走廊里，没有血迹，所以，我是这样推、推测的……从现场采集到的毛发，还有纤维等物质的鉴定，还没有结束……我的报告，就是这些。"

年轻的鉴定员深深鞠了一躬，坐下了。

真可怜，因为日下那两句话，整个人都萎缩了。

真是的，万一他今后再也不想在会议上作总结报告了呢！这到底是要干什么呀！

分组方案公布了。

玲子竟然是和下井警部补一组，负责"查户口"（调查与被害者有关的人）的工作。

"请多关照哇，妹子……我走不快的。"

玲子就算穿平底鞋，身高也超过了一米七。而下井呢，使劲挺一挺的话可能会有一米六五吧。两个人走在一起，步幅确实不搭对。

"是，我会克制自己的。"

玲子姑且与下井交换了名牌和手机号码。不出所料，下井的头衔是"刑事组织犯罪对策课、暴力犯搜查组、担当组长"。

"不好意思，请稍等我一下。"

下井忽然说道，之后向主席台走去。

"好的……"

是什么事呢？玲子想。只见下井从今泉和桥爪面前通过，径直走到和田搜查一课长面前，同他打了声招呼。

和田坐在主席台上仰起头，有一瞬间露出了惊讶的表情，但似乎很快认出了下井是谁，一面摘下眼镜一面站起来。"好久不见了！"和田拍打着下井肩膀。下井看上去也很高兴，不住地像是在点头一样低下了头。

和田即将迎来退休年龄，下井大概不到五十五岁。关系亲密的前辈与晚辈，玲子眼中的两人便是这样。说不定他们还曾在同一个部门共事过。

同和田攀谈两三分钟后，下井也与今泉和桥爪寒暄了几句，之后同他们挥手道别，向玲子走来。

"妹子，让你久等了。"

"不会……"

两人就这样离开了会议室，下井走在前头，略过了电梯间，一路朝楼梯走去。

"都说为了健康着想，应该尽量走楼梯……"

"的确。"

下井一边嗨哟着一边往下走，步伐意外地轻盈。玲子也配合着他的步调下了楼。虽说只是下楼，心情却变得畅快起来。

两人下到一层，出了中野署玄关，沿人行道向右走去。

"下井警官，您和和田课长是老相识吗？"

外面的天气比想象中的还要冷，玲子决定把手套戴上。

"是啊，我在到四课以前，也在一课待过些日子。当时的一课，在本部里还被叫作重大案件搜查组。我们是七组……那时候受了和田很多照顾。对我们来说，他是个称职的老大哥。"

"我们……是指？"

信号灯恰好变成绿色，两人穿过了人行道。

"啊……当时的七组真是人才辈出啊。组长津田……那是早于和田好几届就在一课担任课长的人物。主任是和田，还有林。林你应该认识吧？现在也是资料班长。"

"嗯。"

认识，而且一直受他关照。

"然后，和田底下是我、今春，顽铁是后来加入的。"

"真没想到……"

"今春"指的是十组长今泉春男警部，"顽铁"则是现任五组主任胜俣健作警部补的绰号。

"然后，现在特警班的组长麻井，也在七组待过……大家都变成有头有脸的人物了。也就剩下我和顽铁了吧，至今还在地上打滚儿呢！"

确实是人才济济的感觉。而且除了和田和下井以外，万万没有想到今泉、胜俣也和他们是同期，曾隶属同一个调查组。

很快截到了一辆出租车，下井率先坐了进去。

"去高圆寺的冰川神社，没错吧……"

没错，今天的首要任务便是去拜访位于高圆寺的六龙会事务所。

六龙会事务所位于冰川神社更靠近高圆站一侧的一栋较新的公寓

楼二层。

"妹子，但凡是和黑社会打交道的时候，你都交给我，正经八百取证调查的活儿，我都让给你。"

虽然下井说话有点装模作样的，但是他的那股子劲儿玲子并不讨厌。

"我明白了。那么这里——"

就让我见识一下您的手腕吧。

穿过大门上到二楼，右手边的二〇五号房，只看外表的话和旁边两户没什么区别。乌黑色稍有格调的房门，金色的门镜，标牌上写的也不是"六龙会"，在名义上毕竟只是"竹岛事务所"。业务内容就不得而知了。

下井按下电铃，于是，从对讲机里传来一个意外纤细的声音。

"您好，请问是哪位？"

下井清了清嗓子。

"我们是中野警察署的。稍微聊两句，好吧？"

"好的，请稍等……"

大约十秒后，门后传来挂锁被取下的声音。

房门微微向外侧敞开一道缝，从中露出的面孔与其说是黑社会，倒更像是一名男招待，带着浑身的浮夸气息。

下井顺着门缝往里窥探。

"我是中野署的下井。竹岛先生在吗？竹岛和马先生？"

"呃……社长的话，在里面呢。"

"能和您简单聊两句吗？"

"请问是什么事呢？"

于是下井从屋里收回视线，仿佛使出头槌一般地，猛地凑到男人面前。

"我说，你们家的若中^①被人剐了，条子还能不来问话？大白天的没睡醒啊！"

男人瞧一眼玲子，又看了看下井，依然有些举棋不定，但还是勉为其难地说：

"请吧……请进来吧。"

房门很快敞开了，玲子二人被请进了屋里。

除了无须脱鞋外，房间的格局似乎也和普通的公寓没有两样。有厨房，有通往浴室的门。正面窗户大概朝南，蕾丝窗帘在充足的日照下闪着白光。可以听到古典音乐在房间里轻轻流淌，应该是巴赫的管弦乐组曲——是第几号作品来着？玲子记不清了。

起居室中央是一套待客沙发，坐在黑色皮革沙发上的男人站起来。男人大约四十五岁，穿一身黑色，相貌非常玩世不恭。

"这位刑警大哥，大清早的，还请您讲话小点声。就算是公事公办，也不至于把服丧的老讲究给丢了吧？"

下井没听见一样地四处张望着。

"你就是竹岛和马？"

"是啊，没错。请坐吧，还有这位女士也是。"

下井依旧像是在给物件估价似的，东瞧瞧，西看看。

---

① 若中，暴力团组织中小一辈的普通成员。

"好……那就恭敬不如从命了。"

"打扰了。"

这时曲目发生了变化。之前是第三号，现在是第四号？算了，不管它。

等玲子二人坐下以后，竹岛吩咐刚才来开门的年轻人去沏咖啡。

"不用麻烦了，我们很快就走。"

"那怎么行！当然了，你们的问题我是一定会回答的，我这边呢，也有几件事想要跟你们打听打听。打听不到的话……我也是会很为难的。"

乍一看，这里除了竹岛和那个年轻人外就没别人了。不过这间起居室还连通着另外两个房间，那里是否藏着其他人就不得而知了，还是说当真只有他们两个呢？

下井探出身子。

"抽根烟，不介意吧？"

"哦……请便。"

竹岛指了指桌子中央的玻璃烟缸。

下井衔起一根，点上火。

阳光透过窗帘打在青白色的烟上，整个房间都显得雾蒙蒙的。

"小林死了的事，你是怎么知道的？"

"瞧您这话说的，不是你们署里的人来找我核实，问'小林是六龙会的人吧'，'是啊！'我就是这么答的。"

是搜查本部的人已经来过了，还是说只是打过电话呢？眼下玲子无从判断。

"人是怎么死的，这你听说了吗？"

"呃……好像，是被乱刀扎死的。"

这个说法并不准确。确切地说，是被乱砍一通后，一刀捅死的。"

"怎么就……闹出了这么档子事呢？"

"不知道啊！在这件事上，我们可是不折不扣的局外人。"

局外人。玲子心里有些诧异。

下井似乎也有相同的感受。

"这叫什么话？自己家的若中被人乱刀扎死了，当爹的却说自己是局外人，哪儿有这种事呢。"

不知是出于何种心境，竹岛脸上浮现出苦笑，不停地摇头。

"这位刑警大哥……小林这个人，你以为他是跟道上的人一言不合，给人盯上了，他还真不是那块料。"

下井脖子一斜："此话怎讲？"

"一句话，小林就是个废物。"

竹岛伸手拿起桌子上摞着的烟盒和打火机。

"现在这年头，混黑社会的也必须得会用电脑，得懂经济，懂法律。可是小林这东西……在这些方面可以说一无是处。所以才会因为恐吓这种不值当的事，给警察抓了去。再加上脾气实在太臭，动不动就抡拳头，挥刀子……但是，你要说他打架比谁都能耐，又不是那么回事。动起真格的来，他还不如我呢。这不是长幼尊卑的问题，是技术性问题。别看我这个岁数，打起架来还是有一套的……刑警大哥，你怎么看呢？对于这样一个帮派分子。"

竹岛忽地吐出一口烟，下井则把烟按灭在烟缸里。

"听这意思，你是巴不得他一命呜呼喽？"

"不不，这种会招惹是非的话，可不好乱讲的！"

竹岛笑了，在这个谈论自己干儿子死于非命的当口上。

"这么说吧……充这孩子，并不值得你脏了自己的手去杀他。至少在道上的人看来是这样，不管是和他沾亲带故的，还是跟他八字不合的。怎么说呢……依我个人之见，他不是被乱刀捅死的吗？那杀他的应该是个女人吧。叫什么来着，那个女的……惠实，对吧？"

下井把下巴往旁边一撇。

"按志村惠实的话，充被杀的那天晚上她正在旅行途中。当然了，一时半会儿还没有确凿的证据。"

"仔细调查一下，搞不好是那个吧？时刻表的把戏之类的，没准就是这么回事。"

好一个思路清奇的组长。

"保不齐，真有这种可能……以防万一，能不能告诉我，除了志村惠实以外，充还跟哪个女人有过来往？"

下井也在考虑女性作案的可能性吗？该不会是因为脚印上的拇指外翻吧？如果真是这样，那只能说这个结论下得太过轻巧了。拇指外翻又不是女人特有的骨骼畸形，男人的话该有也是会有的。

竹岛扭着脖子想了片刻。

"这个就……我想，恐怕是没有了。这么个一事无成的人，而且我还听说，他因为交不出房租，直接搬到女人家里去了？就他那点出息，也就只够让那个叫惠实的女人养活他的。还想拈花惹草？怕是有点难。"

下井猛地探出身子。

"那么，会不会是这样呢……分文无有、走投无路的充，最终打起了组里的钱的主意。原本打算和志村惠实一起跑路的，谁承想惠实去旅行了。就在自己一个人等她回来的时候，一个吓死人的家伙找上门来。"

竹岛听了，眼里露出凶光。

"刑警先生，讲话是要有分寸的。我们这里管钱的人，还没有废物到会让充乘虚而入的份儿上。"

玲子在心里叹了口气。

竹岛的这番话，从头到尾有几分可信她无从判断。但是，如果可以只凭感觉说话，那就是百分之百。

不论哪句，在玲子听来似乎都确有其事。

4

这次的调查，想必会举步维艰吧——

看着清场后空荡荡的讲堂，今泉轻声叹了口气。

被害者是二十九岁的暴力团成员。哪怕只是一个名不见经传的喽啰，只要被杀的是黑社会，这个案子就不可能不让组织犯罪对策部插上一手。万一凶手是敌对组织的人，演变成帮派斗争的可能性便不容忽视。事态一旦发展到那个地步，就不是刑事部搜查一课靠一己之力能够解决的了。到时候再叫唤"打起来了"，为时已晚。"都是因为你们胡搞！"组对部的人要是背过脸去，就不会再拿正眼瞧你。既然如此，不如从一开始就展开协同调查。

在这一点上，最初从中野署得知小林充是暴力团成员时便已向刑事部长提交了报告，意图与组对联合办案的和田一课长的判断，可以说是相当正确的。

但双方毕竟是意识形态相左的两个系统，哪怕只是暂时性地，将他们嵌套在同一个框架下也是难上加难。

最近一个时期恰逢警视厅组对部在查抄行动中接连失利。尽管里应外合，以万全之策展开行动，不知为何结果却是一无所获。手枪也好弹药也好，致幻剂也好大麻也好，总之现场里空无一物。虽说枪支药物的查抄工作是组对五课的职责范围，但组对部整体正笼罩在满盘皆输的负面情绪下也是不争的事实。

这时候送上门来的，便是这次的案子。

虽说直接接手的部门是组对四课，不过今泉听说组对部长在这次的案子上下了大注。一定要先于刑事部将凶手捉拿归案，争取尽可能多地挽回败绩。这便是组对部长下达的至上命令。

如此一来，组对的调查员势必会依照与刑事部截然不同的理论基础进行布局。从名为小林充的黑社会曾经拥有的人际关系、其背后团体所持有的问题、势利关系、特殊权益以及内斗的导火线等方面着手，将目标锁定在从小林的死中获益最大的人物身上，并以这种设想为前提展开行动。

另一边，刑事部的人，特别是搜查一课的人，无论如何都会秉承杀人事件的搜查原则进行调查。从案发现场取得的物证、从周边地区获得的情报、从知情人口中听取的证言，将这些信息综合起来，通过精密的查证锁定嫌疑人的身份。

组对是从黑社会整体的大框架出发，将搜查范围一点点缩小。

刑警则是从现场这一点出发，呈放射状地不断扩大调查的边界。

两者的理念从起点开始便南辕北辙，想要他们齐头并进是非常不现实的。

没错，在刑事口的众人眼中，组对就好比一个"投机的情报贩子"。很难想象小林这样一个下三烂的死，会波及组织母体的大和会。哪怕将规模缩小到其谱系下方的石堂组，整件事也显得过于夸张了。那么进一步向下聚焦到仁勇会又如何呢？仁勇会是小林所属的六龙会的上级组织，将这把保护伞摇上一摇，看看有何风吹草动。很显然，组对打的正是这把算盘。

"仁勇会那边，就让我们的人去敲打好了。"

在初次会议前的商讨阶段，组对四课长宫崎警视正提出了这个出人意料的要求。不仅如此，他还表示四课的十三名调查员将不会与刑事部搜查一课以及所辖署的警员一同行动。替代方案是将组对的内部成员两两分成一组，多出的一人归到三人一组。

理所当然地，和田对此提出了质疑。

"宫崎警官，毕竟，咱们是在调查一起杀人案件。仅仅是去松动黑社会的上下级关系，然后等着天上掉馅儿饼……如果你们是这么打算的，我们会很难做。"

"和田警官……虽然这么说有点当仁不让，这次的绣球我们是摘定了。在可能的范围内，我也不愿意与你们对着干。但是你也知道，我们的屁股着火了，而且着了好一阵子了……查抄行动接二连三地失利，这件事要是被媒体知道了，他们会怎么写，你以为呢？'情报管理不善''穿一条裤子'，最后再毫无根据地补上一句，'是警察把枪支和毒品拿到黑市上贩卖'……板上钉钉会是这样，你闭上眼睛都看得见吧？！"

宫崎将两手杵在会议桌上。

"所以说，拜托了，这个案子就让我们用我们自己的方式去办吧！我不会在结案之后要求你们把自己的功劳拱手相让，我还没有不要脸到那个份儿上。搜一只要单独行动就好了，我完全不介意。不过在重点调查对象的分配上，我要求优先派给我们，然后，咱们可以轮着来。就好比眼下的仁勇会，希望能交给我们的人去打探，拜托了。"

最终，出于上述考虑，仁勇会的调查工作交给了组对四课暴力犯第六组的调查员。组对如此拘泥于仁勇会，或许他们当真掌握了某些可靠的消息，但是今泉决定不去过问。

因为将宫崎的提案照单全收的人，不是别人而是和田。

和田彻是个不可思议的男人。虽说自始至终都待在刑事口里，而且只专注于重大案件的调查工作，来自其他部门的评价却非常之高。就好比刚才的宫崎，再怎么样也不会想与和田反目成仇。抱有这种想法的人，在搜查这个行当里不在少数。

毫无疑问，今泉也对和田抱有无上的敬意。

说起两人的相遇，还要追溯到二十二年前。

那年秋天，西池袋发生了一起 OL 遇害案，当时隶属池袋署刑事课的今泉，自然也加入了该起案件的搜查本部。而由本部一侧派来的调查员，正是当时在强行犯班第七组担任主任的和田警部补。

那年今泉二十八岁，成为刑警已有六年。刑事调查中可能遇到的种种情况自己已经了然于心，何况也已经立下了相应的功劳，当时的今泉正处在对刑警这份天职产生自我认同的人生阶段。

就这么一点点的自负，在和田面前毫无招架之力地崩解了。

当时的和田，宛如刑事调查的精神化身。

赶上查案的时候，和田可以从早到晚，马不停蹄地跑遍责任区域内的每个角落，挨家挨户向每一位居民收集证词。这样的和田不禁让人感到诧异，那个不大的躯体里究竟是如何装下了如此巨大的能量呢？

更令人感到不解的是，整个取证过程中他没有做过哪怕一次记录。

和田目不转睛地盯着调查对象，一副认真到忘我的表情连连点头，然后，就在对方以为快要结束的时候，冷不防问一句"还有呢？"催促对方把话说下去。于是那人慌了神似的翻肠倒肚，反应过来的时候已经口若悬河地说了多余的话。像这样的情景，今泉目睹过不知多少次了。

如此得来的情报，和田会在事后统一记到本上。有时候是在途经的公园的长凳上，时间不允许的话就干脆边走边写。字迹也已经不是好看难看的问题，而是潦草到无法辨识。不过他本人似乎认为这样足矣。事后说起来的时候，他就戳一戳本子上的某个地方。看来是事无巨细地全都记下来了。

今泉至今清晰地记得，在那间临近黄昏的拉面店里，和田自言自语地嘀咕着：

"犯人是这个叫中村的男人。"

摊在桌面上的笔记本，紧右边被描成了一团的奇怪记号。那记号似乎代表着那个叫中村的男人。然而在眼下这个时候，中村这个人和田连见都没有见过。

"为什么？"

"嗯……非要说的话，是直觉吧……"

开什么玩笑！今泉心想。

说到直觉，今泉也是颇有自信的。你使劲看对方一眼，他就把视线挪开了，你觉得不对劲便上前追问，没想到那人竟是窃贼。或者，有个目击者一个劲儿地讲被害者的事，你觉得可疑于是步步紧逼，果不其然，人就是他杀的。迄今为止今泉立下的功劳，或多或少都要归功于他的直觉。就算放在刑警当中，自己也属于直觉敏锐的那一类，对此今泉是多少有些自负的。

然而和田的直觉，却是连今泉也无法理解的另一种东西。

和田连中村长得什么样子都不知道，到底是出于何种理由才把目光聚焦在了这个唱片租赁店的店员身上呢？

实际上，和田虽然没有亲自见过中村，却有认真听取见过中村的调查员的说法。

"应该是叫重金属吧？穿着黑色皮夹克，身上到处晃荡着金属件，打扮得疯疯癫癫的家伙。"

据说是在听到这一描述时，和田突然来了灵感。

成为凶杀现场的那间公寓，墙壁上有个最近才形成的凹陷。原本以为是凶手在挥动凶器时，手表之类的东西砸在墙上留下的，但是当和田听到重金属、着装、金属件这几个关键词时，脑海里关于现场构图的空白部分，突然被啪嗒一声补完了。

"那个人有戴戒指吗？"

"这么说的话，好像是有戴，银色的，骷髅形的。"

就是那东西了！和田在这个时候似乎已经胸有成竹。

随后，他和今泉一起来到池袋，沿街购买可以找到的每一种骷髅形戒指。过程中，今泉提议用树脂去复制现场墙壁上的凹槽。身上带着凹槽的复制品，无须把戒指全部买下，在店里头就可以对形状进行确认。采用这种方法后，两人成功找到了与墙壁凹槽相吻合的一款指环。

那枚戒指正是中村佩戴的同款，虽然无法直接成为行凶的证据，但以此确立嫌疑是足够了。

就结果而言，逮捕中村的人既不是和田也不是今泉，而是最初撞见中村的七组的调查员。尽管如此，和田依然感到十分满意。

"不是很享受嘛……在思考各种可能性的过程中，突然想到'就是这样！'的那个答案如果正好是谜底的话，是不是很让人开心啊？"

在搜查本部解散的庆功宴上这样说完，和田笑了。之后他又补充说：

"今泉……如果你有意，要不要来和我一起干？像你这样，听了我的那些疯话不但没有一个不字，还愿意陪我一起胡来的人，实在太少有了。"

毫无悬念地，"拜托你了！"今泉当即答道。

一年半后，今泉正式被吸纳到了搜查一课的第七组。

十二月二十二日，星期四。

刚刚结束了早间的搜查会议，担任文职工作的十组老牌警员石仓保巡查部长，若有所思地站在今泉旁边。

"组长，能占用您一点时间吗？"

"啊……"

看石仓的意思是要到外面去说，于是今泉离开了座位。

走出讲堂后，石仓默默递过来一张字条。

"是检举电话。"

字条上写着"柳井健斗、26岁"。

"只有这些？"

"是。对方说此人是杀害小林的凶手。听声音是个女人。"

什么？！

"名字就是这几个字？和那女人确认过了？"

"是，已经核对过了。"

"听声音，是多大岁数的人？"

"听着岁数相当大了。但是听她说话的口气，又像是喝多了的陪酒女，嗓音相当沙哑。"

听到"陪酒女"时，今泉首先想到的就是志村惠实。

"对方还说什么了？"

"没了。上来二话没有，就说了这些。"

"语调呢？"

"吐字清晰，没有慌张的感觉，语气平淡。"

"电话号码是？"

"是公用电话。"

"目前可以想到的人名里，有柳井这个人吗？"

"没有。警视厅的数据库里也没有同名同姓、二十六岁的记录。去资料班打听一下或许能有些眉目。"

平心而论，这次的举报电话给人感觉真假参半。

如果真是有价值的情报，可以拿着令状去找电信公司，要求他们推算出公用电话的位置。但是现阶段还很难判断是否有这个必要。何况即使成功追踪到了电话的来源，今泉也不认为赶去现场就一定能够见到情报的提供者本人。

"保叔，能不能麻烦你跑一趟资料班，调查一下这个人。"

"遵命。"

如此说定后过了两个半小时，这回石仓是直接把电话打到了今泉的手机上。

"情况不太对啊，组长。这件事，不能随便往下挖的。"

"怎么回事？"

据石仓说，这个叫柳井健斗的人，是九年前某起事件中被害者的亲属。

听取了管理官桥爪的意见，并在电话里向和田说明了原委后，今泉于当天下午来到了位于霞关的本部大楼。

事情已经传到了刑事部长长冈警视监的耳朵里，会谈地点被定在六层的部长室。

围坐在桌前的与会人员共计七名:部长长冈、参事官越田警视正、和田、桥爪、今泉、石仓,以及十组日下班的沟口巡查部长。

长冈开口问和田:

"小林充的案子,我已经清楚了……那么,到目前为止,这个叫柳井某某的男人的名字,在整条搜查线上都还没有出现过,是这样吗?"

"是的,完全没有。"

"那么,这个小林充和被检举人……柳井某某之间,是怎样的一种关系呢?"

接过这个问题的人是石仓。

"小林充的最终学历是都立武藏野中央高中中辍,柳井健斗晚他三届,由同一所高中毕业。"

长冈听完歪着头。

"这样听来,好像有关系,又好像没什么关系啊。"

"是……但是问题就出在了柳井健斗的姐姐身上。柳井千惠,十九岁。于九年前,也就是健斗十七岁、小林充二十岁那年,在自家公寓里被人勒死了。千惠同样毕业自武藏野中央高中,和小林充是相差一届的学长和学妹……当年的调查资料显示,两人在案发当时正在交往。"

"交往……"长冈拧着脖子说,"如果检举电话内容属实,那么也就是说,经过了九年时间,柳井健斗杀害了曾经勒死他姐姐的凶手、她原先的男友小林充,可以这样理解吧?"

"正是。"

"为什么呢?"

石仓把目光投向了今泉。确实，从职级角度出发，这里也应该由今泉把话揽下。

"当然了，这件事目前还无法断言。不过，如果柳井健斗认为小林充就是杀害姐姐的凶手，或者他掌握了足以让他相信小林充就是凶手的情报，那么柳井健斗为姐姐报仇杀害了小林充，在动机上是成立的。"

"请等一下。"

长冈伸出左手掌，环视了在座的所有人。

"话说回来，九年前的那起事件，后来是怎么落幕的？至今悬而未结吗？"

"不，"和田摇头说道，"是以嫌疑人死亡为结论，结案的。"

"嫌疑人是指？"

"他们的父亲，健斗和千惠的父亲。"

长冈睁大了眼睛。

和田继续说道：

"名字是柳井笃司。"

"死亡又是指？"

"当时的搜查本部将柳井笃司定为了重要嫌疑人，并对其进行了反复的审讯。然而在九年前的十一月二十二日……笃司在结束审查后离开三鹰警察署时，从偶然经过接待处的地域课警官池田春敏巡查部长身上夺下手枪，当场射穿自己的头部，自杀了……三鹰署搜查本部将事件经以书面形式送检，检察院下达了嫌疑人死亡、不提起诉讼的处理结果。"

长冈听罢目光摇曳。

"哦……我想起来了……确实是有过这么一件事。以此为契机，警视厅向各本部下达了彻底安装防误射枪口帽的指令，是这样没错吧？"

坐在旁边的越田参事官点点头。

"媒体方面也是一片哗然。"和田继续说道，"因为这起事故，以当时的刑事部长为首的搜查责任人，全部发生了人事变动。一周后，池田春敏巡查部长于执勤中，在警察署里上吊自杀了……这就是该起事件在当时的始末。"

长冈的脸色眼看着苍白起来。

"当时的，刑事部长，在那之后……？"

"平松清忠原警视监，在那之后被任命为宫崎县警本部长，辞去了官职。当时的搜查一课长藤原幸一原警视长，以及原管理官三枝亮元警视长，也已经辞去了官职。当时参与该起事件调查的调查员，仍有几名留在了搜查一课……其中之一就是他，沟口巡查部长。沟口曾负责搜查柳井家的家宅，与健斗直接见过面，但并未参与笃司的审讯工作。"

沟口毕恭毕敬地鞠了一躬。

"看过资料以后，也许还能想起一些当年的事，但是暂时，还不足以对本次调查起到任何帮助……十分抱歉！"

显然，长冈已经无心听沟口讲话了。

"这件事，可难办了……"

很长一段时间，仿佛被铸进铅块里一般，压抑又冰冷的沉默支配着整间部长室。

这也是没办法的事。如此追查下去，倘若柳井确实是凶手并最终被捉拿归案，那么警视厅势必要对其作案动机发表声明。

柳井健斗杀害小林充，是为了替姐姐报仇。九年前那起案件的真凶是小林充，而并非父亲柳井笃司——

情况是否属实暂且不论，就连验证方法是否存在，现阶段都是未知数。因此，万一九年前的事被翻出来了，警视厅势将再次遭受重创。

长冈忽然把目光投向了天花板。

"和田课长……"

"是。"

"把这件事上报到我这里，谈谈你的想法吧。"

和田略一低头，清了清嗓子。

"假使，事态发展成了最糟的情况。到时候，长冈部长也必须有所觉悟才行。等出了事再做准备，恐怕来不及商量出一个妥善的应对方案，所以从现在起，就应该为最坏的结果做好打算。把这件事报告给您，我是这样考虑的。"

长冈收回目光，缓缓点头。

"有一点，我想跟你们确认一下。"

和田答"是"，长冈却把视线转向了今泉。

"这次的案子，我记得是和组对展开的联合调查……是这样吧？"

今泉左右看了看，看来长冈询问的人确实是自己。

"是……组对四课的暴力犯第六组也加入了特搜本部。"

"那么，关于柳井健斗的情报，组对四课也已经掌握了吗？"

"不……还没有进行通报。知道这件事的人，在刑事部当中，也只有在座的几位。再有……就是资料班极个别的几个人。"

长冈听完用力点头。

"那么，警视厅的统合数据库里，关于柳井健斗这个名字——"

今泉心中不好的预感越发强烈起来，但也不能因此就拒绝回答。

"没有……不存在这个名字。他的名字只出现在刑事部保管的柳井千惠事件的调查记录里，我认为是这样。"

长冈重新面向和田，竖起食指。

"和田课长，要不然，这么办吧。最坏的结局……咱们不让它发生。"

所有人，都无言地看向长冈。

"首先一点，这件事，不要透露给组对的人。再有一点，对于刑事部的全体调查员，今后，即使柳井健斗的名字出现在搜查线上，也不要进行调查……下令叫他们这样去做。"

和田把眼睛眯成一条锋利的细缝。

"这是什么意思？"

然而长冈并不打算退让。

"和田课长，我可不想听到任何缺乏想象力的无端猜疑。我呢，并不是因为不愿意被九年前那桩和我毫不相干的案子拖下水才这么说的。当务之急是眼下的形势。就算没有提起诉讼，警视厅当年的搜查本部很可能是把一个含冤的人逼上了自杀的绝路。由此萌生的杀意，导致了本次事件的发生……把这件事，把这个过去无果的案子重新翻出来，到头来也只可能是再泼自己一盆脏水，对你们没好处，对警视厅更没好处……我是这么看的。"

言外之意，自己不过是一名在警视厅待不了几年就又要走人的高官罢了。

今泉不禁想要开口，却被和田抢了先。

"可是部长，眼下这件事还只是一通举报电话，不做任何调查，放任不管的做法，是不是——"

长冈用摇头的方式把和田压了下去。

"你仔细想想看……假使这个消息是真的，柳井健斗的作案动机，便是针对小林充个人的复仇。既不是快乐犯罪，也不是拦路杀人或者连续杀人。即使不被逮捕，也不会对社会秩序造成太大影响吧。"

不禁令人怀疑自己听力是否正常的发言。再怎么说也是警察官僚，竟然说出放着杀人犯不管也不会影响社会秩序这种话。

"与此相比，和九年前同样的结局……搜查关系者的大规模人事变动，这将对首都东京的治安管理造成巨大的负面影响。和田课长，包括短期代理就任在内，现在的职位你已连任三回，说起来，也是搜查一课的名课长了。若是因为过去污点的翻案而要我们失去像你这样的人才，不管怎么说都是划不来的。不，搞不好这次都不是撤掉课长和部长就能够了事的，说不定最后搞到连警视总监都位子不保……这个情况，还请你考虑清楚。像小林充这样一个黑社会，值得你为了他的性命赌上这所有的一切吗？"

话说到这个份儿上，谁便也无法再说什么了。

长冈应该是把这种沉默意会成了全体人员的首肯。

"其实嘛，我并没有说禁止一切针对柳井健斗的调查行为。关于他的事，我已经有了妥善的安排……这里就请交给我吧。没问题吧？"

这一次，所有人到底也还是保持了沉默。

5

　　玲子二人针对小林充的调查还在继续，但迄今为止尚未取得任何可以称之为成果的成果。

　　但凡是暴力团成员，多少都拥有俗称"霸凌"（即所谓的"生意"）的资金来源。其中最典型也是最恶劣的，便是施暴、恐吓以及违禁药物的贩卖。不过，除了上述几种形式外，能让他们赚到钱的办法还有很多。

　　例如，通过坐地起价的形式来征收保护费。

　　在自家地盘上做买卖就要缴纳地税，这种自古流传下来的方式在暴对法出台后的今天已无法适用。指定暴力团体成员哪怕只是亮出印有组织代纹①的名片，便已是构成了恐吓的罪名，因此在当今法律的规制下，诸如此类的行为已被敬而远之。

　　那么，实际又该如何行事呢？

　　拿正规营业项目当幌子就可以了。经营范围可以是消毒毛巾，可以是观赏植物的租赁，也可以是打上牌子的一次性打火机和茶杯垫。从客户那里接到订单，然后把商品实实在在地销售出去，只不过，收到的货款是与市场行情极不相符的大额数字。如果贩卖价格是正常价格的十倍，九成便都是保护费。作为回报，客户将得到这样的保证：碰上麻烦了可以来找我们，我们替你解决。就结果而言，这些店家与暴力团之间相应相生的关系直至今日也未见改变，这便是眼下的实际情况。

---

　　①　相当于家徽的纹章图案。

无一例外地，小林也是靠接收印刷品订单的形式收取的保护费，业务来源以店家的宣传单为主。那么，小林的死是否是他在这方面种下的恶果呢？从了解到的情况来看，似乎与此无关。

玲子向一家夜总会问起了小林的事。

"设计得非常棒！他到店里来和我们确定样式，下单之后三四天就能做好。而且做工也比想象的要好。感觉受益的反而是我们。"

确实，店家拿出来的宣传单，效果相当不错。

除此以外，据说这里的菜单也是经由他手制作的。

"这个也是……对吧？很不错的！构图很漂亮，字体也很讲究。好像是小林先生的女朋友在这方面很有天赋，也很擅长做这些东西，就交给她去做了。我还跟他说过呢，'你们做得真够快的'……没想到啊，小林先生已经死了。"

玲子则是在得知志村惠实还有这样的才能后感到颇为惊讶。

不过，当真去调查的话，说不定制作传单的姑娘另有其人呢。

十二月二十二日，星期四。

玲子和下井在晚七点时回到了中野署。

走进四层楼道尽头的讲堂，玲子下意识地将整间屋子扫视一遍。大约有一半调查员已经回来了。

这时，玲子突然感到有类似视线的东西停留在自己身上，猛地回过头。

是什么呢——

讲堂大门对面，一直延伸向电梯的走廊，就在走廊的尽头附近，左侧墙壁的拐角处，一个黑色物体一闪而过，似乎有意把自己隐藏起来。

"妹子，怎么了？"

"不，没什么。"

是错觉吗？玲子想，然而一直盯视着那个方向，那东西又晃了一下。

"下井警官，不好意思，稍微失陪一下。"

玲子小跑着折回楼道里。

途中黑影再次闪现，又再次消失，但是这次玲子看清了对方的衣着。那是一身外勤制服。换句话说，那团黑影很有可能是一名男性地域课警官。

玲子加快脚步，在电梯前左拐，意外地发现那人影在楼梯旁的角落里蜷成一团，背向这边，双手抱膝颤抖着。

"谁啊？"

听到玲子的声音，那人保持着背对的姿势，缓缓转过头来。

"难道是……井冈君？"

是迄今为止数次参与过姬川班行动的一名刑警。第一次与井冈合作，是在大约三年前，世田谷杀人事件搜查本部的时候。此后转过年，又有两次，在龟有和莆田，玲子被安排与井冈搭档办案。去年不知为何，始终不见此人露面，想不到今年是在这里——

"是井冈君吧？"

压扁的头发上还留着帽子印的脑袋点了一下。

"请不要看我……"

说着，井冈就那样蹲在地上，缓缓把身体转向这边，双臂绕过紧贴胸口的膝盖，用力抱住自己的身体，宛如一个阴差阳错地在众人面前赤身裸体的女子，正竭尽全力地想要把自己遮掩起来，哪怕心里明白怎样做都于事无补。

　　"不想……让玲子主任……看见现在的我。"

　　说什么不想，明明是你自己跳出来的。

　　"到底怎么回事？这样太奇怪了，待在那种地方。别再那样做了。"

　　因为真心觉得恶心——

　　井冈这才颤抖着扬起脸。他竟然哭了。

　　"我被……调到地域课了。"

　　"嗯，看起来也是。"

　　于是，井冈很刻意地大声叹了口气。

　　"我和玲子主任，那是被红线牵在一起的，命中注定的刑警眷属……可是我……请不要直视我……实在是，我实在是没脸见人啊，太没脸见人了……怎么就，沦落成了一个管交通的呢……咳……"

　　井冈这回跟个大姑娘似的，小腿向外撇着蹲坐在地上，两颗长长的门牙叼着右手上的制服袖子。

　　"我说井冈君，堂堂一个警官穿着制服，怎么就没脸见人了呢？还'沦落成了管交通的'……说这种话，全国上下十万名交警不把你打成沙包才怪呢！"

　　"就算被他们打死也无所谓！"

　　井冈用牙使劲扯了一下嘴里的袖子。

　　"对我来说！失去了和玲子主任的姻缘……明明生活在同一屋檐

下，用你我各自的嘴唇……交换着相同的空气，却不能在调查中长相厮守……老天爷太绝情了！与其这样，还不如死了算了……"

这还真是，登峰造极了。原本只是觉得此人特别地叫人不舒服，想不到几日不见，功力节节高升。

"玲子主任……至少……至少搜查会议结束后，办酒会的时候，请不要把我给忘了！"

听了这话，玲子不由得生出了想要戏弄他的念头，不禁喜形于色。她连忙变换了一副严肃的表情。

"求你了……玲子主任！"

井冈说着把手伸向玲子的浅口皮鞋，却被玲子迅速撤后一步，躲开了。

"不行啊，井冈君，谁让你已经不是刑警了呢……你太让我失望了。很遗憾，下了班咱们也不能再在一起喝酒了……你多保重吧。"

谁知，始料未及的情况发生了。

"呜哇！"

井冈发出类似惨叫的声音，这次一口咬在了自己左手的手背上。

"好……好过分哪！"

井冈猛地站起来，还以为他要干什么，却一溜烟地跑下了楼梯。

大概是"哪"的尾音"啊"吧，一个被拉长的"啊——"字音，说不好是吼叫还是哭号，沿着向下的楼梯一路远去了。事情若到此为止，也算无疾而终，然而，伴随着一连串"啪嗒啪嗒""哐当哐当"的钝响，"啊——"声陡然变成了名副其实的惨叫。

玲子扶着栏杆往下看，并不能看清井冈是从哪里跌下去的。不过，应该没什么好担心的吧。

不管怎么说，那都是一只名为井冈的生物。

不会如此轻易就挂掉的。

回到讲堂里，下井又问起来：

"怎么了，出什么事了吗？"

"不，没什么。"

玲子正打算趁会议开始之前整理一下今天的调查记录时，手机震起来，然而不等玲子把手伸进兜里，手机就没了动静。似乎是一条短信。

这种时候会是谁呢？玲子翻开手机，没想到竟是今泉。

"会议结束后，来医院后面的儿童公园。"

只有这一句。可是，今泉竟然会发来短信，此事本身就不寻常。

会议上，玲子始终对那条短信放心不下。

之所以选择以短信的形式，恐怕是想要避开在大庭广众之下招手呼喊的行为。至于接到短信通知的人，是否只有自己呢？那么菊田呢？日下呢？其他组员呢——

会议报告方面，包括玲子这一组在内，基本上都是无果而终。唯有组对那边，率先针对由他们负责打探的仁勇会发表了一番言论。不过在玲子看来，小林的死是否与仁勇会有关都还是个疑问。何况小林所属的六龙会都认为他只是个废物，很难想象这样一个人的死会在上层组织仁勇会中掀起波澜。

只不过，眼下仁勇会的处境确实有些微妙。

仁勇会的直属上层组织石堂组，其第四代组长石堂神矢，据说由于健康原因已被留院观察很久。

组长住院期间，组中事务被全权交给了石堂组的若头，同时也是第三代仁勇会会长的藤元英也掌管。据组对部调查，藤元英也似乎借着组长不在，对石堂组本身有所图谋不轨。

简而言之，以藤元为首的部分党羽蓄谋近期内在石堂组内部掀起轩然大波，而小林之死极有可能是这场内乱的前哨战。以上便是组对部对于当前形势的读解。

老实说，对于黑社会内部的那些尔虞我诈，玲子是一窍不通的。虽说一窍不通，但是玲子的直觉告诉她，小林的死与此无关。作为黑社会内乱的导火线，小林这个男人，太不够分量了。付不起房租，为了节约成本让情人设计印刷品，就算死了还要被六龙会的干爹竹岛沦为笑柄，玲子从这样一个男人身上感受不到半点任侠气魄中应有的快意恩仇。

虽然于心不忍，但是玲子不得不认为，在对案情的读解方式上，组对已经犯了严重的错误。

会议结束后，玲子对下井说自己有事要处理，便离开了讲堂。平时总是问长问短的菊田，今天也只是笑着说"辛苦了"，目送了玲子的离去。石仓由于这次负责文案工作，从一开始就没有和玲子坐在一起，始终被困在讲堂的最里侧，一座由办公桌围成的孤岛上。至于其他人嘛，叶山暂且不论，就连另一位巡查长刑警汤田康平也没有找上玲子。

今天的气氛怎么如此反常呢？

玲子顺楼梯下到一层，直接出了玄关。

短信中提到的医院，应该就是中野署背后的宫本综合医院了。玲子穿过医院侧面的通路，绕到其后身——嗯，从这里确实可以看到一所公园。

被 V 字形岔路夹在中间的区域，恰巧是两条住宅街形成的三角洲地带，那里被建成了一所公园。园内没有高耸的树障子和可疑的背阴处，相对而言视野比较开阔，眼下快到十一点了，自然是看不见孩子的身影。

主要娱乐器具是由圆木搭成的滑梯和秋千，此外也有沙坑，上面盖着防止野猫入内的网子。整体规模感觉不大，但也不算狭小，就东京市内的地段来说，大小刚刚好。

就在那片沙坑对面的长椅上，坐着一个身穿风衣的男人。

难道说，是日下——

那人见玲子绕过矮树丛走进来，于是站起身。

"姬川……就只有你自己？"

"是啊。我们班上的人，应该是都没有接到通知。"

日下点一下头，看了看四周。

今泉的身影依然无处可寻。

"也不知是为了什么事，把咱们叫来这种地方。"

"是啊……"

秋千在干冷的寒风中吱吱作响。

布满粗砂粒的地面上，枯叶咔啦咔啦地翻滚着随风而去。

一个分不清白色还是驼色风衣的身影出现在玲子刚刚经过的入口

处，两人忽地以为是今泉来了，下一秒却发现那不过是住在附近的居民。人影继续移动了二十来米，走进了自家亮着灯的玄关。很快，那光亮也随着人影一并消失了。

之后又过了大约五分钟，今泉终于现身了。

"抱歉，把你们叫来这种鬼地方。"

今泉耸着肩，缩着脖子，看上去冻得够呛。

"这倒没什么……有什么事不方便在人前说吗？"日下问。

今泉点头，开始把兜里的东西往外掏。是罐装咖啡，总共三罐。玲子和日下谢过后各自拿了一罐。

咖啡热乎乎的，将它握在手里，紧张感仿佛也一起融化了。就这样喝掉实在可惜——谁知两个男人不约而同地拉开拉环，举起就喝，下一秒吐出的气息，较之刚才增加了几分浓郁的白色。

今泉再次点头。

"是这样，今次的调查工作，被施加了一个限制。"

限制？

玲子心生诧异，但是并未反问回去。日下也保持着沉默。

"今后，即使搜查线上出现柳井健斗这个名字，也决不可追查下去。"

今泉随后给出了此人姓名的汉字写法，应该是写作"柳井健斗"。

"搜查会议上的公开发表就不用说了，报告记录里一概不能出现，也最好不要在调查员之间交头接耳。你们各自找个恰当的时机，在班里传达一下，执行要彻底。还有，这件事无须向组对做出任何的报告和说明。至于机搜（机动搜查对）和所辖署警员两两组对的情况，我这边会另想对策。"

玲子听了，心里就像开锅了一样翻腾起来。

上头居然下令禁止调查一个在搜查线上连影子都还未见到的人物。

"这算什么啊……"

今泉没有回应。

"组长！"

玲子无意识地提高了嗓门。

喊声在幽暗的公园里拖着尾音逐渐消散。

今泉皱起眉。

"注意你的言行，你这算是扰民。"

扰民就扰民，哪儿还管得了那些。

"那个叫柳井健斗的，到底是何方神圣啊？"

面对玲子的质问，今泉只是缓缓摇头。

"组长！光撂下一句不准调查柳井健斗……这种命令我接受不了，至少请给我一个理由。"

日下伸出一只手，想要安抚玲子的情绪，但是不等碰到玲子就被她一把甩开了。

"咱们调查的是杀人案，哪儿有不准触碰某个特定人物的道理，这种事我闻所未闻。再说了，您不会当真以为就凭这么口头嘱咐一下，我就一定不会碰这个柳井健斗吧……不只是我，这种命令一旦传下去，在别的调查员那里也只可能起到反效果，到时候大家一定议论纷纷，问柳井健斗是何许人物……这样做根本没意义，这太奇怪了，组长。"

今泉含一口咖啡在嘴里，把视线投向滑梯的方向。

"姬川，就算你觉得不可理喻，就这一回……听我的，睁一只眼闭一只眼吧。关于柳井健斗这个人，以后找个机会我会说明。虽然禁止本部的调查员和他接触，别动队是有在暗中调查的。所以……什么都不要再问了，答应我，从这件事上收手。"

这太不对劲了，平时的今泉才不会像这样讲话。

"是来自上头的压力吗？"

今泉没有肯定，也没有否定。

单从名字的音韵出发，玲子试图勾勒出此人的大致轮廓。健斗，这两字所被赋予的语感让人联想到年轻男子的形象。

"柳井健斗……该不会是某处的官僚子弟吧？"

今泉依然不予回应。

"如果是警察高官家里的公子，这个条件恕我不能从命。就因为这类货色，两年前在龟有——"

"不是！"

声音里夹杂着焦躁，但仅此一句便戛然而止，今泉咬紧了牙关。

但是玲子并不打算松口。

"既然不是官僚的儿子，还可能是谁呢？官僚本人吗？议员的儿子？议员的亲戚？不会吧！"

"省省吧，姬川。"

日下插了一句，而今泉拍了拍日下的肩膀。

"日下，姬川，现在我能说的只有这些……"

今泉在此处短叹一声。

"总之……这次的这件事，如果处理不当，和田他……和田一课长很有可能职位不保。"

"啊?"

如果擅自调查,一课长会被革职?

"当然了,桥爪管理官和我本人也肯定难辞其咎。我们两个还可以东山再起,就算因此被逐出了一课,早晚还有官复原职的机会。但是和田一课长已经没有挽回的余地了。如果丢掉现在课长的职位,等待着他的可能是参事官、校长,或是其他课长的位子……但是不管怎样,这次调任期满后和田就将迎来退休年龄。看着这个长年没有组建家庭、把一生都献给了一课的人,让他在即将功德圆满之际背负污名……这种事我是无论如何都无法忍受的。"

今泉对和田抱有的感情是与众不同的,对此玲子早已有所体察。那是有别于单纯的对前辈或上司的敬意,而是更接近于师徒或父子间的亲情。

而和田目前正面临着惨遭警界抹杀的危机,能够左右这件事的关键就是柳井健斗?

这个柳井健斗,究竟是何方神圣呢?

"我个人也认为这种方式有失公正,只是暂时,我还没有想到更好的办法……这件事不会就这样不了了之的,但是眼下这个案子,希望你们能够收起疑问,一心听从我的指示。拜托了……我不想让那个人的警官生涯以这种形式迎来终点。"

今泉语毕,日下点头。

"明白了。总之关于柳井健斗,查案时避开就是。"

"不好意思……能听你这么说,我很感激。"

然而玲子却做不到和日下一样。

不予调查，不许触碰。

对于这样的宣告，玲子感到的是无从化解的抵触。

第二章

1

姐在那个时候真的很难。

她需要扮演母亲，扮演长女，但同时，她也只是个未成年的姑娘。

母亲去世那年，我十一岁，姐十三岁。

因为母亲一直住院，早晚有一天会变成这样吧，就算还是孩子，我们也做好了心理准备。可是，母亲死了，悲痛的感觉到底猝不及防。

待在家里，其实和母亲住院那会儿没什么分别。每天的饭还是姐在做。洗衣也好打扫也好，也都是姐一个人在做。但就是有说不出的什么，会让我悲痛不已。

我坐在楼梯最上面的一阶，不知道哭过多少次。特别是当我独自一人，迎来黄昏的时候。

夕阳照到玄关，我至今从未发现，那里竟是如此亮堂。我总坐在最高那阶，往下看，想象着母亲说着"我回来了"，打开门。"托你的福我好多了！"她对我说，把一个大袋子放在地上。"得把积攒的脏衣服处理一下才行！"她在我的想象里念叨着，我在想象中描绘着她挽起衣袖的身影。可是，一想到这些都已离我而去，眼泪就止不住地往下流。

但在姐面前我从不哭。应该是从没哭过。因为我知道自己忍着呢。我知道自己不想让她担心。

姐那时读初一，社团也不参加，去超市买了东西就往家赶。把晾好的衣服叠起来，和我一起吃过点心后就开始准备晚饭。

回想起来，姐每次挑战新菜谱，成功了就松一口气，失败时总是叫人有些难以接近。"对不起，如果之前有努力跟着母亲学就好了。"因为姐总是这样说。因为每次听到她这样说，我的心里都难受得不得了。这样想来，因为这种事，我在姐面前或许是哭过几回的。

父亲通常要到十点或是十一点才回来。姐要等父亲回来才给他做晚饭，因此总是睡得很晚。"早点去睡吧。"我至今记得他们对我这样说。

为何他们要那样说呢？就在那一夜，我转辗不眠。

从床上爬起来，我迷迷糊糊坐到了二楼的楼梯最上面那一阶。走廊里的灯黑着。楼下的灯光因此而显得格外晃眼。

能听见电视的声音，记不得是什么节目了。但那声音突然啪嗒一声关上了，然后就看到一个巨大的影子，在楼下走廊的地板上回旋。是父亲。就在我意识到的那一瞬，起居室里的光消失了。接着是走廊里的光，一个接一个地消失了。

很快，一楼变成了漆黑一片。所以说，没有一盏灯亮着。已经到了我家的熄灯时间。

突然觉得奇怪。姐已经回自己房间了吗？应该没有。我一直没睡，所以知道姐没上楼。而且姐每次回房间前，都会先往我屋里看一眼。看看灯是不是关了，被子是不是盖好了。那晚就没。反正记忆是按没有处理的。

姐，她该不会还在楼下吧——

但他们不想让我下去，我依稀有这种感觉。所以，我是欠着脚下的楼，然后欠着脚沿走廊往里走。

当我听到父亲屋里哭哭啼啼的声音时，真的吓了一跳。

"智子……智子……"

那声音有气无力的，显得特没出息。

不可能吧，我真这么想来着。因为父亲一直是我的骄傲，他是上班族里的精英。父亲上班的那家公司，是日本电器业的老大，不，是世界第一。而且在同一批进公司的人里，父亲是最拔尖的。这么厉害的人，怎么可能跟个孩子似的喊智子、智子呢。一边喊着死了的母亲的名字一边哭，小孩子的我都不会这么干。

用现在的话来说，就是心里失望到了极点。

可能就是因为那种心情吧，让我把自己想哭的冲动和其他的那些情绪一下子都忘了，心里只剩下一个鬼主意，想要观摩一下父亲失魂落魄的样子。

我轻轻推开卧室的门。台灯亮着，把房间里照得很清楚。父亲光着身子，正趴在姐身上。姐一声都没出，只是默默地接受了父亲。至少在我看来是这样。

所以说，后来也一直是那样。从我第一次目睹他们的事，从姐十三岁的时候，到十九岁死的时候，那六年，姐和父亲一直是那种关系。

那是后来我刚上初三时的事。姐当时读高二。

我想让姐教我数学，就去她房间找她。我敲门，她说请进，我就推开门。

屋里很暗，但不至于全黑。仔细一看，姐桌上竖着蜡烛，是点亮的。姐坐在梳妆台前。不知为什么，姐那次也光着身子。

"没事……进来吧。"

我恍恍惚惚地，拎着数学书，晃晃荡荡地走进去。

等我回过神来，姐已经在我面前了，身上带着肥皂的味道，让人觉得安心。她把胳膊搭在我脖子上，胸部的触感隔着秋衣也感觉得到，柔软带着温度。

"健斗……你和女孩子，做过这种事吗？"

姐把头贴在我右侧的脸颊上。我的身高已经超过姐了。姐的头发又直又亮，可漂亮了。

"我没做过呢……和父亲以外的人。"

数学书掉落在铺着绒毯的地面上。

秋衣的裤带被姐毫不费力地解开了。

"只和父亲做……我心里别扭。但如果也和健斗做的话，心里应该就感觉不到难受了吧……也不会再去胡思乱想，事情为什么会变成这样了……大家都一样的话。"

下半身突然变得冷飕飕的。上身的衣服也被姐一件一件地脱了下去。

顺滑带着香气的皮肤抚过我身体表面，像水一样轻盈地流淌过去。

姐催促着，我便望向天花板，躺倒在地上。

姐想要跨上来，可就在那一瞬，姐的温度，姐的重量，一下子全消失了。那一瞬，我的心境变了。

"别这样！"

为什么会那样说，我自己也不清楚。

如果和姐成了那种关系，说不定不会沦落到现在这般不幸呢。我觉得有这种可能。

所以——

是啊，所以我现在才是这副样子。

高中毕业后姐拼命打工，应该是不出半年就攒了不少钱。然后趁父亲在外出差、一晚不归的时候，迅速收拾好了行李。

"健斗……你自己一个人，真的不要紧吗？"

我冲姐笑了。

"你要我说多少遍啊，不要紧。我已经不是小孩了……饭又没什么难弄的，衣服，我不是也一直有洗吗？"

"可是……扣子掉了的话……"

"没问题吧，我能缝上。"

"刷厕所什么的……"

"到了年底就会干。"

姐那时有了男朋友。那人就是小林充。上高中时比姐高一年级，比我大三岁的学长，和姐已经交往了一年左右。搬家这件事，基本上都是小林在张罗。那天也是他把车开来的。

"姐……就拜托你了。"

光明的未来——因为从两个人身上看到了那种东西，我毫不犹豫地向小林低下了头。

"交给我吧！"

小林其实是个不良少年，上高中时就抽烟、骑改装摩托车，周围对他的评价不算太好，但只要能护着姐，那人是谁我都不介意。至少在当时我是这样想的。

姐走了以后家里变冷清了，但是问题不出在这儿。

"千惠去哪儿了？！你这家伙，应该知道吧！"

失去了姐的父亲，气到发狂。他把姐原来的房间翻得乱七八糟，怒不可遏地想要找到姐的线索。

"健斗！心里清楚吧，你！"

"不知道……从学校回来就已经这样了，已经不在了。"

"瞎说的吧，其实是知道的吧……跟我装傻，想看我难堪，是不是？！"

我真想问问他，我装傻怎么就让你难堪了，但是没问出口。

至于理由——

虽然和普通家庭比起来，我们家哪儿哪儿都不正常，但只要大家心照不宣，只要装作没这回事，那就是当真没这回事了。我心里的某个部分是想要这样去相信的。

所以我不说话。我从没问过姐"你和父亲是怎么回事",也从没有去问过父亲。最开始的时候是怎么回事？怎么就把姐占为己有了呢？这种话，我一次也没问过。

姐通常会在傍晚时打来电话。饭有好好吃吗？衣服有洗干净吗？打扫卫生时有刷浴缸吗？都有啦！我每次都盼着能跟她说这句话。其实也是都有做的。为了尽可能地让父亲忘掉姐的事。

但是十一月初的时候，姐的声音听起来很是低落。

"我问你……父亲他，没说什么吧？"

"啊？是指姐的事吗？"

"嗯，不说吗？"

"没有啊，没说什么。说起来，最近我俩都没怎么正经说过话。"

我想父亲应该是在到处打听姐的下落吧。依据会是什么呢？应该就是姐打来的电话吧。从号码推测出姐的住处，然后在姐的公寓附近晃来晃去。

后来，就出事了。

出事前两天，我给姐打了好几次电话，她一次也没接，也没有打回来。

所以那晚我决定去找她，去姐的公寓。

结果，姐死了。姐成了一具散发着异味、令人痛心的尸体。

说实话，从一开始我就怀疑父亲。

父亲太爱姐了。像爱一个女人一样爱着她。然后，他憎恨起了这个离自己而去的姑娘。他或许雇了侦探，或许去过电信公司好几次。总之父亲找到了姐的住处。而且趁姐在家的时候闯了进去，暴跳如雷地，最后把姐给勒死了。

凶器被认定为父亲的领带。这也是警察怀疑他的原因。虽然他曾向我嘀咕过一句，"不是我干的"。就辩解了那么一次。

出事后，父亲被警察叫去了很多次。不过应该是没有被捕。虽然每次都被带走，但每次也都被好好地放了回来。

姐出事的事，被报纸、周刊、电视大肆报道。十九岁少女在自家公寓被人勒住脖子，惨遭杀害。描述得好像是跟踪狂干的一样。

可是没过多久，父亲开始频繁出现在电视上。尽管对面部进行了模糊处理，他仍然作为经常出入警署的被害者的父亲，几乎每天都在荧屏上现身。

某一档节目里，采访人直接把话筒举到父亲面前。"您几乎天天去警察局报到，在那里面你们都聊些什么呢？"父亲只字未答，只是推回话筒，坐进了出租车。非常容易令人想入非非的举动。我仿佛看到了马赛克背后父亲扭曲的表情。

尽管不是直播，父亲死时的影像我也是在电视上看到的。

镜头摇摇晃晃的，记者和摄像师们蜂拥在警察局门口。哎！快叫救护车！画面里掺杂着这种声音。不止一家电视台拍摄到了当时的情况，不过影像的内容都大同小异。举枪射击的瞬间谁也没有拍到。但所有人都意识到里面出事了，赶紧按下录像键，纷纷跑到警察局门口。被记录下来的就是这个过程。

我觉得父亲的精神已经不正常了。每天被像凶手一样对待，被叫到警察局里。事后我得知，周刊杂志比电视和报纸写得还要过分。父亲最后活不下去了，肯定和这些报道不无关系。

就算不是，姐也已经不在这世上了。不管下手的人是谁，姐死了的事都是无可撼动的事实。

的确，我们不是正常家庭。

坦白地说，父亲和姐做的那些事，我并不止偷看了那一次。在那之后也一次又一次地，一年又一年地，一直看着他们。

可是，这又何错之有呢？

我这么说，并不是想要赞颂父亲和姐的关系。可是，他们可曾给谁添过麻烦吗？又可曾有人为他们伤心过吗？

姐也曾痛苦过，但那不过是对于世间伦理的心有不忍罢了，我想她并不是打心底里厌恶自己和父亲之间的事。

姐被父亲抱在怀里时，脸上总是充满温情的。那表情，就和刚刚做好汉堡牛排，对我说"快吃吧"的时候一模一样。紧紧抓住父亲后背时，姐也向来是那样祥和的表情。她只是想慰藉一下父亲。只是想让母亲死后悲痛欲绝的父亲稍微好受一点。

她想要对我做的，也是出于同样的意愿。

母亲不在了，我同样悲伤。姐一定是觉得，我嫌她只对父亲一个人好了，嫌她把我排挤在外了，所以，也想要把我一并抱在怀里——

我们这一家，到底是哪里做得不对了？！又到底是哪里做得不好了？！才落得不被人勒死就不行，不用手枪射穿脑袋就不行的结局！我的家人到底做错了什么！

嗯？！到底做错了什么？！

你倒是说一个试试啊！小林——

2

二十三号一大早，玲子在前往中野署前召集了姬川班的全体成员。地点位于已然沉浸在圣诞节氛围中的中野坂上站附近，Doutor 咖啡厅的二楼。

玲子向周围查看了好几次，半径三米以内的座位上一个客人也没有。看来暂时不用担心谈话内容被外人听到了。

"所以，就算碰到柳井健斗这个名字，也绝对不可以进行调查。调查员之间不可以谈论此事，和刑事部以外的人也一样不能说。把这个名字写进报告的行为同样 NG……反正是这么跟我说的。"

"啥？"

菊田和汤田歪着头，异口同声说道。

石仓和叶山基本上是没什么反应。

菊田撂下杯子。

"这个柳井健斗是什么人啊？"

"不知道，问了也不告诉我。只知道和官僚啦、他们的儿子啦之类的人无关。"

汤田唰地竖起食指。

"那就让我们在背地里查查他好了！肯定能牵出个大案子来！"

虽然这二位的反应很合玲子心意，但在这里玲子还是不得不摇了头。

"问题是，这么干，恐怕会捅娄子……这件事如果处理得不小心，和田课长有可能会被革职。"

一个西服革履的上班族走过来，从玲子等人眼前通过，找了个远处的座位坐下了。看来还可以再讨论一会儿。

菊田把肩膀凑过来。

"怎么又扯上和田课长了？"

"会受牵连的应该不止和田课长一个人，和这个案子有关的所有人，都有可能被革职。如果我理解的没错的话，应该是这个意思。组长只是没把话说到这个份儿上罢了。总之他很担心和田课长……咱们组长，不就是这种人嘛。"

"嗯——"汤田略一沉吟，"为什么，拨弄这个叫柳井健斗的家伙，和案子有关的人就要被革职呢？你们说呢？这两件事到底是怎么连上的？"

经汤田一问，叶山非常少有地探出身子。

"这个柳井，如果和部委，还有政府的人都不搭界的话……那就是和过去办案中的过失有关喽？要么是和田课长的，要么是搜查一课的，就这两种可能吧？"

玲子从前就有所体会，叶山对于状况的把握能力十分敏锐。虽然可能与他很少表态有关，在玲子看来，叶山做出判断的准确率非常之高。此人说不定是如今姬川班里脑筋最出类拔萃的那个。当然啦，"最"是仅次于玲子的"最"。

"什么意思啊？"汤田追问道，"什么过失？比如说呢？"

"比如说……事实怎样我肯定是不清楚的，不过，很有可能是柳井曾经干过什么，但是和田课长没有追查到底，类似这样。如今柳井再次犯下了第二桩案子……也就是说，是他杀了小林充。"

"为什么课长当年没有追查到底呢？"

叶山皱着眉，斜睨一眼汤田。

"我怎么知道。"

没错，就是这个地方叫人琢磨不透。

玲子转而询问石仓。

"保叔，你是不是知道什么？坐在文职那边，就没听到一点这方面的动静？"

玲子并不是因为心里有数才这样问的，只是这次的案子，石仓并没有参与现场调查，而是留在搜查本部负责情报管理的文职工作，所以很有可能耳闻目睹了玲子等人不知道的情况。只是出于这种理由，抱着试一试的心态和他打听打听，可是——

"没有啊……"

石仓的舌头突然打了结，眼神飘忽不定。

怎么回事——

石仓的一反常态没有逃过玲子的眼睛。

"保叔？"

"啊？啊……怎么？"

今年刚好满五十岁的资深刑警长石仓保，以其丰富的经验在姬川班中扮演着名副其实的保护者角色。然而即使是这样的石仓，在欺上瞒下的技能上却并不具备老练的职业水准。纵使他长着一双可以识破犯罪者谎言的慧眼，但若问他是否能在上官面前睁着眼说瞎话，事情就另当别论了。

"保叔？你好像有事瞒着我吧！"

石仓发抖似的摇晃着脑袋。

"不会啊……没什么好瞒的。"

"你肯定知道什么！"

"不……我……"

"你声音都颤了！"

"哪儿有……没这回事……"

"脑门儿都出汗了！"

石仓听了赶紧上手去擦，然而额头是干的。

"我诈你的。"

"怎么这样！主任……你不厚道！"

"老实交代！把你知道的有关柳井健斗的所有情况，都给我一五一十地吐出来！"

菊田、汤田，就连叶山也都凑近了盯住石仓的那张脸。

而在正面与石仓四目相视的人是玲子。

"保叔，想开点吧。你说也好，不说也好，该行动的时候我们还是会行动的。与其像没头苍蝇一样乱撞，还是了解一些事实，躲开一些麻烦，这样行动比较安全吧？万一在不知情的情况下踩了地雷，课长也好，部长也好，所有人都轰的一声……你觉得这样好吗？事情要是成了那样，保叔，就是你的全责！"

玲子也觉得是自己强词夺理了，然而她还是用足以射穿双目的强烈视线盯着石仓。

看你还能怎么办！老牌名刑警阁下。

结果，石仓招供了。

身份不明的女性打来的举报电话；杀害小林的凶手是柳井健斗，二十六岁。

九年前发生于三鹰的杀人案件，被害女性柳井千惠，她的弟弟便是柳井健斗。另外，事件的重要嫌疑人，其父柳井笃司，在警署内从警官身上夺下手枪，当场自杀。最终，检方与警方为该案选择了嫌疑人死亡，不提起公诉的落幕方式。此外，今次遇害的小林充与柳井千惠，在就读都立武藏野中央高中时曾是学长与学妹的关系，更是男女恋人的关系。而柳井健斗本人，亦是毕业于同一所高中——

原来如此。作为重要嫌疑人的父亲，而且是从警官身上夺下手枪，自杀身亡。能够允许如此事态的发生，这确实是警视厅的一大过失。从这层意义上讲，叶山的推理几乎是中的的。若是因此引发了小林充的遇害，那么这次的全体调查责任人同样难逃集体革职的命运。这种情况不是没有发生的可能。

只不过，如果因此就下令禁止调查，就有些不太像话了。即使举报内容属实，小林充确实死于柳井健斗之手，行凶动机也不见得一定是报杀姐之仇。很难说健斗与小林在那之后就一定没有过来往，近期在他们之间就一定没有发生金钱纠纷。对这些可能性避而不视，对柳井健斗不闻不问，这种做法无论如何都叫人难以接受。

至于下令者是何许人物，任谁都看得明白。这一类指示，往往都是从空降高管的脑袋里蹦出来的。换句话说，不是长冈刑事部长，就是下面的越田参事官。再往下，刑事部里可没有这号人物。

这帮家伙再过两年还会被调动到其他部门。长冈部长接下来的调动方向，应该是某辖区的警察局长，要么就是某地的县警本部长。简而言之，与其为了解决眼前的案子而让过去的污点曝光，长冈肯定盘算着趁事件尚未解决、业绩坐实之前从警视厅溜之大吉，所以才会搞出"禁止调查员调查"这种荒唐的命令。

然而即使理解到了这一层，状况还是眼前的状况。柳井健斗杀小林充是为了给姐姐报仇。不管是空降来的还是土生土长的，上头的人都不希望这则隐情公之于众。

就没有什么办法吗？

"妹子，今天你好像心不在焉啊。"

和下井出外调查后，玲子依然无法将注意力集中在取证上。

从小林生前打过交道的练马区一所印刷厂取证归来，两人走在国道沿线的人行道上。虽说是工作日的上午，街上的车流却十分通畅。

"嗯……抱歉。"

"来例假了？"

"没有。不是我说，您就不能稍微不这么口不择言吗？"

真是的，这人到底是活在哪个时代的道德标准里啊！

"那就是遇上烦心事了。"

"也不是……这算是，烦心事吗？"

虽说是跟手上的案子有关，但唯有这件事，玲子没法跟下井商量。下井是自己的老前辈，这不假，但他已经不是一课的人了。

不管玲子怎么说，下井还是把脸凑过来，盯着玲子的脸。

"从你这面相上看，不像是在发愁男人的事，也不像是在担心家里人。"

不是吧！看一眼就能看出这么多！

"哎？我这算是什么面相啊？"

"什么面相……依我看，你这是男人绝缘相。"

慢、慢着……

"下井警官，很伤人不是嘛！我还从没有被人这么说过呢！"

"是吗？那就是大家都在心里想，嘴上跟你客气了。本来嘛，搜查一课的同人们，都是绅士！"

玲子突然觉得脚步沉重起来，有种想要立刻蹲下的冲动。

虽说已经年过三十，但玲子会觉得，自己绝对算得上美女，而且距离那条边界还绰绰有余。被男人主动表白的次数，说实话，最近是没有以前那么多了。但是，那是因为警部补这个中层管理职位的头衔，以及一直以来一本正经的性格，在自己周围形成了让人难以启齿的气场。绝不是因为自己先天不足地、无可救药地没男人缘！如果一定要用语言表达出来的话，得到的便是以上的自我剖析。而且玲子还会认为，这样的解读方式绝对没有那样地不切实际。

可如今偏偏被人说成是"男人绝缘相"……

"怎么，你好像不是一般地受打击啊。"

是啊，非同一般地……

"没有啊，哪儿有。"

"那就把心思都放在工作上！"

就算你这么说，现在也只能把心思放在走路上嘛……

话说回来，那个把我从心不在焉逼到魂不守舍的人，又是谁呢——

玲子瞟一眼侧面，刚好下井也把头扭过来。时机配合得分秒不差。

"什么意思啊，看什么看……"

"什么意思也没有，不就是看一眼嘛……求别瞎解释了。"

你是黑社会吗？

"有什么想要对我说的，但说无妨。"

想要对下井说的？

"没什么想说的。"

"真的吗？"

"嗯……没什么非说不可的。"

于是，不知是出于何种意图，下井突然停下脚步，用力叹了口气。

"我都这么让着你了，你还要让我替你说吗？"

什么意思啊？

"妹子，那我问你好了……你手上，是不是有个了不得的线索？"

不是吧！这种事都能靠相面看出来？

"既然有，何必耗在这儿查户口呢……是刑警的话，对待自己认准的线索，就应该当仁不让，咬住不松嘴！"

信号灯变成红色，身边一条车道里很快挤满了车辆。玲子在无意间同一辆货车副驾驶席上的年轻人目光相对。在他眼里，自己是副什么样子呢？一个在马路边上挨上司责骂的笨女人，像这样吗？不管怎样，眼下自己都无言以对。

"你是个刑警吧？！这么年轻，就甘愿被人戴上嚼子怎么行？就甘愿当组织的马驹子怎么行？就甘愿和我这种老头儿走得一样快怎么行？你得迈出自己的步子，把土蹬起来！让自己跑起来！你不是一课的嘛……是一课的刑警吧！"

一辆带儿童座椅的自行车超过了玲子。

想必是信号灯变绿了，车辆的队列移动起来。

"去奔你自己的吧……上头交代的任务，我会适当对付一下。开会的时候回不来的话，跟今泉也好，跟其他上头的人也好，我会给你找个差不离的理由……所以啊，奔你的去吧！"

这是什么感觉呢……

明明自己已经难为情到无地自容，太阳穴和胸口附近却莫名地发烫。

然而突然获得了自由，一时间又想不出应该做什么和应该怎么做。

总之，玲子决定先返回警视厅本部，到六层的刑事部搜查一课强行犯搜查二组走一趟。

位于杀人犯班办公室斜对面，又被称为"现场资料班"的二组，在一课这个有机整体中扮演着大脑的角色。简单地说，从来自通信指令本部的告知案件发生的第一通报，到都内各地同时展开的本部搜查的进展情况，有关搜查一课的一切情报，全部由资料班一手管理。而有关过去案件调查的庞大资料，同样毫无遗漏地保存在这里——理论上是这样的，不过——

"很遗憾，你来迟了一步。"

资料班中经验最为丰富的林警部，语气伤感地说道。

"哎？迟了是什么意思？"

"你是为了那个来的吧？九年前，发生在三鹰的少女遇害案的资料。"

玲子犹犹豫豫地点了点头。

"眼下，跟那个案子有关的一切资料，全被撤下去了。"

"被谁……撤下去了？"

对于玲子的提问，林摇了摇头。

"被下了封口令啊，我这张嘴。总之，你在这里肯定是捞不到东西的。很遗憾，但事情就是这样。"

"那……三鹰署呢？那里应该还有吧？"

"希望不大。就算你现在跑过去，也快不过他们。而且那边，恐怕是比这边更早撤下去的。"

这算什么呀！

"不惜做到这个地步，也要把它掩盖起来吗？三鹰那个案子。"

林把头一斜。

"搞不懂……当官的都是自作聪明，我倒是想对他们嗤之以鼻，但是咱们确实被摆了一道，这也是事实。话说回来，咱们自己干的，不也是这一官半职嘛。"

不知为何，林边说边对玲子挤眉弄眼，仿佛在用力看向背后，总之是想把玲子的注意力引向那个方位。

资料班执务室，办公桌整齐排列的这间二十叠大小的房间里，林半倚半靠地坐在桌边。林的右后方，一个比玲子年龄略大的男性警员正坐在电脑前操作着什么。

"不如去问问石仓警官吧？他曾来这里查过资料。"

林仍然对右后方保持着警惕。

"哦……这件事，我已经直接问过石仓了，但是仍然缺乏一个对事件轮廓的把握。无法在大脑里形成图像，感觉落了什么重要的东西。

所以才想要查查过去的调查资料。"

于是这次，林的视线对准了玲子的眼睛。

"九年前，你那时多大？"

"呃……二十二。"

"还待在交通课呢？"

"没有，还在上学，花枝招展的女大学生……"

自己说这种话，总觉得是为了悲凉而悲凉。

"记得出过那档子事吗？"

这个嘛……

"说实话，不太有印象了……好像是罪犯抢了警察的枪，自杀了。至于那人是杀害女儿的嫌犯，对这件事就……没有印象了。"

"嗯……"林努着嘴点头，"那段时间，你在做什么呢？"

那时候应该是……警视厅入职考试的复习比想象中省力，自己就提前买了巡查部长升职考试的习题集。

"在学习呢，学得很努力，毕竟是学生嘛。"

"连看电视的工夫都没有？"

嗯？怎么说起这个来了？

"连周刊杂志都不看？"

哦——，原来如此！

"媒体这东西，虽然相当的……但如果能在恰当的时候摘掉有色眼镜，媒体也是可以为我们所用的……呵呵，瞧我的这张嘴。"

林一面留意着右后方，一面露出苦笑。

这样的林，是玲子在警视厅里仅次于今泉最尊敬的人。

玲子决定直接从本部跑步到国会图书馆去。从樱田门乘有乐町线到永田町，其实只有一站。这么短的距离还要上下楼梯和搭时间等车，太麻烦了。

身上应该有带图书馆的会员卡吧，那个蓝色的，正中有一大块条形码的——还好！好好地插在钱夹里呢。

首先来到新馆二层的杂志区，使用会员卡借阅柳井千惠事件发生当时的周刊杂志，包括名气响亮的《周刊文秋》《周刊新窗》《周刊朝阳》，以及写真周刊杂志《Faraway》和《AREA》，各借了三个月的。

之后等了很久，大概超过二十分钟了，不过在看到实物的瞬间便觉得情有可原。单本杂志的分量其实不厚，然而五种刊物各十三四本摆在一起，就算是玲子也无法一次全部收下。在男性工作人员的协助下，杂志好歹被搬进了阅览室。

"借过一下""不好意思"，玲子一面征求他人的同意，一面在桌子上争取到了一片放书的地方和作业空间。好啦，调查开始！

由十一月第二周发行的刊号开始看起。

找到的第一本记录着柳井千惠事件的杂志是《周刊文秋》。

十一月六号，东京都三鹰市牟礼一所公寓内，发现了十九岁的自由职业者柳井千惠的遗体。遗体颈部有明显勒痕，疑为跟踪犯所为。

此外还有一篇简短的文字，但内容上并无特别引人注目之处。

之后几期杂志均没有提及千惠的事件。恋人哀号，杀害如此温柔少女，凶手究竟是谁——小林，不就是你干的嘛！玲子暗自说道。

对于事件报道角度的大幅转变，发生在了周刊文秋的第二本合集中。

"千惠小姐的遗体上存在施暴痕迹，警方正在分析从遗体采集到的疑似凶手体液的物质。"

这件事是初次耳闻。

柳井千惠曾被强暴？

想到这里，玲子突然涌起一阵呕意，脸颊发痒带着微热，视野迅速狭窄起来。不妙——

玲子闭紧双眼，用力从鼻腔吸气，想象着大量氧气输向脑细胞的画面。如此重复四五次后，呕吐感和灼烧感逐渐退了下去。

玲子仍有些惊魂未定。消息来得太过突然，自己在无意识间与被害者取得了精神同步，险些被拖进相同的状态。这样不行，这样不行……再遇到类似的事情，自己一定要更加镇定才行。

重新振作起来后，玲子开始着手翻阅其他杂志。从十一月中旬起，警方似乎已经确定了千惠生前曾遭受性侵的事实，并开始沿奸杀方向追查凶手的线索。

随后，当翻开《周刊新窗》第三本中的事件报道那一页时，玲子终于找到了自己寻求的那块缺失的拼图。

报道扉页上刊登着一名正欲走进警察局的、身穿西服的男性的照片。图片印刷得不很清晰，加之对焦时男人正在走动，导致男性面部几乎无法识别，何况双眼上还打着黑色的粗线。

尽管杂志对此人相貌进行了相当的掩饰，文章中却明确记载了他的身份："柳井千惠小姐的父亲柳井笃司先生，几乎每日前往三鹰署接受调查。此前警方并未指出凶手为千惠小姐身边人物的可能性，不过由此动作判断，搜查本部或认为笃司先生了解一定实情。"

此外，另一栏文字中写道："搜查本部很可能已确定千惠小姐体内存留体液的所属。倘若体液来自凶手，且属于千惠小姐身边人物，将其拘留或逮捕将只是时间问题。"

该报道中出现的具体人物名称只有柳井笃司与柳井千惠两个。文章的核心内容为，警方已经完成了采集自千惠体内的体液，即精液的所属鉴定工作。

这样的报道内容不禁让人产生疑问：如此关乎个人隐私的问题，搜查关系者为何要泄露给媒体呢？然而事到如今再去追究已毫无意义。总之事情泄露了，除此以外任何解释都是多余的。

玲子继续阅览了其他杂志上刊载的同类报道。尽管没有一家杂志社为此事下了定论，但是每篇文章读起来都像是在说，由千惠体内取出的精液是笃司的，因此笃司才会受到怀疑，并频繁前往警署接受调查。

换句话说，是笃司强奸并杀害了独自居住的亲生女儿。这种解读方式被当时社会广泛接受的可能性非常之高。

玲子查看了手上这本杂志的出版日期。版权页上的信息不甚明确，于是翻到下期预告。下一期的发行时间为十一月二十七日，周三。那么这本便是发售于一周前的十一月二十日。

发行后第三天，九年前的十一月二十二日，笃司在三鹰署用手枪结束了自己的生命。

3

不由自主地，牧田贴近了川上的脸。

"你说柳井飞了是什么意思？"

川上摇了摇头，把手机揣进兜里。

"以防万一，已经打开房门查看过了，据说里面是个空壳。"

"查看？你让谁去查看的？"

"那个……是阿滋。"

阿滋——那个只要给钱就无恶不作，川上在歌舞伎町找到的，好似地狱的全职代理人的家伙。

"你为什么非要用那个阴阳怪气、来路不明的家伙呢？让咱们自己的年轻人去办不好吗？"

"大哥，不能那么干。"

川上扫一眼周围。

"这件事，自己人去办不方便。最好谁都不要沾。可能的话，我也不希望大哥和他扯上关系。"

川上的想法不是不能理解，可是——

牧田觉得嘴里发干，特别想抽一口烟。但是不等他把手伸进兜里，川上已经把烟盒递了上来，嘭地、干净利落地弹出一支。牧田拿起烟衔在嘴里，川上又赶紧替他点上火。

深吸一口，再缓缓地吐出来，仿佛满心的焦躁也随着烟气被从体内拔了出来。

"难道不是碰巧不在家吗？"

川上一脸苦闷的表情歪着脑袋。

"的确……有这种可能，但是打工那边他也没去。最近三天，至少在阿滋去查看以前，他就已经不回家了。衣柜的抽屉里，多了许多空位……要是能在事前就发现，他有个什么样的大包就好了，但这个就……"

牧田用指尖磕了磕过滤嘴的分界处。烟灰被震到空中，留下红光明灭的火点。

柳井健斗。

本以为和他的交情，已经不再是单纯的情报贩子和买家的关系。从某种意义上讲，自己是信任他的。所以才向他预付了代价高昂的前款。况且柳井不是也对那笔"订金"相当满意嘛……

倘若他是当真跑路了，便不能放他一条生路——虽说不至于下此狠手，但也不是轻易能够了事的。

川上掏出便携烟缸，摆好了架势抬头看牧田。

"大哥……这件事，能不能全权交给我去办呢？"

"全权？你打算怎么个办法？"

"总之，不遗余力也要把他找出来……不管怎样说，谈好的情报还没有到手。"

情报的事确实如此。

但到底是哪儿出了问题呢……

牧田第一次遇到川上，是由现在算起十二年前的事。

当时的牧田，还只是石堂组里的一介若众，找他结拜的舍弟和小辈，五个指头便数得过来。对于成立自己的组织而言，财力和实力都尚不成熟。

另外，川上在临近三十岁时兴办的公司此时已步入正轨。这家名为"8 Choose"的公司运营着多家塔可饭连锁店。所谓塔可饭，即是把肉馅和芝士这些原本用来做墨西哥卷（Tacos）的材料，和莎莎酱一起铺在米饭上吃的一种发源于冲绳的快餐。

川上从一辆售卖车的流动摊位起家，逐渐发展为在都内私营铁道沿线租借小型铺面房，不断增设营业网点。

8 Choose 的卖点在于酱汁与肉类的多种搭配组合。川上家塔可饭里的配肉确实美味。搭配莎莎酱时是淡淡的盐味，配合浓郁的自制椰子酱时又甜又辣，与稀释的美乃滋组合在一起时的口感——已经记不清了，总之，每种搭配都是精心打造的，保证味道不同凡响。

牧田最常关顾的，是常驻六本木电视台前的一处流动摊位。即使是在连锁经营成功打开局面以后，流动摊位与固定店铺已累计超过二十家的时候，川上仍然自己开车，一个人在广场上摆好椅子，把一份份亲手制作的塔可饭亲自递到每一位顾客手中。当然了，牧田在那时还只是诸多顾客中的一位，对于这些经营背后的故事并不了解。

那一日，川上也和往常一样把车开到了六本木电视台前的广场。当天在车前排起的长队，感觉比平时还要更长一些，对此牧田并未抱有疑问，只管继续排在队中。虽说走的是极道，牧田却不会强迫普通人给自己让位，哪怕肚子再饿，也要坚持把队排完。

然而，当前面只剩下三四个人的时候，牧田发现了一件事。

店主，也就是川上，被人打得鼻青脸肿。左眼的眼袋、额头、右眼的上眼睑，还有脸颊和嘴唇，全都肿得发紫色。牧田回头看一眼队列，其实长度只剩下不到平时的一半，相当可怜。

忽地一下子，牧田气得好像肚子里开了锅。

一看便知，川上干起活来手忙脚乱，浑身上下恐怕不只是脸上受了伤，制作塔可饭也因此成了吃力的事。即便如此，自己也不该开口打扰他，牧田心里这样想，可轮到他时还是忍不住开了口。

"出什么事了？把脸搞成这样。"

当川上在车里看到下面的牧田时，一瞬间，他愣住了。

"啊……一、一直以来……感谢您的惠顾。"

看来他记得自己。想到这儿，牧田更同情川上了。但此时身后还排着很多人，不是能细聊的状况。

牧田拿着自己的大碗椰子酱塔可饭和科罗纳啤酒离开了摊位，在附近的长椅上找了个空位坐下，总之先把塔可饭往嘴里塞。

吃完了饭，牧田继续在原地坐了大约二十分钟。

大概是午餐时间已过的缘故吧，客流量明显有所减少。

又等了些时候，川上出来更换供客人丢弃空碗的塑料袋。仔细一看，他走路时拖着左腿，提塑料袋时则只用右手。伤似乎集中在了左半边身子，可想而知是遭受了歇斯底里的殴打。

见时候差不多了，牧田走过去。

"我帮你吧？"

川上一颤。似乎颤动一下也会带动全身的疼痛，他转过头，痛苦地牵扯着脸颊上的淤紫。

"啊……一直以来，感谢您的惠顾……"

"我来拿吧？"

牧田伸出的手却被川上止住了。

"怎么能让顾客干这种事呢……"

川上的手背上也有瘀痕。

牧田意图明显地把脸凑过去。

"我说，出什么事了？是不是有人借着收保护费的碴儿，把你给打了？如果是的话，这种事我是行家，不如让我给你出个主意。"

川上弯着腰，一动不动地站了半晌。

眼前是空荡荡的塑料垃圾箱。

川上目不转睛地盯着那里。

盯着那里不存在的什么。

盯着那里不存在的谁。

双眼中驻扎着类似杀意的青光，摇摆不定。

在牧田看来，川上正在与他自己也无法命名的内心冲动进行着殊死搏斗。

如果放着不管，这家伙会捅出人命的。

没错，就像那时的自己一样——

牧田从川上手里接过尚未使用的塑料袋，套在空碗上。

"说出来我听听。不想让我多管闲事的话，我起码可以当个听众……说出来吧。"

川上落泪了。尽管浑身瘀紫，那眼泪却如此晶莹剔透。

竟然不是血染的颜色——在牧田眼中这甚至有些难以置信。

　　川上有个搭档，一个叫伊藤留美的女人。留美从第一辆售卖车时起就和川上合伙经营，一手负责整个公司的管理工作，同时也是三号车的实际经营者。在私下里，她和川上是恋人关系。

　　这样一个女人，引得另一个男人想要横刀夺爱。川上起初不愿透露那人是谁，但牧田不想此事就这样不了了之，在他的执意要求下，川上终于松了口。

　　"是仁勇会的……一个叫渡边的家伙……"

　　有那么一瞬，牧田觉得要是没问就好了。

　　仁勇会是石堂组底下的直属团体。第三代会长藤元英也，当时在石堂组里还只是若头辅佐，是牧田心中称职的大哥。

　　说起仁勇会的渡边，毫无疑问就是那个打架时永远第一个动手、一身肥肉还专门贪图美色的渡边勇太，错不了。

　　据川上描述，三号车开到哪里，渡边就跟到哪里，强硬地要求留美和自己交往，过分的时候还会肆无忌惮地扰乱正常经营。留美让川上拿个主意，川上便和她一同上了三号车，对随后现身的渡边提出抗议，然而在暴力面前终归力有不逮——

　　"最近他更是盯上了一些车站前的店铺……有好几个打工的孩子，被他吓得都已经不干了……"

　　牧田倒不是想充当什么正义的使者，他毕竟是黑道上的人。不论是靠武力霸占民女，还是去店里寻衅滋事，他都干过。

　　但是，此时听来的关于渡边的行径，在牧田看来实在太过幼稚了。

在女人面前施展暴力也罢，不屑于如此也罢，对于一个没有魅力的男人，女人最终还是会选择逃开。出现了更强的男人，就会一溜烟地倒贴过去。

而在另一方面，也有人认为，有的女人喜欢被暴力对待。但牧田觉得这并非事实。女人会委身于滥用暴力的男人，是因为流连于暴力过后仅有的温存，相信这种反差就是所谓的"爱情"。说到底，不过是一类蠢货罢了。那种男的也好，那种女的也好，都不是什么正经东西。

威逼恐吓也是一样，无休止地持续无法带来利益的威胁行为，对极道而言是毫无意义的。极道的暴力，其背后应该是挺身而出守护利益的觉悟。至于那是家族的利益还是结成依附关系的他人的利益，则要视情况而定，但不管怎样，总有什么是男人不得不背负的。若仅仅是为了私欲横行霸道，便是已经踏出了极道和黑道，只是单纯的暴徒罢了。

最终，牧田决定把话带到仁勇会事务所去。

"大哥，是这样……"

牧田首先表明自己讨厌在人背后饶舌，之后把川上、那女人以及渡边的事告诉了藤元。藤元开始时是瞪着牧田听他说的，但是听到最后他长叹一口气。

"抱歉啊，勋……让你特意跑来跟我说这种事。"

"没有……小的只是喜欢吃那家店的塔可饭，仅此而已。"

于是藤元皱起双眉。

"话说回来……你从刚才起就反复提到的这个塔可饭，是个什么玩意儿？是章鱼丸子和炒饭的双拼吗？"[1]

牧田答应藤元，过几日还会带着川上的塔可饭来看他，就此结束了这个话题。

就结果而言，事情顺利解决了。

可能是被藤元臭骂了一顿吧，渡边再也没有到川上的店里找过麻烦，也没有对伊藤留美的人身安全造成危害。

此外，由牧田送上的五十人份的塔可饭，受到了以藤元为首的仁勇会的一致好评，众人边吃边对其美味赞不绝口。渡边更是当场就自己的所作所为向牧田低头认了错。

不过，这些毕竟是事后诸葛亮。义子被外人说三道四，当爹的倒打一耙说"你是嫌我管教不严喽"，这种情况其实比比皆是。若是搞成了那样，这边便也不得不提高嗓门，事情就不那么容易收场了。

因此，只是碰巧在这件事上，藤元展现出的明理姿态避免了双方的冲突。会有这样的结果，绝非因为牧田斡旋有方。

然而，川上的故事却并未到此结束。

可能是在渡边那里受到了惊吓吧，要么就是目睹了川上的不堪一击，对他失去了信心，伊藤留美似乎在事后抛弃了川上。结果，直到最后牧田也没有见到这个名叫留美的女人。

"所以……虽然不是因为这个，我终于打定主意了。"

不知为何，特地到牧田府上来诉苦的川上，脸上却洋溢着灿烂的

---

① "塔可"在日语中与"章鱼"同音。

笑容。

"哎……你打定什么主意了？"

"是！我决定要当牧田先生的舍弟，今天就是为此而来的！"

不用说，牧田当然笑了，而且是捧腹大笑。

"我是认、认真的！是真心的！虽然对牧田先生所处的世界一无所知……所以说，跟随牧田先生并不是为了入道，可能和这个稍微有点区别……我只是，想对牧田先生尽自己的微薄之力。拎包也好擦鞋也好，收拾屋子也好洗衣服也好，总之什么都好，只要能帮到牧田先生就行！作为诚意的象征……"

川上从始终抱在怀里的提包里取出了一份文件。

"这是注册证明，交给您了。8 Choose 的所有业务，从今往后就是牧田先生的了。当社长也好，卖掉换钱也好，悉听尊便。总之，请把它当作我的见面礼……这种做法可能不太上道，但是拜托了，请牧田先生收我做舍弟吧！"

经历了这件事后，川上至今仍是牧田的舍弟。

至于 8 Choose，这家公司已拥有三十二家店铺，至今秉承着健全的经营理念。实际业务已交由员工管理，不过在名义上川上仍是社长，牧田则只是顾问。换句话说，8 Choose 从那时起便成了极清会的下属企业。

然而世事无常。

长年以来与牧田共同支撑起石堂组的若头藤元，最近一个时期却显露出了不稳的举动。

那是在第四代组长石堂神矢在原有糖尿病的基础上又因心脏状况不佳住院后，藤元的异心开始逐渐显现出来。

　　这几年来，藤元积极参与了在秋叶原、丰洲、北新宿和武藏小杉等地区推行的都市再开发事业。致力于商业开发，这件事本身无可厚非，有问题的是藤元的合伙人。藤元最近接手的几个大项目，几乎都会牵扯到奥山组直系的承建公司。简而言之，在实质上，藤元是在和第二代奥山组组长奥山广重合伙经商。

　　就在去年，奥山广重刚刚就任第五代大和会会长。说起"大和会"三个字，那与"当今日本黑社会的龙头老大"几乎是同义词。而会长奥山广重与石堂组长，是齐头并进的兄弟。换句话说，奥山是藤元的义伯父。

　　藤元在义父因病疗养期间接近义伯父奥山，并且更甚以往地在商业开发上大刀阔斧。两人之间倘若只是单纯的业务往来倒无可非议，但若撼动了营生层面的亲子关系，那就是大问题了。

　　坦白地说，石堂组长的病情并不乐观。牧田不愿当众提起此事，但其实众人心里都很清楚，石堂已经时日无多。就是在这紧要关头，被认为最有可能继承衣钵的若头藤元，和奥山套起了近乎。

　　组长百年之后，若藤元有意背起石堂组这块招牌，那么牧田也会一如既往地，不，是更胜以往地以义弟的身份，将藤元这位义兄拥立起来。

　　但是——

　　倘若义父过世后，藤元打算与奥山组长重新结拜为义父子的话，后果将不堪设想。石堂组将沦为奥山组的直属下级团体，组内成员的整体排位也将随之一落千丈。

更糟的情况是，藤元有可能舍弃石堂组，入籍奥山组。藤元率领的仁勇会是石堂组内部的一大派系，这根顶梁柱若是被抽了去，石堂组恐怕就要垮台了，不等猢狲四散便已灰飞烟灭。

如此事态下，让牧田见到一丝曙光的人，正是柳井健斗。

柳井手上握着一条据说可以置仁勇会于死地的警方搜查情报。他找上牧田，问他要不要买下。

此前柳井的情报时常是准确的。只要按指示行动，不论是躲过警方的查抄还是在事前让当事人远走高飞，都易如反掌。

所以那时，牧田的回答同样是"买"。

然而现在，关键人物柳井却销声匿迹了。

4

结束调查后，玲子离开了图书馆。

通过这次调查，玲子了解了柳井千惠事件的部分细节，以及社会对于本案的大致评价。不论事实与否，媒体的报道倾向无疑是柳井笃司强奸并且杀害了亲生女儿。而笃司恐怕是因此受到煎熬，结束了自己的生命。

然而，尽管对案情有了更进一步的了解，眼下的状况却并未有所好转，可以说是更加严峻了。假使杀害千惠的真凶就是小林充，那么柳井健斗杀害小林的动机也将变得更具说服力。健斗心中的怨恨将不仅仅是因为姐姐的死，失去父亲的悲痛会令他对小林更加恨之入骨。

问题是，接下来该怎么办呢？这才是真正令人头疼的问题。

千惠被杀，笃司自杀，小林也死了。事已至此，只有找到柳井健斗这个唯一的活人问个究竟了。然而要命的是，眼下玲子并不具备这个调查权。这样一来，就连健斗现在的住址，都不知该从何查起了。

难办了。这种情况还是头一次遇到。

不如打电话给石仓，让他瞒着上头签署一张案情相关信息的调查令吧。带着那个去民政部门，就可以从户籍中查出他的现住址了——但是，不行。这样做的话，擅自和下井分头行动的事就暴露了，而且还有可能让石仓背上无谓的处分。

怎么搞的，自己一个人的话连嫌犯的住址都查不清楚吗？

潜移默化之间，玲子已经完全陷入组织化调查的温床。玲子陡然意识到，自己并非想象中的那样，能够独当一面。

一直以来，玲子都认为自己能够胜任刑事调查，靠的是出众的头脑和过人的资质。是其他刑警所不具备的直觉，将自己引向了事件的真相。玲子甚至觉得，这种资质与自己决意成为警察的契机——佐田伦子的死——有着千丝万缕的联系。

但是现在看来，自己并没有想象中的那样无所不能。行使警察职能时所必需的令状以及从会议上得来的情报，反而是这些的总和奠定了自己搜查时的体能基础。

现在的自己，到底能有何作为呢……

一阵冥思苦想后，玲子决定去走访健斗、千惠以及小林曾经的母校。

都立武藏野中央高中，从 JR 中央线的三鹰站出发，乘巴士大约五分钟即可到达。穿过红砖砌成的校门，眼前右手边便是接待处。

"不好意思，我是警视厅的人，能否和贵校的副校长或是相关的负责人谈一谈呢？"

窗口里的中年女人在听到"警视厅"几个字时显得有些惊讶，但可能是知道小林充被杀的事吧，她很快说"请稍等一下"，向里面走去。

不久，女人像是通过内线电话取得了许可。

"让您久等了，一会儿将由副校长来接待您。请您沿这条路走到底，右转，在最里面找到职员室。"

"非常感谢。"

说不定已经有本部的调查员来过了，玲子想。不过也无所谓吧。

按照指示沿走廊前进，途经广播室、校长室，再往前走就是职员室了。

"打扰了……"

透过窗户往里看，一个五十岁上下的女人站在椅子旁边，面向这边。

玲子郑重地鞠了一躬，向对方出示了警官证。

"我是警视厅的姬川玲子，贸然来打搅，还请见谅。"

墙上的钟指向了四点半。窗外的校园里，足球部的队员们正在进行射门训练。

"感谢您的理解……我是副校长高城。请问今日来访，是为了何事呢？"

"是这样……大约在八年前，有个名叫柳井健斗的学生从贵校毕业。能否了解一下此人在校时的情况呢？"

"啊……八年前……"高城副校长模棱两可地点着头，"怎么说呢，大多数教职员工，每五六年都会被调到新的学校，所以八年以前的事就，几乎……哦，不过——"

高城突然转过身去，在屋子里看了一圈。职员室里还剩下四位像是教员的人，两男两女。

"木之下老师……能来一下吗？"

被高城招呼的，是四人当中年纪最大的一位。

这位木之下老师应声说"是"，起身合上文件夹，朝这边走来。木之下在衬衫外面套一件黑色坎肩，和玲子同等身高，身材看起来有些虚胖。

"这位是警视厅的调查员，想了解一下八年前毕业的……叫什么？"

"柳井健斗。"

木之下听到这个名字，眉头微蹙。

"哦……是遭遇了那起事件的毕业生的弟弟吧？"

果然，这件事在当事人之间还是留下了印象的。

"木之下老师，在这里讲话恐怕不方便，不如去校长室吧，那里现在正空着。"

"说的也是……"

就这样，玲子二人被高城请进了校长室。这间屋里摆着实木办公桌和相当气派的待客沙发，历代校长威严的肖像在墙上排成一排。

三个人很自然地坐到了待客沙发上。

玲子重新向木之下行了一礼。

"那咱们就快速进入正题吧。首先想和您确认一下，柳井健斗是这所学校的毕业生，没错吧？"

木之下点点头。

"是啊，虽然我没当过他的班主任……没错，他是从这里毕业的。"

"请问学校里还有与此相关的记录吗？"

两位教员对视了片刻，高城说"请稍等"，就离开了座位。应该是去找资料了。

高城走出校长室时，刚才职员室里的一位女性端着茶走了进来。

"打扰了……"

女人静静地放下了三杯茶，也转身离开了。

目送着她的背影，木之下开口说道：

"那个……柳井健斗，和前几天小林充的那件事之间，是不是有关系啊？"

果然说到这件事上了。不过这里还是暂且搪塞过去吧。

"请问是有其他警视厅的人来过吗？"

"啊……应该是前天吧，有两个警官一起来的，和我也见了面。我因为养病的关系，在这里已经执教九年了。但小林就读的时候是在十多年前，而且还是辍学，他的情况我是一点都不了解，所以也没什么可透露的。两位警官刚走没多久，媒体就来了。但毕竟是辍学嘛，没毕业，照片之类的也不容易找到……这么着，就没有人再来了。"

媒体啊……和媒体打交道的事并不由玲子负责，不过这次的案子，应该是没有被大肆报道才对。

玲子说"我不客气了"，含下一口杯中的茶。茶的色泽浓艳，味道却相对寡淡。

放下茶杯的同时，玲子再次问道：

"木之下老师对柳井健斗这名学生，有什么印象吗？"

木之下深深吸了口气，原本就厚实的胸膛像充了气一样变得浑圆。

"嗯……印象中，他原本就是个不怎么活跃的学生。再加上，姐姐出事以后，父亲跟着也……是吧。因为觉得他可怜嘛，所以我也是，特别地关注他。然后……也是因为受到了这些事的影响吧，他整个人的感觉都很灰暗……是啊，对这个部分的印象最深。"

"当时他的班主任是？"

"是三井老师，已经调到别处去了。打听一下的话，应该能问出他去了哪里，也可以找他谈谈。"

这时，高城带着一个黑色的文件夹和一个扁平的纸箱回来了。

"这是毕业生名册，大致的情况，看这个应该都是可以了解的。"

"非常感谢。我来看看……"

玲子在高城翻开的那一页中寻找"柳井"的首字。应该在很靠后的位置，哦，有了，柳井健斗，找到了。住址栏上写着小金井市前原町。还附有就职地点，矢岛电子通信服务公司。至于具体业务内容，校方应该是不了解的。总之玲子先把台东区的住址和电话记了下来。

高城抱着的那个薄纸箱，里面装的是毕业相册。

"嗯……是这孩子吧？木之下老师。"

"啊，没错。"

高城让相册朝向玲子。

"我来看看。"

相册里是一张张学生的大头像。柳井的那张脸，长得确实没什么特征。说长不长，说圆不圆，五官也基本上没有突出的地方。非要说的话，耳朵边上的头发有点翘。再有，就是嘴唇长得厚了些。

这便是高中时代的柳井了。

玲子索取了一份照片的复印件。

随后，玲子又靠自己的一双腿，走访了毕业生名册上柳井家位于小金井市前原町的住址。

从武藏小金井站步行约七分钟，玲子来到了这片少许偏离商业街的寂静住宅街区。问题是，地址所指示的位置上矗立的，是一栋建成时间不长的一居室公寓楼，怎么看也不像是柳井一家曾经居住过的地方。

经确认后，该栋建筑的名称为"樱井公寓"。

玲子迅速折回了车站。原本是想找一家房产中介，但又觉得麻烦，于是索性装成路人，去向车站南口的岗楼寻求帮助。

"不好意思，请问离这里最近的房产中介在哪里啊？"

正在站岗的制服警官表情纹丝不动，笔直地指向了道口的对面。

"第一个，有信号灯的十字路口的左角。"

至少语气可以稍微亲切一点吧，玲子默默在心里说道。恰巧此时，预告列车即将通过的警铃声响起来。

"十分感谢！"

玲子快步通过了道口。

顺着警员的指示找过去，确实发现了一家名为"中田不动产"的中介公司。门梁上安着遮阳篷的这家小店，怎么看都像是老早以前就驻扎在这一带的老街坊。

此时已临近六点，店里的荧光灯依然明晃晃地亮着。

玲子将玻璃拉门拉开一小截。

"打扰一下。"

很快，像是有人从隔板后面站了起来。

"来了……欢迎光临。"

玲子没有想到的是，出来接待自己的会是一位年轻男子。男人穿着合身的深蓝色西服，柔和的表情也令玲子顿生好感。

"不好意思，那个……前原町三丁目二十二号的樱井公寓，我想了解一下那里的情况。"

玲子进到店里，一边低头行礼一边出示警官证。

男人一瞬间显得有些惊讶，下一瞬又恢复了笑容。

"好的。公寓……叫什么名字？"

"樱井公寓。"

"请稍等……哦，请坐吧。"

男人请玲子坐到了柜台前的椅子上。

"谢谢。"

男人一度回到了隔板后面，但很快又走了出来，隔着柜台坐在玲子对面，让桌子一端的显示器朝向玲子。

"樱井公寓，对吧。"

显示在屏幕中的是房地产商的专用网站，男人用键盘键入"公寓樱井前原町"，画面中迅速出现了之前那栋建筑的外观照片。照片的背景是碧蓝晴空，建筑外墙被阳光打成了耀眼的白色，整体效果与玲子在黄昏时见到的景象大有不同。

"是这栋楼吧？"

"嗯。"

"想要了解什么呢？"

"楼龄是多久？"

男人让食指沿屏幕滑行。

哦，原来那里是有标注的。

"六年。"

那就是竣工于健斗毕业后的第二年。健斗在高中毕业的同时卖掉了房子，地产被开发商收购，于六年前建成了那栋一居室公寓楼。这样计算的话，时间也可以对得上。

"能不能查一下这块地皮之前的所有人呢？"

"嗯——"男人努着嘴，"花一些时间的话，也许可以查到吧。"

"不好意思，拜托您了，花一些时间也不要紧。"

反正玲子今晚是不打算回去特搜本部了。

"明白了……我来查查看。"

男人离席后再次向隔板背后走去。玲子坐在原位上，低头说"拜托您了"。

男人开始向某处拨打电话，并在电话中自称"中田"。如此看来，这家公司要么是男人自己开设的，要么就是从父辈那里继承下来的。

中田在电话里不断重复着"樱井公寓"，拜托对方就某些信息进行确认。对方传回的答复是"藤木"，可能是指藤木不动产，或是某个人的名字。随后听到的关键词是"贝塚"，最后反复提到"松本"。最终信息似乎是从"松本"那里打听来的。

整个过程耗时大约三十五分钟。

"让您久等了。"

中田将一张便条交给玲子。

柳井健斗，世田谷区赤堤五丁目，岩城 Heights 一○二号房。并且很有心地附上了电话号码。

"非常感谢，真的是帮大忙了！"

"这位柳井先生于七年前，经由松本不动产，车站另一侧的一家较大的地产公司卖掉了土地。然后，藤木 Corporation，位于明大前的一家公司收购了这块土地，建成了现在的这栋公寓楼，并把它租了出去……情况就是这样。"

"原来如此，非常详细的信息呢。"

之前玲子也曾多次感到，不动产业者间的情报网是非常值得信赖的，特别是对于不具备搜查权的现在的玲子而言，他们是强有力的协助者。

"不过，至于这个人现在是否还住在这个地方，就不得而知了。"

"是啊，这就需要……直接登门拜访进行确认了。再次感谢。"

中田询问玲子，如果有了进一步消息是否需要通知她，于是玲子将背面写有电话号码的名片递给中田。是现有的两个契约号码中，用于公事联络的号码。

"原来您是叫玲子小姐。"

"是啊。"

"很好听的名字啊！"

这句话说得玲子有些小欢喜，脸上的微笑幅度自动增加了两成。

"谢谢！"

据说玲子出生时，父亲给她取的名字是"丽子"，然而这遭到了玲子母亲强烈的反对，经父亲百般劝说后，才勉强把汉字改成了"玲子"（发音与"丽子"相同）。虽说如今的"姬川玲子"也是个相当与众不同的名字，但如果是"姬川丽子"，就连玲子本人也觉得太那个了。

顺带一提，玲子的母亲叫瑞江，妹妹叫珠希，母女三人的名字可以说是"王字旁"的三款一套。

中田也取出了自己的名片，大概是想作为回礼吧。

"我的名字是中田俊英。这个名字安在我身上，是不是觉得很可惜啊？"

"哈哈……你还别说。"

虽然回应时玲子表现得心领神会，在心里却因这句话而颇感遗憾。

这个男人拿名字做噱头，到底和多少女人搭上了话呢？她不由得这样想道。至少在夜总会里，这绝对是个有问必应的话茬儿。

虽然他给人的感觉不错，还是算了吧。

当天趁着夜色，玲子抱着试一试的心态，找上了中田提供的那个地址。

世田谷区赤堤五丁目，那地方离武藏小金井并不远，但是搭乘轻轨不太方便，最近的车站大概是下高井户。用手机上网查询的结果，最佳路线应该是乘 JR 返回新宿后换乘京王线。玲子觉得麻烦，直接叫了出租车。然而刚一上车，玲子就后悔了。例如眼下这样的单独调查，一切花费都是无法申请报销的。看来今后要尽量节约才行。

出租车开到目的地附近时，刚好是晚八点。

这片密集的住宅区里建的大多是三四层高的公寓楼、二层的出租房和独栋家屋，很少能见到商店，这个钟点也已经几乎见不到行人。由于所有的交叉路口都是单向通行，自己开车到这里来怕是一定会迷路的。

"您要去的地方，就在那里吧。"

司机核对了一眼导航画面，手指掠过一户漂亮的独栋，指了指前方一幢破旧的二层公寓楼。

"是吗，那谢谢您了……哦，请把发票给我。"

下车后突然刮来一阵横风，玲子夹紧身体两侧，赶紧向路边走去。出租车的尾灯转眼就消失了，在冰冷空气的压迫下，黑暗仿佛也有了重量，使劲往身体里钻。

不管怎样，都要先移动到岩城 Heights 门前。

直观地说，这是一栋用灰浆涂抹成的二层建筑。外墙被喷涂成了土黄色，房顶是黑色的日本瓦。楼里共住着四户人家，上下两层各两户，房门全部朝外。二层的室外走廊已被包裹起来，各家门上的荧光灯发出朦胧的光，照亮了门前的一小块地方。楼前没有围墙，不管何人进出，在外人眼中都一览无余。

报箱被设置在了建筑右侧，通往二层楼梯的背阴处。玲子查看了一〇二号住户的名字，确实是"柳井"。自从七年前变卖土地搬来这里后，柳井健斗似乎就没有再搬去别处了。

玲子绕回楼正面。一〇二号房玄关门上的小窗也好，左边的铝格子窗户也好，不论哪个都不见亮光。玲子透过窗户使劲往里看，房间里不像是有灯点着。

玲子取出手机，和刚才中田给的便签一起拿在手里，输入上面的号码，并不忘在前面加上"一八四"的区号，然后将来电显示设置为隐藏，拨通了电话。

很快，从门后传来"噜噜噜噜"的声音。响过七次后挂断电话，门后的呼叫音也随之停止。如此看来，电话号码也是正确无误的，而且已经可以断定，柳井此时不在家中。

天气实在太冷了，玲子回到车站附近，打算找一家租车行。随后在车站对面找到的一家店里，玲子要求租一辆小巧又便宜的车型，于是店员推荐给她轻自动车，并说如果嫌车型太小，可以考虑日产的玛驰。

"骐达很贵吗？"

"是，要高一个级别。"

"那就玛驰吧。"

节约，节约，玲子在心里念叨着。

所幸导航系统是标配的，返回岩城 Heights 时轻松多了。

玲子把车开进了事先物色好的、街角处距离公寓楼十五米远的投币停车场。收费标准上用大字赫然写着"两千日元封顶"。虽然算不上便宜，但是有上限至少是件好事，而且这样一来也算确保了可以观察到公寓楼门口的停车位置。

玲子掏出手机看一眼时间，将近十点了。原本计划给本部的人打个电话，但是想到可能还在开会，便决定只发短信。发给谁呢？就发给菊田好了。

"辛苦了。无法出席今晚和明早的会议，不必担心。请转告阿则和康平。玲子。"

之后，玲子姑且让发动机保持运转，等车里暖和起来就熄火，冷了再发动，不冷再熄火，如此反复——

糟了！不知什么时候睡着了，而且还是开着发动机。一觉醒来已是早上六点。挡风玻璃由于结霜的缘故湿淋淋的。

想不到刚开始蹲点，就翻了车。

好久不做监视工作，而且是头一次自己一个人。虽然给自己找了许多借口，但无论如何"刑警失格"这四个大字都会无比鲜明地浮现在脑海里。紧随其后的是"禁止怠速运转""环保""削减经费"等字眼，目不暇接地前来声讨。

玲子一边叹气一边关掉发动机，下了车。

尽管已到六点，夜色却丝毫没有褪去，西边的天空仍是一片黑暗。

玲子环视四周，停车场角落里放着一台印有可口可乐标志的自动售货机。

先喝一罐黎明时分的咖啡吧。

玲子走起来，皮鞋在地面上发出沙啦沙啦的响声。夜里好像下过小雨，要么就是下了霜，周围的车辆和路面上都是湿淋淋的，一些地方还结了冰。整夜开着发动机未关，或许是歪打正着了。

来到自动售货机前，玲子又改了主意。还是不喝咖啡了，来一碗玉米浓汤吧。虽然一罐黑咖啡就足以将睡意一扫而光，但同时也有较强的利尿功能，并不适合蹲点时饮用。于是买了玉米浓汤——

如此活动一番后，意料之中地，想上厕所了。

但是公园里的厕所可受不了，又冷，又不干净。玲子思来想去回到车前，忽然听到了哪里传来的关门声。不像是车门的动静，要更单薄。那声音恰好让玲子联想到了岩城 Heights 所使用的廉价木质房门。

该不会是……玲子扭头看去，真的看到一个人影出现在公寓楼前。似乎就是从公寓里走出来的，而且从身体的朝向推测，此人很有可能是刚刚离开一〇二号房。

更幸运的是，那人正朝这边走来。但是很遗憾，不是柳井健斗，甚至并非男性。

垂肩的长发是明艳的茶色。身高比玲子略低，刨去高跟鞋大约一米六五。没有戴帽子和墨镜。双立领的深蓝色风衣与她非常相配。膝盖以下露出风衣的部分是白色长裤。小腿纤细，体重目测不到五十五公斤。肩上挂着的黑色挎包相当惹人喜爱。

女人走近了。玲子若无其事地观察着女人的面容。

细长脸型，颜值颇高。向上吊起的眼角，略为丰盈的双唇。无疑是招男人喜欢的类型。整体印象高冷、性感。至于年龄，不好判断。看似与玲子相仿，又貌似年轻许多。二十岁出头到三十五岁之间吧。

她是谁呢？健斗的女朋友吗？若真是那样，趁玲子睡着时她就曾进过那个房间喽？说不定是和健斗一起回来的，然后因为有事提前离开了公寓，会有这种可能吗？

倘若事实如此，便意味着眼下健斗就在家中。

5

石堂组在每月的九号和二十四号这两天都会举行"定期会议"。

这项活动在过去仅仅被称为"集会"或者"会"，日期也不固定。不过似乎是在牧田加入的那个时期，活动被定名为"会议"，并且被固定在了每月的十号、二十号及月末召开。但是在暴对法出台和泡沫经济崩塌以后，组里就没有那么多材料可供每十天讨论一次了。再加上"逢十"的日子通常也是一般企业忙碌的时候，有人提议把会议日期错开几天，便改在了九号和二十四号，直到现在。

会议的议题通常会根据当时的情况而定。譬如，哪个组的份子钱拖着不缴了，某条街上的某处地产需要拍卖却发现产权有问题了，有没有谁可以拉一把呢？此外，会议上还会涉及极道这个行当里特有的议项——破门状和绝缘状的确认工作。

什么是破门状呢？范例如下。

破门状

敬启，时下贵府日渐兴隆，吾等亦感大喜至极。

且说，今有原〇〇会〇〇一家〇〇组若中，〇〇（〇〇岁），〇〇县〇〇市出身，有反任侠之道，情理难容，自"平成〇〇年〇月〇日"起，处以"破门"。

有鉴于此，今后，〇〇会〇〇一家〇〇组与其人互不相干，特此通知。

　　慎启诸位明理之士，与其人之结缘、交友、商谈等一切行为敬而远之。如有漠视妄行者，视作与本组的敌对之为，将予以严惩。

平成〇〇年〇月〇日
〇〇会〇〇一家〇〇组
组长〇〇

　　这样的书状只会被递送到全国最主要的上级团体手中，之后由各团体负责将内容下达给各级组织。值得一提的是，破门与绝缘的性质是不一样的。若拿一般刑法来打比方的话，破门是无期徒刑，绝缘则是死刑。换句话说，破门后仍有可能回归业界，但若是被绝缘的话，就彻底吹灯拔蜡了。倘若一时糊涂与绝缘状上的被通告人结下了因缘，便是等同于种下了祸根，因此，将书状内容确实地传达下去是极其重要的。

　　这天，会议上还涉及了仁勇会旗下六龙会的若中小林充被杀一事。不过，一来警方现已介入调查此事，二来事情也没有大到需要石堂组全体有所动作。在以上意见占据大半的情况下，小林的死并未在会上引起太大反响。

　　就在这些例行事项大致结束、会议已然迎来终盘的时候，和牧田同为若头辅佐的三原铁男，一副有备而来的样子要求发言。

　　"什么事……"

　　三原点头"嗯"过一声，却久久不见再次开口。

　　沉默如浊气一般压在众人头上，藤元一脸惊愕的表情，四下看

133

了看。

三原清了清嗓子，终于说话了。

"嗯哼……说实在的，我是不想在这种场合里提这种事的……藤元大哥。"

这天出席会议的共有二十三人，每一位都是石堂组长的义子，同时也是藤元的义弟。但是问题在于，最近一个时期以来，所有人都以"老大"称呼藤元。故意改用"藤元大哥"这个叫法，三原此时的心境可见一斑。

"但在心里是想说的……不是吗？"

藤元依然面带浅笑，从容以对。

"是啊……怎么说呢，这事我想你也应该清楚，就是上马的环七工程。"

但对牧田来说，这是个未曾耳闻的话题。说到上马，那是世田谷区东急田园都市线沿线上的一个划区。

藤元默不作声，表情不见有明显变化。

三原继续说道：

"那个项目的竞标，下一轮该由咱们出价这已经定好了。可是啊，却在最后关头被人给翻盘了……预定成交价格一亿一千五百万日元。谈好了的，咱们用一亿一千三百五十万日元把它拿下。但是不知怎么的……却被花岛工务店以一亿一千三百一十万日元拍下了……一桩过亿的交易，就差这区区四十万日元！这可是我亲眼所见啊，真真儿的！"

若问三原看见了什么，毫无疑问，那一定是竞标业主的名册和意向交易金额的情报。那么名册上写的是谁呢？必然是花岛工务店的竞价人。而这个花岛工务店正是奥山组下属的中坚承建公司。

"大哥，我可是有证据的！这次负责征集意向价的是大东建业的佐伯。就是这个佐伯，上个月初在品川的料理店里，有人看见他和大哥在一起吃河豚。"

藤元把脖子一横。

"我就不能和大东的人一起吃河豚吗？"

"事已至此，还跟我装傻充愣？"

"装什么？我不过是问问……我不能和大东的人吃河豚吗？"

和眉毛扬成V字的三原形成鲜明对照，藤元的语气始终是平稳的。

"还是说，是这么回事吧，铁男，你也想吃河豚了是不是？"

好说歹说这也是从石堂组若头嘴里冒出来的俏皮话，换作平时至少得有一个人捧场笑一下，但是今天的场面到底不同，无人不是掂量着自己嘴里久久未咽的口水，静观事态的发展。

三原两手撑桌，一跃而起。

"这件事可不是能够一笑了之的……"

房间里被拼成巨大"口"字的会议桌，议长藤元自然是坐在上座，三原坐在靠窗一列的正中，牧田则恰好位于两人中间。用钟表数字盘打比方的话，藤元在十二点钟方向，三原在九点钟，牧田是十点半。

三原坐的那把椅子越倾越斜，直至听到一声巨响，椅子应声倒地。

"家父生命垂危之际……"

不妙。此时把这件事搬出来，只可能酿成不可挽回的后果。虽说此事人人皆知，但在这个时候拿它来对付藤元，实在是太莽撞了。

"却有个浑蛋趁父亲不在，冲别处的叔辈摇尾巴！"

"别这样，铁男！"

牧田坐不住了，起身挡在三原面前。然而三原绕过他，直奔上座。

"坐在那个位子上，你安的什么心？！"

"都说了，别这样！"

牧田从正面将三原一把抱住，三原抬起眼瞪着牧田。

"兄弟，放开。"

牧田和三原是不分长幼的哥儿俩。

"不行，我不能放。"

"听我一句，放开吧……兄弟，那个狗东西背着咱们干了多少缺德事，你又不是不清楚。"

"暂时先收一收，这种事不要当着人说。"

牧田是尽可能压着声音说话的，但是周围太静了，藤元多少听到一些。

"勋……"

牧田能感到藤元在自己身后站了起来。

"我是不是可以认为，你和铁男是一个意思？"

藤元正一步步从背后接近。

"嗯？跟那个叫我'狗东西'的若中勾肩搭背，你也是穿一条裤子的，我这么想没问题吧？"

"老大！"附近的人上前劝阻。

牧田这时转过身。

"老大，是我办事不周……"

牧田低着头，但由于身高的缘故，前方的情形依然可见。藤元的重心落在左腿上，双手自然下垂，不像是真要动手的架势。

"事后我一定好好劝劝铁男，所以，眼下就不要追究这件事了。"

说着，牧田把头埋得更低了。

"不服不行啊……谈判专家阿勋的本色演出。"

"都起开吧！"藤元拨开那些前来劝架的人，回上座去了。

定期会议就此结束。

尽管对藤元有言在先，但若问牧田是否有塌下心来安抚三原，其实没有。

"铁男，先忍一忍……我有个打算。"

两人坐在石堂组附近一家咖啡厅里。窗户上装点着渲染圣诞节气氛的白色喷剂。

三原把刚刚点着的烟按灭在烟缸里，抬眼盯着牧田。

"什么打算？"

"暂时……还不能说。"

"没有吧，肯定的。"

三原只猜对了一半。

柳井健斗掌握着关乎仁勇会生死的情报，假使能善加利用，以此平息眼下石堂组内部的轩然大波并非没有可能。

"当然是有的……这件事我是有认真考虑的。所以啊，铁男，暂时忍耐一下，别再跟老大闹翻了，你得答应我。"

牧田清楚，不可能光靠这两句话就让铁男服气，不过三原还是点了头，老老实实地回去了。

走出店门，川上正站在白色的君爵前。不知是否因为夕阳过于刺眼，戴着墨镜的川上皱紧了眉头。

"辛苦了。"

"啊……"

川上拉开滑动门，牧田坐进去。车内在全方位遮光玻璃的阻隔下，二十四小时形同暗室，加之座椅也是黑色皮革，车门关闭的瞬间，那感觉就仿佛身在洞穴之中眺望着洞口。不过，这种闭塞感反而令牧田感到了安心。

引擎发动了，转向灯嘀嗒作响，川上透过车窗查看右后方来车。

"义则……"

"是。"

回话的同时川上用力踩下油门，君爵抓准时机并入了右侧车道。

待转向灯的声音消失后，牧田问道：

"事务所里，有什么要紧事吗？"

"今天就没有了。只是 SILK 问晚上能不能去露个面。今天是他们十周年的最后一天，也是因为……今晚不是平安夜嘛。"

"哦……这样。"

SILK 是牧田在六本木开的第一家店。已经十年了，这确实让牧田感触良多，但是不巧，今天并非那种歌舞升平的心境。现在的牧田连过圣诞节的心思都没有。

"在那之前……先去一趟赤堤。"

川上让眼睛保持直视前方，耳朵则像是没听清一样往左方后凑了凑。

"赤堤，柳井的住处。"

"可是……"

"我就是想过去看看，亲眼确认一下。"

川上再次用力踩了脚油门。

"大哥，你去也是一样。柳井人没了，去了也只有一间破屋子。"

"不能够。"

牧田一直以来都是信任柳井的。虽说是个像幽灵一样忽隐忽现的小鬼，但是从他身上感受到的愤怒是实实在在的。

"不用说了，开车吧。不在的话再做不在的打算。"

柳井的事，到底不能交给他人去办。

提前两个路口，牧田在拐角处下了车。到柳井公寓前的这一小段路，他是走着过去的。并非有什么特别的用意，无意识中已经这样做了。非要说的话，他是不想让柳井看到自己从车上下来，不想让他以为自己是个随便指使手下开车，然后摆着个臭架子来"串门"的黑社会。

眼前是一栋只住了四户人家的小型公寓楼。据川上说，一层左则的那间就是柳井的住处。

就像川上说的，一栋名副其实的破楼。从建筑年代来看，毫无疑问是昭和时代的遗留物。赤堤绝不属于房价低廉的地段，但若是破烂成了这样，月租金应该收不过七万日元吧，五万日元算是个合理价位了。

牧田站在一〇二号房门前，查看了头顶上的电表。表盘姑且在转，但是速度很慢。这个季节正值用电的高峰期，或许人去楼空的说法并非空穴来风。不过，由于害怕牧田和手下找上门来，所以关掉了冰箱以外的所有电器，自己也躲在壁柜里大气不敢多喘一口，这种可能性并不是没有。事实上，躲债的人大多如此。

牧田按下门铃，于是，门后响起了毫无特色可言的"嘀"的呼叫声。

但是无人回应。

"柳井，在吗？"牧田放慢语速，平缓语调，开口说，"是我，牧田……川上应该拜托过你吧，保持联络，有几次了……出什么事了？怎么后来就没消息了……并不是因为生气了才来找你……能出来吗？"

听说你连兼职都不做了？话到嘴边，牧田收住了。柳井应该是不知道连自己打工的地方都被人调查过了。

"你不在里面吗？柳井……在的话，露个脸就行。"

一辆蓝色跑车在身后飞驰而过。因为没穿大衣，冷风使劲从背后往里钻。

黄昏时分，四下万籁俱寂。

忽然间，一种被抛下的感觉油然而生。

柳井，我向来是相信你的——

就在思绪涌上心头的瞬间，"请问……"身边冒出一个声音。

尽管不认为是在冲自己说话，牧田还是下意识地转过身子，只见一个格外高挑的女人站在那里。牧田对那张脸没有印象，尽管如此，女人却在用说是冒犯也不为过的眼神直勾勾地看着自己。

"怎么？"

"哦，请问您是来找柳井健斗先生的吗？"

这女人是什么来路——

浓灰色的西服西裤，厚实的风衣，同色系的皮包挎在肩上。就业务员来说态度过于强硬了，说她是陪酒女又显得没那么亮眼。模样倒是端正，但也没有漂亮到让人情不自禁夸她美女。年龄大约三十五岁吧，或者可能再小一点。就算是风吹的缘故，半长不短的头发也难说打理得整洁。总之，和牧田周围的女人比起来不够显眼，不够女人，而且土里土气的。

但是她显然知道柳井。看得出来是找他有事。是民生委员吗？不对，柳井还没有困难到需要仰赖这些人的地步。

牧田只回了一句"是啊"，静候对方出牌。

"这样啊……柳井先生，他好像不在家啊。"

女人似乎也在揣测牧田的身份。

牧田今天穿的是一身深蓝色西服，没有佩戴多余的饰物，连墨镜都没戴。领带、衬衫均不是抢眼的货色。相比之下，只有那块劳力士可能叫人眼前一亮，但其实表盘上也没有镶嵌大钻，若不是对腕表非常熟悉，不会有人以为那是块价值二百万日元以上的物件。

牧田决定先以普通人的姿态做出回应。

"是啊，叫了好几次……看来是不在家了。"

是否该由自己率先表明身份呢？还是用一句"冒昧地问一下"，先让对方摊牌呢？就在牧田犹豫不决的时候，女人从内兜里掏出了一样东西。

"那个，我是警视厅的人。"

摆在眼前的是名片夹大小的警官证，里面是附有照片的身份证明，以及一枚中心印着樱花图案的金色徽章。虽然只看外表难辨真假，但是眼前的女人至少不像是那种喜欢捉弄人的"警察狂热粉"。换句话说，只能当她是如假包换的警察了。

大意了。牧田熟悉的便衣警察，只有那些干防暴的条子，个个面目狰狞，比起黑社会有过之而无不及，压根不曾想过同行里还有女人。

不知这女人是哪里的编制。从她不曾说自己属于某某警署这一点来看，恐怕是警视厅本部派来的。如果真是那样，本部的人找柳井有何贵干呢？莫非是冲着小林的案子来的？不可能。那件事和柳井的关系不可能轻易被人看破。

女人接着问道：

"冒昧地问一句，您和柳井先生是什么关系呢？"

但是不管怎么说，牧田都有必要把这个女警官的立场打探清楚。

"哦，我是……"

牧田从随身携带的各种名片中挑出了一张最保险的，房地产中介的身份证明。

"光洋不动产的槙田（与牧田同音）。"

光洋不动产绝非一家皮包公司，在注册信息上是实实在在的合法经营，就算接受调查也不会轻易暴露与极清会之间的关系。在名片上，牧田变成了"槙田功一"，职位是营业部长。即使是防暴警察，看了也未必能当场反应过来。

"哦，原来是做房产中介的……"

女人的表情好像放心了似的缓和下来。

该不会是刚才就已经起疑了吧……今天的这身行头，和一般的"黑社会"应该还是有区别的，牧田心想。

不过怎样都无所谓了，现在这一轮是自己反守为攻。

"不介意的话，可以要一张你的名片吗？"

这边刚才已经给过了，现在要求回礼也无可厚非。

女人点头说是，从挎包中取出名片。

"我是姬川。"

警视厅刑事部搜查第一课杀人犯搜查第十组，警部补，姬川玲子。

搜查一课，杀人犯搜查。如此看来，果然是为了小林被杀的事想和柳井接触了。不过话说回来，年纪轻轻就当上了警部补，或许应该认为，这女人作为刑警是有两把刷子的。

姓姬川的刑警微微歪着头，继续问道：

"槙田先生的公司在六本木……那么请问您和柳井先生是怎么认识的呢？"

原来如此。光洋不动产与柳井之间的关系，牧田还没有考虑到这一层。

该怎么回答她呢？

"哦，公司……确实是在六本木，不过由于工作上的原因，去他打工的地方看过几次房，一来二去就和他认识了。"

这种理由，但愿她会信吧。

谁知姬川饶有兴致地追问道：

"您提到的这个柳井打工的地方，是就在这附近吗？"

怎么搞的，专拣有问题的地方咬住不放！

只怪自己多嘴说了不该说的话。

第三章

1

我是姐遗体的第一发现人，所以被他们翻来覆去审了好几次。

为什么那天晚上要去你姐姐家？当时周围是什么情况？有没有看到形迹可疑的人？你是怎么进的房间？有没有碰过什么，动过什么？事后有没有想起什么？你认为凶手是谁呢？

我就在能说的范围内，把知道的都说了。

他们问我遗体旁边的那条领带是否眼熟。我就答不知道。其实一眼就看得出来，那是父亲的东西，但是不能说。我不想不打自招地把父亲和姐的关系告诉别人。

但是过了几天，父亲来问我：

"我说……红豆色、斜线条纹的那条领带……你看见没有？"

父亲沉默了半响，攥着那天佩戴的另一条领带，拳头颤抖着，短叹一声。

"不是我干的……"

父亲像是在自言自语似的低声说道。

我当然是想去相信的。哪怕和亲生女儿保持着那种关系，哪怕姐因此而痛苦不堪，最终又死在了不知什么人的手上，我也不愿去怀疑父亲对姐的爱。

但是，那份爱同时也是可以轻易变成恨的爱，对此我已深有体会。

姐离家出走以后，父亲可以说再未正常过。他每晚都揪住我胸前衣襟，一遍又一遍地逼问。千惠就没来过电话吗？你小子知道千惠的住处吧？不知道的话怎么从没想过要去找呢？千惠去向不明了你就不担心吗？你最惦记的不就是她吗？

时不时地，父亲还会挥起拳头。

现在要是让父亲见到了姐，她必然会沦为暴力的牺牲品。这种事根本不难想象，所以我才没有告诉父亲。何况姐也是希望这样的。要是让父亲知道了，姐的出走就失去了意义。

不久，警方把手伸向了父亲。父亲接受调查的时间与日俱增。很快，电视里几乎每天都可以看到父亲打了马赛克的面孔。

后来，父亲就从一个不相干的警官身上夺下手枪，在警察局里自杀了。

我们家原本就不正常。家庭的灭亡从母亲的死开始初见端倪，在姐的独立和被杀后迅速加速，最终以父亲的自杀落下帷幕。

在普通人眼里，我们一家子都是怪胎，都是蠢货。父亲是，姐是，容许了他俩不正当关系的我也不例外。

不过说实在的，最蠢的那个，还是我。

怎么才能不让姐死，我确实不清楚。但是父亲，说不定我的一句话就可以阻止他自杀。

那天晚上，我是用自己的钥匙打开了姐家的房门，这点绝对不会有错。淋过雨的手握住门把时感到的冰冷、钥匙插入孔洞时传来的触感，还有当时听到的声音，全部都留在了我的记忆里。

也就是说，是杀了姐的那个人，在离开那间公寓时最后给房门上了锁。这件事警方不可能没察觉到，很有可能就此事审问过父亲，而父亲也交代了自己不曾拥有备用钥匙的事实。可是，如果警方逼问"其实你有钥匙吧"，这条嫌疑恐怕父亲是有口难辩的。不管怎么说，父亲和姐都发生了男女关系。而且警方大概也掌握了某种证据。空口无凭说没有钥匙，警方势必不予采纳。

但如果有我做证的话，事情可能就不一样了。

姐想要的，是从父亲身边逃走，所以她不可能把钥匙交给父亲。所以说，在我进姐家之前，从那里出来把门锁上的，不是父亲，而是另有其人。

然而当我想到这一点时，父亲已经自杀了。是我发觉得太迟了。

据我所知，手上有姐家备用钥匙的人，就是小林充。只有那家伙。

我把所有的可能性都摆在眼前，拼凑出的事情经过是这样。

那晚父亲去了姐的住处。他是怎么查到的我不清楚，总之是给他找到了。然后他按了门铃，但也有可能，是在门口叫嚷着让姐开门。结果给邻居听到了，而就是这样的证词，让他在警察面前的立场变得更加不利。

姐大概是没办法，只好开门让父亲进了屋。一开始，父亲应该是质问她为什么离家出走，但是后来越来越情绪化，越来越有暴力倾向，最后开始逼迫着要和她发生关系。和姐在家的时候不一样，父亲强暴了她。

　　当时父亲的心里是什么心情呢？又可以继续和姐保持长久以来的关系了。应该是松了口气吧。还是说，已经有了到此为止的觉悟呢？父亲是怎么想的，我不可能知道。但他肯定在很大程度上丧失了理性，这点毫无疑问。不然怎么会把领带落在那里呢？

　　至于小林，他或许偷看了整个过程，要么就是通过别的方式了解到了事情的真相。

　　以上这些，便是我的推测。

　　事后再说什么都是于事无补。没有谁会比我更清楚这种事。但我还是忍不住要去说，觉得非得问出个所以然来不可。

　　那时候小林没有固定工作，白天就在自家附近武藏野那一带晃荡着。因为加入了飞车党"Dragon Head"，天一黑就跑去不知哪里飙车了，所以要想逮到他，必须得趁白天，还得在他家附近。

　　我去他家里找过他。前几次都扑空了。挺普通的一个独门独户，家里人应该是和他住在一起，但是去了三四趟，按门铃也不见有人出来。还有一次，一个像是他母亲的人在对讲机里和我说话，"充不在家"，说完就挂了。

　　后来终于见到他了。小林拎着塑料袋，像是刚从附近的便利店回来，见我站在门口，脸上惊恐的表情难以言喻。

"好久不见……小林先生。"

小林撇开视线，"哦"了一声，想从我身边一走了之。

"那个……能和你说几句话吗？"

小林脚上顿了一瞬，仍然执意往玄关里走。我下意识地抓住他手腕。那腕子超乎我想象的强壮和坚硬。

"啊？你想干什么？"

我心里是害怕的，但是不能就这样被他吓回去。因为这些天来我都在反复对自己说，要临危不惧，不能无功而返，这才好歹下定了决心。

"那个……姐的事，有好多，想要问你。"

"开什么玩笑……我可是连着好几天被警察翻来覆去地审，因为她，没少受罪！杀千惠的不是你爸吗？把我害得一身骚……还想怎样？你还想从我这儿知道什么？"

只是和他对上眼都让我想要拔腿就跑，但是说到底，这并不等于挨了他拳脚，现在逃跑的话就前功尽弃了。

"有很多啊……比如说，你为什么没来参加葬礼呢……"

"说什么蠢话！多少人怀疑我呢……葬礼那种地方，肯定被媒体的人挤炸了吧！我可能没心没肺地跑去那种地方自取其辱吗？"

"你要是喜欢姐，为了她去又有什么不行呢？小林先生，你不是说喜欢姐吗？我说姐就拜托你了，小林先生还说交给我吧。这些不都是你说的吗？"

忽然，小林在眉宇间使足了力道，修得细长的眉毛皱在一起，仿佛要画出一个 V 字。

"你等我一下……"

小林朝玄关走去，打开门，把塑料袋放下后重新走了出来。他似乎终于准备好听我说话了。

我们来到了一所儿童公园，正好靠里的地方有树桩做成的长凳，就在那上面坐下了。周围是小学生、差不多该上幼儿园的孩子以及他们的妈妈。不管哪位妈妈，见到小林后都要和他保持距离。如果有小孩子凑过来，肯定会出现一个母亲把孩子领走。

小林那天穿的夹克背后绣着夸张的金色刺绣。记忆中夹克本身也是非常醒目的黑色。他从兜里掏出烟盒，叼起一根。

"说吧，想问什么？"

小林边说边扳动汽油打火机上的打火石。

被他这么一问，我又突然没了主意。之前明明一步一步想得清清楚楚的。

对了。

"那个，小林先生……你手上……应该有姐家的钥匙吧？"

只见小林颌骨周围的肌肉绷得紧紧的。

"啊……有啊。怎么了？"

小林不予否认的态度让我在当时感到有点意外。

"那个……姐被杀的，那天晚上……小林先生，去过姐家吧？"

"做梦呢吧！我可没去！"

唾沫混着烟气喷出来。

"可是，我进门的时候，门是……锁着的。"

"我哪儿知道？谁知道是不是你搞错了。"

"不，我没搞错。我记得很清楚，非常清楚。"

"我还是那句话，不知道。那扇门是开着还是关着，都不关我的事。"

"小林先生去的时候，门没锁吗？"

"啊？说过了，没去，不知道！你再胡说八道，小心我揍你！"

但是我并不打算只听他嘴上怎么说。小林此时的焦躁正是他有所隐瞒的证据，我能感觉得到。

"那，至少这件事希望你能坦白地告诉我……小林先生是真心喜欢姐吗？"

忽然间，小林脸上可怕的东西一下子全都消失了，但那只有一瞬。转眼间，深不见底的愤怒仿佛泥水一般，从眉间、从鼻梁、从嘴角渗了出来。

"你觉得，有这种可能吗？！"

"为什么呢？"我追问。

小林使劲瞪着几米之外的地面。

"就她那种……和自己爹都能搞在一起的婊子！可能有人因为那种女人昏了头吗？"

没错，这才是最关键的。

"小林先生，不就是因为这件事，姐想让你帮她，你才把她救出来的吗？"

其实我自己也不相信事情会是这样。也许我只是想看看小林会做出怎样的反应。

"别扯了！要是一早知道，我压根就不会帮她！恶心还来不及呢！"

"是吗……原来帮姐搬家的时候还不知道。那小林先生是什么时候知道的呢？姐和我父亲的关系。"

那一瞬，小林的眼神飘走了，而这并没有逃过我的眼睛。

我想此时在小林脑海里浮现的，一定是和父亲缠绵在一起的姐的身影。那幅画面他是在什么时候、以什么方式看到的呢？是透过玄关的门缝看到的吗？还是偷偷钻到姐家和邻居家之间的墙缝里，顺着窗帘缝用一只眼瞄到的呢？

"是什么时候知道的？该不会是……姐被杀之前……应该不是吧？"

其实就是在那时候吧？目睹了父亲和姐发生关系，因嫉妒而发狂，等父亲离开后就闯进屋去，把遭人强暴、遭人伤害的姐——谁知道呢？也许是把她伤得更深，骂得体无完肤，然后，把父亲留下的领带勒在姐的脖子上，把她活活勒死了，是不是？没说错吧？

小林好像颤颤发抖似的摇着头。

"我、我是从……周、周刊杂志上看到的……"

是吗？那些东西我全都读过了，可是没有一本写得如此露骨。父亲柳井笃司被认为知道部分实情；从被害者体内采集的体液如果来自身边的人——任何一本杂志都只是采用了"假如、可能"的口吻。

"知道以后，小林先生是怎么想的？一直以来被自己当成女朋友的人，其实和亲生父亲是近亲相奸的关系。知道以后，你……是怎么想的？"

这种话，其实我也是不想说出口的。只是我在那时的精神状态，肯定是已经有点不正常了。

提起姐和父亲之间的事，让小林变得极度情绪化起来。把他的反应看在眼里，我在心里是有些窃喜的。杀害姐的凶手果然不是父亲，而是这个小林充，我觉得我已经可以断言了。现在只要出言贬低姐，就可以把小林伤得痛不欲生。但我还要一层一层地揭下去，直到他一丝不挂！我当时在心里头，已经完全变成了恶魔。

"小林先生，你这是……被我父亲戴了绿帽子啊！"

他一把揪住我胸前。

"所以就一气之下——"

拳头打在我脸上。

"把姐给杀了……"

拳头还在不断往我脸上砸，还有我的脑袋。

"就是你，杀了姐……"

小林哭了。哭着，继续在我脸上打了好几拳，打了几十拳。

一次也没有否认。

不是我杀的。这句话直到最后也未曾听到一次。

我想我非杀他不可了。既然警察不去逮捕小林，而是把罪名扣在父亲身上，对小林放任不管，那么能杀他的人就只有我了。倒不是因为被他打得鼻青脸肿才让我下定了决心。而是鼻青脸肿换来了对先前假设的确信，让我决定要付诸行动。

说到底，杀他是为了替姐和父亲报仇。我杀小林的理由仅在于此。不对。杀他说不定是仍然还活着的我唯一的使命呢。这项复仇计划才是我生命绝无仅有的意义。只要完成了它，我随时都可以去死。我在那时已经模模糊糊有了这种感觉。

刚开始的时候，我曾对他拔刀相向。但是行不通。还没碰到他，就被他一脚端得爬不起来了。有时候刀刃好不容易够到他了，却只划破了衣服，结果还是以我被打收场。

小林似乎无时无刻不在提防着我。本想趁他不备一刀扎过去，却连个擦伤都实现不了。

虽然从一开始就不是他的对手，但是随着时间的推移，我的胜算越来越渺茫了。

小林从 Dragon Head 隐退后，很快加入了名为六龙会的暴力组织。整个人的装扮也以此为界，从花里胡哨的休闲服饰变成了整齐划一的深色西服。再加上他总是和同样打扮的人结伙行动，就凭我这个样子，想要接近他都是难上加难。

尽管如此，我还是瞅准他一个人的时候出了手。我躲在花坛后面，打算趁他从眼前通过时一跃而起，把刀插进他侧腹。但是，不等我冲出去，他先一步走到我面前，举起了胳膊。

一把黑色的手枪握在手中，冲着我。

"差不多该死心了吧？"

我蹲在地上，紧握匕首，动弹不得。

"我已经不是过去的我了。我现在是道上的人了！有必要的话，杀个人什么的都不会往心里去，怎么可能废物到被你这么个小屁孩儿乘虚而入呢？"

枪口正正对着我额头，纹丝不动。

"你也是……差不多就忘了吧。我不过是个黑社会，就算杀了我，等着你的也只可能是下半辈子在猪笼里吃臭掉的牢饭。我呢，要是真想搞事情，也不会挑你这种没背景的人下手，要宰也是宰个有名有姓的组长，好让自己扬名立万。这就是我现在闯荡的世界……别再耷拉着一张臭脸整天围着我转了，赶紧忘了吧……别为了那只小母狗的姐，还有那个鬼畜的爹，糟蹋了自己的人生，不值当的。"

可以拿来糟蹋的人生，老早以前就不存在了。

"滚吧……把刀放下，然后滚……我就当之前的事都没发生过。"

我照他说的，把刀放在地上，一步一步往后挪。那里是某个公寓的停车场，我站起来以后拔腿就跑，从另一个出口跑上大路，一路跑回了家。

事情发展到这儿，我也想明白了。

要杀小林，用刀是行不通的，我必须取得更强大的力量。

但这并不是说，我需要去买把手枪什么的。就算手枪用得再溜，往好了说也只能和小林势均力敌。我必须取得的是能够明显超越小林的、更加强大的力量。

怎么办，我能怎么做呢……

2

从岩城 Heights 一〇二号房走出来的女人——

玲子一时动了跟上去的念头，但又判断应该优先确认健斗是否在家。

结果他还是没在。所以说，那女人和健斗之间就是可以拿到钥匙的亲密关系喽？那么就算不清楚她是谁，也有必要把她作为重要情报装在脑子里。相貌特征也做一下记录吧。身高约一米六五，偏瘦、吊眼、厚唇，二十出头到三十五岁之间。玲子还试着替她画肖像来着。但那张脸越画越奇怪，只好作罢。是自己太不会画了吗？她长得哪儿有那么丑呢？

在那之后，玲子又在车里待了段时间，过了十点的时候她决定去买一趟东西，于是到下高井户站附近的西友百货买了一次性暖手宝、可以当作靠垫的护膝毯，还有些吃的东西。回来以后她又检查了一遍柳井的房间。按了门铃，用手机打了座机。但似乎还是不在。

回到车里，玲子打起精神，把买来的那堆东西的包装袋噼里啪啦地都拆开了。她坐在副驾驶席上，先用毯子把两条腿裹得严严实实的，然后一边用左手揉着暖宝宝，一边用右手把夹心面包往嘴里送，还有番茄汁做饮料。虽然不认为这种程度的蔬菜摄入就可以防止便秘，但总比喝咖啡对身体好多了。

填饱肚子以后，把暖气开到不会感冒的程度，然后，自然而然地，又开始犯困了。赶紧在嘴里塞满超级薄荷含片，再用手指肚把浑身上下都掐上一遍，努力让自己保持清醒。但有些时候，强势到让你彻底缴械的睡魔就是会突如其来地打你个措手不及。楼里偶尔有别的住户进出房间的时候，玲子也能顺便提提精神，但类似的机会，一天到晚也没有几次。

意识清醒过来时，挡风玻璃上结满了白雾，什么都看不清了。

看来是又睡着了。

玲子握起拳头敲打着脑门，把对自己的厌恶都敲打出去了，再赶紧跑去检查柳井的房间。四下无人，玲子打着哆嗦按下门铃，敲一敲，再打个电话。还是不在。可就算现在不在，趁自己睡着的时候健斗恐

155

怕已经回来过了，又离开了，这种可能性不论如何都是摆在那里的。玲子只好又自己一个人，沮丧地回到了车里。

此后一直到傍晚，玲子想尽办法，好歹不是睡过去的。但这样下去，迟早还是逃不出睡魔的掌心。怎么办？不如拜托其他人来支援吧。调查组以外的某个人——井冈？不行不行，叫他来还不如一个人撑下去呢！有他在旁边，自己反而连一分钟都不敢睡了。等等，睡不着不是求之不得的嘛……哎呀，自己到底想怎样呢？

就在玲子盯着路面胡思乱想的时候，一个异常高大、朝岩城Heights方向走去的男人映入眼帘。显然超过了一米九的身高、宽大的西服背影、矫健的步伐，构成了一幅相当匀称的背后取景。

但玲子没有想到的是，男人竟站定在了岩城Heights的楼前。

玲子一边用手帕擦去挡风玻璃上的水雾一边观察男人的动向。

很明显，男人是径直走到了一〇二号房门前，而且还伸手按了门铃。他稍微前曲着身子，似乎在冲里面说话。是柳井健斗的熟人吗？这个男人。是和他有关系的人吗？

玲子不作声地走下副驾驶席，朝岩城Heights走去。

当接近到可以听清彼此声音的距离时，男人像是有些沮丧地叹了口气。

"请问……"

玲子试着和他搭话。男人隔了一瞬才转过头来。

那是一张相当干练的男性面孔。野性十足、孔武有力、倔强难挡，用这些过气的字眼来形容反而恰如其分，就是这样一个猛烈散发着男子气概的人。年龄大概四十几岁。这样看来，着装的品位还算不坏。

一身崭新的西服，深蓝色的主色调与黑灰色的条纹相得益彰。衬衫和领带就商务人士来说有些扎眼了。但不管怎么说，都是个和萎靡不振的中年气息无缘的男人。可能是个喜欢花天酒地的社长吧，演艺圈或是举办方之类的。不过——若说他是黑社会那一支的，倒也有几分相像。

恰是想到这里时，对方回了句"怎么"。那声音低沉、粗犷，在不同的人听来可能还带着几分威慑力。

这男人是什么背景？

"哦，请问您是来找柳井健斗先生的吗？"

玲子继续问道。于是，男人用好似诧异的眼神看着玲子，只简短地回答了"是啊"。

"这样啊……柳井先生，他好像不在家啊。"

"是啊，叫了好几次……看来是不在家了。"

男人的声音柔和了少许。

不管怎样，就由自己这边来先发制人好了。

玲子亮出警察官证，窥探男人的表情。那张脸若说惊讶也确实有些惊讶，不过很快就恢复了先前的样子。倒不如说是在冷静地考虑着什么。警方将柳井视作目标的理由吗？或许是在从自己熟悉的柳井的形象中，寻找着一个合理化的解释吧。

接着，玲子又追问了男人和柳井健斗的关系。男人这次显得有些慌张，把手伸进内兜里。

"哦，我是……光洋不动产的槙田。"

营业部长，槙田功一，公司位于六本木。虽然最初关于社长的猜测打偏了，不过"六本木"和"房地产商"这两个关键词，倒是让玲子觉得情有可原。换一对字眼，"金玉其外"和"铜臭味儿"，这便是弥漫在这个男人——槙田背后的东西。

"哦，原来是做房产中介的……"

那么自己这边的态度也应该温和一点。一味让对方保持警惕并非明智之举。

槙田从刚才就把黑革的名片夹拿在左手上，保持着略微前倾的姿势。玲子正在琢磨他的用意——

"不介意的话，可以要一张你的名片吗？"

原来如此。竟然有胆量向刑警索取名片，的确是个不容小觑的男人。当然了，对于一个上赶着想要的人，玲子是没有理由拒绝的。

"我是姬川。"

玲子递出名片，同时进一步注视男人的神情。此人若不是长了副典型的扑克脸，就是从玲子的名片上看不出任何名堂了。不对，不可能。所属上可是赫然写着"杀人犯搜查"呢。此人若是和健斗相识，必然会担心他跟什么杀人案扯上了关系，这才合乎情理。

话说回来，六本木的地产中介和健斗之间又会是怎样的关系呢？这里可是世田谷区的赤堤，距离港区的六本木相当之远，街道的氛围也截然不同。

就这一点提出质疑后，不知为何，槙田头一次表现出了心神不宁。

"哦，公司……确实是在六本木，不过由于工作上的原因，去他打工的地方看过几次房，一来二去就和他认识了。"

什么？打工的地方？

"您提到的这个柳井打工的地方，是就在这附近吗？"

"是啊……在下高井户站的商店街里。"

玲子当即向槙田低下头说：

"请您带路！"

槙田瞬间露出了像是害怕麻烦的阴郁表情。但是，若用一句话直白地描述玲子此时的心情，那就是已经顾不上那么多了！

话说回来，像槙田这种玲子如不使劲抬头交流起来都很吃力的人，是非常少有的。

哪怕是菊田，身高一米八五左右，玲子穿上高跟鞋后还是可以把差距缩小到十厘米的。但是槙田还要再高出十厘米。好像自己突然缩小了一样，说实话，这种感觉让玲子有点小欣喜。说巧不巧地街上已是清一色的圣诞节气氛。不管两个人是什么关系，这种日子里能和男人结伴而行，运气还是不错的！不过嘛，在那些住在附近的来商店街里转悠的大妈们眼里，玲子不过是又和另一个人高马大的男人走在一起罢了。

不光是身高，还有眼睛！槙田的眼睛大大的，而且是炯炯有神的那种，但从中似乎又能看到一股莫名的孤独和哀凉。那双眼睛从刚才起就在玲子心中挥之不去。仿佛连意识都给它吸走了一样的感觉屡屡降临在玲子身上。明明他长的算不上是自己喜欢的类型——

不行不行，怎么能满脑子只想这种事呢？需要进行的是对调查有所帮助的交流。

"您当初是为了什么事，才会去拜访柳井先生打工的地方呢？"

"嗯……"槙田沉吟片刻，"大概是，关于那家店的房子是否有意出售吧。那单生意本身是已经吹了的。"

"柳井先生做的是什么工作呢？既然说到这儿了。"

"他是漫画咖啡厅的店员。"

"您刚才说是因为经常去那里，才跟柳井先生熟络起来的。"

"是啊……因为，需要了解一下平时店里的样子，还有他们的经营状况……不知不觉地，就聊起喜欢的漫画了。后来，反正……什么都聊吧。"

柳井今年二十六岁，和槙田在岁数上差着一大截，他们之间到底能聊什么漫画呢？但是玲子没追问下去。因为她自己没有看漫画的习惯。尤其是少年漫画，对玲子来说那根本就是一门外语。

"熟络之后，什么都聊是聊了哪些话题呢？"

"嗯……比如说，想搬出正在住的公寓了……但是靠打工挣的钱，付不起搬家费之类的。"

"原来如此……那么今天又是为了什么事去找他呢？"

于是，槙田再次露出为难的表情。不过，这边毕竟是刑事调查，这种程度的质问，只能靠他自己放宽心态了。

"这个嘛……是打算跟他说……如果搬家缺钱，多少……可以通融一点。"

"换句话说，替他垫付？"

"是啊……说白了，就是这样。"

竟然有如此亲切的地产商！

"已经借钱给他了吗？"

"不，今天正是为了这件事来的……顺便在他的经济条件允许范围内，给他介绍几处房子……大概就是这样。"

话虽如此，槙田却是两手空空。或许最近只靠兜里的一部手机就可以谈成生意吧。

"哦，就是这里吧。"

槙田领着玲子，从健斗的公寓出发，一路来到了车站的另一侧，商店街的中段位置。

在玲子的印象中，漫画咖啡厅大多是顶层商户，然而眼前这家却设在了底层。店铺外围是一水的落地玻璃，靠张贴海报之类的东西起到遮挡作用，外表看上去有点像以前的街机厅。尤其是在各种圣诞节装饰的衬托下，玲子越看越觉得这里是一家街机厅。

"那咱们进去看看吧。"

"不了"，槙田摇头说道，探出身子看着玲子的眼睛。玲子瞬间感到心跳加速。

"我就在这里失陪了……顺便想问问你，柳井君是不是被卷进什么案子了？"

最后才想起来担心他一下吗？

为了不让槙田看出自己的心思，玲子也直勾勾地看回槙田。

"没有，不是你想的那样。只是有些情况想要跟他了解一下，没想到他不在家……说实话，当时我有点不知道该怎么办了，多亏有你告诉我他打工的地方，谢谢你。还麻烦你替我带路……真的很抱歉。"

玲子以此作为结束语，转身正要走进店门时，槙田上前一步从背后绕到了玲子身边。

"请等一下，那个……如果你见到了柳井君，能不能通知我一声呢？"

"哦，我想应该没问题的……说不定他现在就在里面打工呢？"

"不会的。"槙田说。据说他已经确认过了，柳井今天没来上班。

"是吗，原来是这样……我明白了。需要联系你的话，打公司里的电话就好了吧？"

"不，还是打手机吧。如果是警察打来的，可能会惊动到公司里的人……稍等。"

槙田再次从之前的名片夹里取出一张，打算写下号码——

"不如这样吧，"玲子把手机握在手里，"你说，我记。"

"也好……那就这样。"

玲子留心听着以 090 开头的号码，逐一按下数字键，然后完整地重复一遍，槙田点头说是。

"我这边如果有了什么新消息，也会主动联系你的。打姬川小姐名片上的电话就可以吧？"

"嗯……也是打到我的手机上比较好。"

一不小心打去本部肯定会无事生非。毕竟眼下是单独行动。

"直接拨你刚刚告诉我的号码可以吗？"

"嗯，拜托了。"

玲子从通讯录里找到槙田功一，将光标移动至"手机"。呼叫时被设定为自动使用本机的工作号码。

看着那组号码，玲子犹豫了。是心跳又在加速。

没什么大不了的，不过是为了查案互相交换电话罢了，玲子开导自己说。

"拨出去了。"

"好……嗯，收到了，没问题。"

槙田用单手一握，合上了手机。黑色的机身转眼便消失在了那只大手的手心里。

"那我告辞了。"

槙田说罢向玲子点头示意，而这次，反倒是玲子，不由自主"啊"的一声把槙田留住了。人已经留住了，赶紧找一个理由。想说什么来着？什么来着……对了！

"那个……柳井健斗先生，在您看来是个怎样的人呢？"

槙田一瞬间愣住了。从那表情中，玲子认为自己看到了这个人最自然的，或者说与生俱来的最本质的部分。

"柳井君……是个非常好的孩子。不管姬川小姐正在调查的案子如何如何……我希望那些跟他都是没有关系的。"

原来他是这样想的。

"是啊……我也这样希望。要是他和这件事没关系就好了。"

从某种意义上讲，这也是玲子的真心话。

穿过店门，眼前右手边就是前台。

一个二十来岁的姑娘站在柜台后面。

"打扰一下……我是警视厅的姬川，听说有位柳井健斗先生在这里做兼职，是这样没错吧？"

玲子亮出警官证问道，于是那姑娘睁大了眼睛，磕磕绊绊地点了头。

"柳井君，的确是在这里……打工来着。"

姑娘讲起话来带着一点关西口音，但是和井冈的那种完全不同，听起来让人觉得自然，而不是腻烦。

"他今天，没来吗？"

"是……最近几天，都没来过。"

直觉告诉玲子，这不是个好兆头呢。

"是轮到他上班，但是缺勤了，还是说原本就没有排班呢？"

"值班表上是有他的……但是无故缺勤了。"

不知为什么，玲子觉得她的表情里带着悲伤。

"最近几天，准确地说是有几天呢？"

大概是柜台后面贴着日历吧，姑娘弯着身子，查看了一下答道：

"无故缺勤是从……周二开始的。二、四、五都排了班，但是没来……给他打电话，也是一次都没有接。"

"那么，最后一次见到柳井先生，是在什么时候呢？"

姑娘好像吓到了似的，突然瞪大了眼睛。或许是玲子的问法让她联想到了最坏的情况吧。不过这应该是她自己过度读解的结果。玲子并没有想要借此暗示柳井可能已经死了。

"最后一次见到他，是在……周日的上午。"

"周日是指十八号吗？"

"啊，是。"

十八号，小林遇害的第二天，遗体被发现的前一天。

"可以告诉我，那天柳井来这里上班的时间，是从几点到几点吗？"

姑娘又看了一眼柜台里侧，回答说：

"从十七号晚上十一点……到十八号上午十点半。"

根据司法解剖的结果，小林的死亡时间被断定为十七号二十一点前后。柳井在杀害小林后利用兼职做不在场证明，之后将行踪隐藏起来——看来这种假设在时间上是成立的……

玲子询问了姑娘的姓名。内田贵代，二十三岁。虽然长着一张娃娃脸，但是年龄和玲子的推测相差不远。

"和柳井先生联络时，电话是打到座机吗？还是手机呢？"

"手机……哦，不过，家里的电话也打过。"

"是内田小姐打的吗？"

"我打过，店长也打过……但是一直没人接……店长就说，该不会是出事了吧……"

"有人去过柳井先生的公寓吗？"

"是……我，去过几次。"

嗯——

"那是什么时候呢？"

"周一的晚上，然后……隔一天去一次吧。"

"周一晚上的话，应该和缺勤无关吧？"

此时内田脸上流露出的是显而易见的悲凉。

"因为一直不接电话，就有点担心他了……所以周一晚上，下了班以后……"

"大约是在几点呢？"

"十一点左右吧……"

"当时柳井在家吗？"

"不在。"

"屋里亮着灯吗？"

"没有。"

搞不好小林的遗体被发现时，柳井已经销声匿迹了。

"那、那个，柳井君他，该不会……"

这个姑娘好像无论如何都倾向于认为，柳井是被害的一方。

"不，只是有些情况想跟柳井先生了解一下，并不是说他直接与案情有关……现状是这样考虑的。"

尽管只能给出模棱两可的说辞，内田贵代听完仍然安心了少许，脸色也缓和了。

如此一来大致的情况便已了解，不过玲子还是想和她确认一下。

"那个……这么问可能有些冒昧，内田小姐和柳井先生是什么关系呢？在我听来，内田小姐是以个人名义打的电话，但是柳井先生始终未接，所以就去公寓找他，我是这样理解的。"

内田贵代有些为难地点了点头。

"我们，是有在交往的……但是，会这样想的人，大概只有我自己吧……"

真是令人心痛的说法啊……何况今晚又是平安夜。自己竟然在这样一个夜晚迫使一个女孩子说出了这种话——但在另一方面，玲子又因为找到了这个熟悉柳井健斗的姑娘而感到欣喜。玲子痛心地感到，在身为一个女人之前，自己已经成了一种叫作"刑警"的生物。

"我很抱歉……能再听你说一些关于柳井健斗先生的事吗？"

即使眼前的姑娘可能并不情愿把象征平安的夜晚献给自己这种年

过三十的女人。

3

十二月二十四日晚间的搜查会议上，今泉坐在主席台前，边听调查员们挨个报告边做记录。

特搜本部成立已有五天。这些天来相比搜查一课，组对四课明显表现得更活跃，即使在作报告时，也是四课队员汇报得有声有色。

眼下正围绕石堂组发表见解的，是四课暴力犯六组的丸山巡查部长。此人在四课里属于资历颇深的刑警长。

"大政会的第二代会长三原铁男，据说他在上马环七工程的诸多事情上，都和仁勇会的第三代会长藤元英也起了争执。三原在暗中买通关系，想要把环七工程的竞标项目落在自己担任顾问的京叶建设手上。谁知打开盖子一瞧，中标的竟然是花岛工务店……花岛是和奥山组一个鼻孔出气的承建公司，但是三原认准了在背后牵线搭桥的人是藤元英也。藤元身为石堂组的若头，却破坏了若头辅佐三原的买卖，让到手的鸭子飞到了奥山组一派的花岛工务店嘴里……这件事很有可能成为一场大规模斗争的导火线。"

坐在今泉旁边的和田一课长小声沉吟，眉头紧锁。恐怕此时和田心中，产生了和今泉同样的疑问。

按惯例，每逢这种时候都是由今泉负责提问。

"丸山警官……关于石堂组内部的种种不和，通过这些天来的报告我们已经充分理解了。不过，这里毕竟是六龙会小林被杀一案的搜查本部，希望你不要过分偏离正题。"

　　话音刚落，四课全体调查员都面带各有不同的不屑笑容看向今泉。今泉侧眼看去，就连和田旁边的宫崎组对四课长，以及宫崎旁边组对四课的松山组长，也都多少有些嘴角上扬。

　　其中神情最为得意的，当数正在作报告的丸山刑警长了。

　　"接下来才是正题，请您洗耳恭听……每月九号和二十四号白天，石堂组的全体干部都会聚集在一起召开例会……正巧在今天的会上，有消息说三原终于按捺不住了，开始对藤元不依不饶。"

　　"哪儿来的消息，说明白！"

　　不知从哪里蹿出来一个拆台的。

　　"这个，恕我不能透露……我们和一课的先生们不一样，案子结了可不等于什么都没发生过，今后还要和道上的人还低头不见抬头见呢……"

　　丸山在这里停顿了一口气的工夫，见没人再唱反调，继续说道：

　　"各位只当是线人告密就可以了……关于刚才提到的情况，三原在出价后……竞标本身已经在上个月初，十一月九号星期三的时候结束了，之后很快三原就开始寻找内鬼，直到最近终于抓住了那个人的尾巴，据说是这样。也就是说，在环七工程的竞标活动中，有人在暗地里指点各家该出的什么价钱，这个人就是大东建业的佐伯真一……大东建业本身也是大和会旗下的企业，具体来说，是和滨口组缘分不浅的一家承建公司。据说三原就是掌握了这个大东的佐伯，在各家出价前夕，在品川的料理店里同藤元见过面的消息。就是在这个时候，佐伯把中标金额的情报透露给了藤元，而藤元又把这则消息转告给了花岛工务店，使其顺利中标。三原脑子里设想出来的，大概就是这么一幅图像。"

尽管今泉依然摸不着脉络，但他认为眼下应该默不作声地听下去。

"藤元英也的算盘是弃石堂组于不顾，接近现任大和会会长奥山广重。这在石堂组内部俨然已是众所周知的事实。针对这一局面，不同的人有不同的看法。稳健派希望尽可能地使藤元改变主意，还和以前一样继续守护石堂组。但也有下克上派，打算借此机会扳倒藤元，自己一跃成为石堂组的老二。稳健派的代表人物，是正躺在医院里的石堂神矢组长最宠爱的义子牧田勋，下克上派里打头阵的，是刚才已经提到的大政会的三原。那么，说到三原是如何将藤元和大东的佐伯捉奸见双的……这个见证人，据说就是六龙会的小林充了。"

原来如此，这样就连在一起了。

"六龙会这个组织并不算大，但是会长竹岛和马却非常受到藤元器重。竹岛身手不凡，因此经常作为藤元的贴身护卫出现在各种场合……小林就是跟着竹岛的时候，目击了藤元和佐伯的密会现场……小林这个人大家都知道，是个连当月房租都没有着落的下三烂，随便几个钱就能叫他的屁股挪地方。虽然不清楚三原这边具体是如何让小林上钩的，不过他的消息确实是从小林那里调来的，这一点基本上十拿九稳。但是……还要说小林这个人成事不足，走漏消息的事被竹岛和马知道了。说起来，这也够得上是六龙会成员针对仁勇会的敌对行为，竹岛害怕事情传到藤元耳朵里，于是当机立断解决了小林……整件事的内幕应该就是这样了。"

丸山所描述的情节确实引人入胜，但是能否全盘接受就是另一码事了。

"丸山警官……事情的前因后果我们都听明白了，不过，这当中哪些是内线情报，哪些是个人的臆测，而那些情报究竟又有几分可信……如果这个地方含混不清的话，你的报告恐怕很难被采纳为本部的搜查情报。"

今泉发表意见后，丸山察言观色地看向松山组长。至于松山是如何反应的，今泉并未看到。

丸山捋一把黑白相间的额发，似乎有些犹豫不决。

"如果是想要我公开情报员的话……现阶段只能说，是个六龙会内部的人。"

这就有些不合常理了。

"等等。你刚才说，是六龙会的会长竹岛和马，害怕藤元翻脸才除掉了小林充，是这样吧？且不管实际下手的人是谁……这件事怎么会是六龙会自己的人传出来的呢？"

丸山用力点头。

"事实如此。六龙会目前的状态，其实非常不稳定。简单地说，竹岛的组织运营能力相当成问题。方针就是拼命榨取手下的利益，给上头进贡。然而手底下人又从他那里领不到什么好的买卖，所以不满分子层出不穷……这么个状况，希望各位理解。"

话虽如此，不可能仅凭这样一个理由，就对这份报告持全面肯定态度。

"藤元把从佐伯那里获得的情报透露给了花岛工务店，这是确有其事吗？"

"从中标的结果来看，错不了吧。否则上亿元的竞价，不可能只由几十万的差额决定胜负，这不合常理。"

"那么藤元和佐伯的密会，是小林泄露给三原的，这件事又怎么说呢？"

"所以说，这个情报是六龙会内部的人提供的。"

"竹岛杀小林，存在具体的计划，或者说相应的指示吗？"

"这个还有赖于今后进一步的调查取证……所以说，一课不是也表示过要通力合作，干他一票嘛。"

搞什么，到头来整篇报告都不过是个间接证据！

会议临收尾时，负责调查小林周围人物的下井表示"没什么特别的成果"，打算空过这次报告，却被刚才的丸山刑警长叫住了。

"我插一句。和下井警官搭档的那个女主任，从昨天起就没见到她的人，这是怎么回事？"

下井刚要坐下，又站了起来，看着"河对岸"几乎是正对着他坐的丸山。

"姬川的话，去调查那些白天见不到的人了。"

"昨天晚上，今天早上，今天晚上，全都是干这个去了？"

"是啊。调查对象的身份各有不同嘛，如果她出面比我合适的话，应该交给她去办，就交给她了。有意见吗？"

丸山哼笑着摇头。

"下井警官，演不好就别演了。你离开本部已久，可能有所不知……那个姓姬川的女主任，开会也罢手续也罢都可以不放在眼里，在肆意妄为这方面可是名声在外的。如果只是因为女人年轻一点……就笑脸相迎由着她胡来，到底会让人觉得有问题吧？”

“哐”的一声，从左边紧里面传来椅子的动静，只见菊田已经站起了半个身子，他身后的汤田见状赶紧把他按住了。

“并不是你想的那样，只是分工不同罢了，劳烦不到您那里。”

就像丸山指出的，眼下姬川的行为毫无疑问就是擅自调查。但即便如此，若问行为本身是否频繁到了需要他课人员指指点点的程度，其实并没有，这让今泉不禁也想要说两句。

单独行动也有很多模式。和搭档有言在先的，一句话没有擅自脱队的。只要是干刑事调查的，不论是谁总会有那么两三次单独行动的履历。只不过姬川的情况是，不管是出于好心还是歹意，经常被人拿来说事。事情一旦传出去了，就很容易在别人心里固化下来，仿佛每次都是无视原则的我行我素。

“下井警官……你都这把年纪了，该不至于还被丫头片子的花言巧语蒙在鼓里吧？”

想必是这句话到底有碍观瞻了，松山组长出言喝止了丸山。

“丸山！”

下井倒是不见有什么特别的反应，一副摇摇欲睡的眼神，用手指头蹭了蹭鼻子。

“没有，哪儿有这回事呢……就是普通的人事关系调查罢了。”

“那就是这么回事，是你指使的她，让她去勾搭那些人，套取情报。”

大概是六龙会的那个有力情报让丸山硬气起来了，就算被松山怒目而视也不见他消停下来。

针对姬川的这些不利言论，今泉也已经习以为常了。想当初她刚就任十组主任的时候，有好几个调查员可以更加口无遮拦地当着她本人的面大放厥词，再加上姬川从正面和那些人针锋相对，那场面还要更加不可收拾。

"不如和我一决胜负吧！"这是姬川最常见的回击模式。"输了的人就要剃光头！"然而这样的附加条件一经出口，就算是今泉也不禁大惊失色。结果姬川在那次行动中成功抓获了凶手，搜查本部解散的庆功宴也因此险些演变成了"削发式"。但姬川毕竟是女人。"算了吧！"她拍着对方的肩膀，留下一句"去喝酒啦"，拽着菊田等人离开了讲堂。日后说起来，那晚姬川刚一在居酒屋里坐下就哭了起来。"好可怕……"喝到吐酒她依然泣不成声。

自那以后，针对姬川的无端中伤逐渐减少了，但显然没有彻底绝迹，这在今天的会议上已经看得十分清楚。

下井回应道：

"我没给过她那种指示，不过嘛……既然我人在这里，对姬川的取证手法自然是一无所知的……可是话说回来了，丸山，你能从六龙会那里搞到情报，用的不也是在会上说不出口的招数吗？这就叫作眼屎笑鼻屎……不然还能是什么，男人的嫉妒？难看哟……没意思，没意思。"

见下井机智地搞定了丸山，今泉拿起话筒。

"还有谁有疑问吗？"

看来是没有了。

会议刚一结束，今泉的手机就响了。

是通讯录里没有的号码，屏幕上显示为以 03 开头的市内电话，而且前四位与警视厅本部的号码相同。

是谁？

"喂，您好，"

"我是长冈。"

刑事部长——今泉有种不好的预感。

"辛苦您了。"

"今泉警部，你应该没有下令组里的调查员去调查那个柳井健斗吧？"

开门见山直奔主题吗……

而且并非那种像钉子一样扎人的口吻，没那么简单。像是在寻找罪犯，不，应该说更接近于对嫌疑人进行逼供时的口吻。

"不，没有。"

仅仅是做出如此简短的回应，今泉感到衬衫的腋下已经被汗浸湿了。

"那么今晚的会议上，你属下的主任被人指出多次缺席，是怎么回事？"

这不可能……莫非这间会议室里就有部长的内应……

"不，那只是单纯的取证调查的分工问题。"

"擅自行动，其实是在调查柳井健斗……会不会有这种可能呢？"

不妙……完全不清楚对方对这边的动作把握到了什么程度。

"不会的。"

"是一个叫姬川玲子的女主任吧？"

连名字都——

"请您放心，姬川的任务是一心负责通常取证。"

"没搞错吧？"

这已经不仅仅是遭到怀疑的程度了，然而眼下除了一口咬定外别无他法。

"是，千真万确。"

"私底下搞一些不怎么聪明的小动作，对你可是没好处的。"

"是……属下明白。"

"还有和田一课长，他也难辞其咎。"

"是，属下同样明白。"

"是我，一定会追究到底的……我想说的就是这个。"

一旦到了奋力保身的时候，官僚竟是如此的厚颜无耻吗？！

"还有，如果你认为可以把责任都归结为那个女主任的擅自行动，以为只要辞掉她一个就可以了事的话……我劝你打消这种天真的想法。"

到底是谁在这里小人之心呢！你这心术不正之徒！

"请您放心，关于柳井健斗——"

"叮嘱过你吧，不准在搜查本部里提起这个名字。"

可恶！

"非常抱歉……"

"请你务必要小心行事，千万不要过分小瞧了我。"

"怎么会……您这样说，实在是……"

或许确实是小瞧你了。

"把握好分寸，明白吗？"

"是……"

"那就这样，我还会时不时和你联络的。"

不等今泉回应，电话已经断了。

今泉这才发现，自己手上也已布满了汗液。

已经不想在讲堂里待下去了。

但也不想一个人待着。

今泉临时起意给下井去了电话，得知他正在中野坂上站附近的酒吧里喝酒。问他是一个人吗，得知是这样。那便是赶巧了。

酒吧位于影碟租赁店对面的二层——只有这么个简单的描述，但今泉很快找到了那里。店名是 Miss Gradenko[①]。错不了，就是这里。

沿狭窄的楼梯爬上去，眼前的门上装饰着圣诞节草环。推开门，能闻到一股烤比萨的香味。

下井正独自坐在吧台正中。

"不好意思，不请自来地闯进你的主场。"

虽说自己的职级更高，但下井是巡查部长时代照顾过自己的大前辈，不可以不经考虑地带出长官架子。

"哪儿来的那么多礼数……坐吧。"

---

① 注：出自"警察乐队"的同名歌曲。

"失礼了。"

今泉把外衣交给服务员，坐下了。

"你这是什么？"

今泉指着威士忌酒杯，于是下井看向吧台里的酒保。

"这个，叫什么来着？"

"十二年的老伯威。"

"听他的。"下井笑着说，于是今泉也点了一样的东西。

等今泉那杯酒也准备好了，两个人互相说一句"辛苦了"，碰了杯。

一小块面包配上橄榄和青口贝、小海虾和芝士、生火腿和水果，分别用牙签串成方便一口食用的下酒菜，此外还有用调味汁拌过的烤墨鱼。不论哪个看上去都让人很有食欲。

"来，吃吧……想着会来个小伙子，多点了几道菜。"

"小伙子，是指我吗？"

"可能吗？当然是说你们组里的那些了！"

两个人又笑了。然而今泉跑来这里并不是为了和下井叙旧，不能没时没晌、不紧不慢地说笑下去。

"下井警官……刚才对不住你了。"

"啊？因为什么？"

"姬川的事，给你添麻烦了。"

下井"哦"了一声，伸手去拿盛着小海虾的面包。

"那种事不是常有嘛……算不上什么麻烦。"

今泉看着下井的侧脸，心里踏实了少许。并不是因为信不过下井，只是在眼前看到了很早以前就已经熟悉的，且是多年以来都未曾变化

177

过的表情，让人觉得安心。相比心中的疑虑，今泉感到自己对下井的信任是由内而生的。

"能听你这么说，我就放心了。"

下井往嘴里塞了一大口下酒菜。细一看，那脸上的皱纹添了不少，头顶上的头发也是黑白混战白者胜了。不过想来也是，从在七组一起共事的时候算起，已经过去差不多二十年了。

下井好似点头一样咽下了那口下酒菜。

"说起来，这次你来找我，叫我和那丫头搭档的时候，我答应得有半点犹豫吗？"

"没有。"

"如果那姑娘有什么想不通的，就叫她按她喜欢的方式去做……你低头拜托我的时候，我心里自然有数，肯定也少不了像是今天这样的场面。没有必要现在再来扯什么谁应该记着谁的好。咱俩之间，压根儿就不存在谁欠了谁的这一说。"

尽管如此，今泉仍然觉得是自己欠了下井的人情。欠了一个还不上的、不小的人情。

"我说今春……为什么你要让我推姬川一把呢？那姑娘手上好像有个什么线索，那到底是怎么回事？"

"这件事……"

这件事关系到和田警官生涯的结束，可能的话，今泉也想听听下井的意见。但这样做是否妥当，今泉心里也没个主意。这次的案子，总给人一种看不到边的感觉。况且，如果草率地把案情透露给下井，结果很可能是把他也卷入是非之中。

正因为如此，正是由于看不到边际，今泉那时才决定把可能性压在姬川身上。若无其事地默许姬川擅自行动，今泉是想通过这种方式为调查打开局面。

当然了，不管最终会捅出怎样的娄子，今泉都不打算给和田添半点麻烦，也不打算让姬川出半点闪失。但眼下，这种自信却因为自己的无力招架而在一点点瓦解。

"你有难言之隐的话，不说也罢。托你的福，我也过了一把眼瘾。这个姓姬川的姑娘，有点意思。我跟她说，如果有上好的线索就赶紧自己奔去吧，然后她就突然地……铆足了劲儿，潜到自己身体里去了。就是那种眼神。"

什么意思？

"潜到自己身体里去？"

"嗯……我也不知道该怎么表达，但是看起来就像是这样……眼睛突然睁得特别大，但是没在看眼前的东西，也没在看远处，非要说那是在看什么的话，就是在看自己里面吧。但是和单纯的集中注意力不一样，怎么说呢……好像一下子钻到自己身体里去了，内外世界翻转了，就是那种眼神。"

今泉能想到的，就是姬川马上要说出什么不得了的事情的时候给人的感觉。但那是不是下井所说的进入自己体内、内外世界翻转，今泉就不得而知了。

"这么说吧，就是和田常有的那种眼神……和恍然大悟时候的表情还不一样。他们这类人，好像身体里有个开关。总之我也说不清楚——"

下井突然收了声，向门口看去。

"胜俣……"

搜查一课杀人犯班五组的主任，绰号顽铁的胜俣健作警部补正站在那里。

"怎么搞的……一个个看着都那么眼熟，啊？这里是已经不复存在的强行班七组的同窗会？呵……千万别搞那一套，都这把岁数了，像什么样子。搞得好像从葬礼回来非得喝上一杯似的，倒胃口哟！"

下井和今泉聚到一起的时候胜俣突然出现了，这绝不是巧合。

"你来干什么？"

"嗨！坐主席台的家伙说起话来就是不一样啊……让人觉得浑身不自在！下井警官，你说是不是？"

"你也好不到哪儿去。"

听下井这样说，胜俣开心地笑了。此时的吧台前确实洋溢着令人怀念的气氛，但今泉来这里的目的同样不是叙旧。

"你还没回答我呢，来这里干什么？想也知道是跟在我后面过来的吧？"

胜俣问也不问就把今泉的包挪到了邻座。

"什么叫想也知道？能不把别人说得这么难听吗……虽说也确实是这么回事吧。"

胜俣指着服务员说要啤酒。

"这个先放放……今泉，你是不是又把那村姑撒出去了？"

"什么？！"

今泉条件反射似的瞪向胜俣。而且只凭感觉他便知道，一旁的下井的眼睛也是对着胜俣的。

过去一起办案的时候，"村姑"是胜俣拿来讽刺姬川的字眼。"把村姑撒出去了"，这背后的意义——

"你是怎么知道的？"

"说什么混账话，老子可是'千代田'的出身！你这浑蛋，小瞧我是不是？"

"千代田"是警察内部对于过去公安部秘密警察的隐称。

"就算是这样……为什么专程来跟我说这件事？"

"这里面的官司多着呢。总之是那丫头捣乱了，你得给她勒上缰绳，别让她到处乱跑。五花大绑，然后雁字擒拿！"

"低级趣味倒是不减当年。"下井小声嘀咕一句。

"少废话，瘊子脸！"胜俣回嘴道。

这时今泉突然醒悟过来。

"胜俣，你该不会是……部长的……"

那天长冈是这样说的，并非禁止一切关于柳井健斗的调查，自己已经有了想法，希望把事情交由他来处理。所谓的想法，或许就是命令胜俣在暗中调查也未可知。

"小哥！啤酒还没好吗？"

胜俣大吼一声，之后转向今泉。

"是又怎么样，不是又怎么样？当务之急是保住和田的脑袋，让那村姑乖一点。这件事，我会再去想辙……你该做的，就是掐住她的脖子，别让那村姑在现场里到处瞎刨……这就够了。"

"和田老爹出什么事了？"下井问。事情暴露到了这个份儿上，再瞒下去也没意义了。或许应该把情况告诉他，把下井也拉到这一边来。只是怕结果变成了多一个人垫背。

接过啤酒，"那咱们干一杯吧？"胜俣明显是口不对心地举起了杯子。

见无人响应，他只好啐出一个"嗷"字，闷头喝起来。

4

玲子重新回到车里，一边监视健斗的房间一边整理思路。

按照内田贵代的说法，联络不到健斗以后，最初一次发现他离家不归是在周一的夜晚。今天是周六，已经过去整整五天了。

健斗的父母家已不存在，恐怕也没有可以投靠的亲戚。至于旅行，从他向槇田借钱这一点来看，大抵也是可以排除在外的。

这样一来，连续五日不归就是个有点不一般的状况了。假使工作需要他在全国飞来飞去，事情还可以另说，然而健斗的工作只是在漫吧里看店。此外还有什么理由可以让他离家五天不归呢？

玲子吃过从漫吧回来路上买的便当，决定小睡一会儿。她已经放弃挣扎了。人这种东西，不是不眠不休也可以一直运作下去的生物。如果只是写字台工作堆积如山，或是搜查止步不前必须东奔西跑，再苦再累身体也可以行动起来。但是坐在几乎隔绝声音的车内，连个说话的人都没有，只是目不转睛地盯着马路，谁的集中力又可以维持很久呢？

等睡醒了马上再去查看，这样还不行吗——

睁开眼时是早上四点左右。不用说，外面还黑着。

确认健斗不在家，玲子回到车里再睡上一会儿，如此反复直到九点。十点前，玲子再次前往了下高井户的商店街。由于昨天贵代正在班上，不好打扰太久，所以和她约好了今天再听她细说。

来到约定的那家家庭餐厅，玲子先去洗手间把脸洗了，然后姑且化了妆。前天、昨天，连续两天没洗澡了，好在这种冻人的天气不必担心出汗。只是头发粘在一起多少令她有些介意。晚些时候要不要找一家公共澡堂呢——

化好妆往回走的时候，在门口碰见了贵代。时间把握得刚刚好。

"早上好……抱歉，让你一早出来。"

"没关系的。"

贵代努力挤出来了的笑容看得玲子心里很是难受。平时肯定是个如阳光般明媚的姑娘，如今却因为健斗的消失，被乌云遮住了光芒。至少在玲子看来是这样。

找到一张桌子坐好后，玲子问她吃过早饭了没有，得知还没有，便劝她点一份全早餐，于是贵代点点头。

下单后，两个人喝着咖啡聊了一会儿。

"和柳井先生是从什么时候开始交往的？"

贵代把目光落在旁边一张桌子上，想了想。

"大概是从两个月以前吧……"

"也就是从十月中旬喽？"

"应该……是这样，是的。"

"在一起工作，渐渐有了感情，是这样吗？"

"嗯……差不多，就是这样吧。"

"不是因为之前已经认识了，是吗？"

"嗯，不是。是在做兼职的时候认识的。"

原来如此。所谓的交往，也只进展到了这个阶段。

玲子问她有没有健斗的照片，贵代便说有一起购物时试穿衣服的照片，拿出手机给玲子看。第一眼的感觉，就是个偏瘦的、如今随处可见的青年。相比高中毕业时那张照片，头发变长了，显得有点颓废。玲子问能否把这张照片发给自己，"可以的"，贵代轻声说，用红外线通信把照片传到了玲子的手机上。

"谢谢……柳井先生有没有和内田小姐提起过他家里人的事呢？"

"不……几乎没有过。只听说都已经死了，就这样。"

说的也是，健斗肯定也是不愿提起那种事的。

"原来如此……那么在内田小姐看来，当时的柳井健斗是个怎样的人呢？"

"怎样……"

啊！"当时"这个过去式用得不好。从听者的心境出发，确实有种已经不在人世的感觉。

"那个，我还没有和他见过面，所以想在实际见到之前，了解一点关于他的事，比如说氛围啦，性格啦，什么都可以的。"

"我明白了……"

然而，虽说是男女朋友的关系，从贵代口中听到的对于健斗的评价，却不怎么令人向往。

灰暗，沉默。和他说话也不怎么有反应。不知道他在想些什么。

房间脏乱，邋遢。像死人一样，像幽灵一样，像僵尸一样。哪怕把话说到这个份儿上也不见他生气。

玲子听着听着不禁要问她：那你到底喜欢他哪一点呢？如果只靠负面情绪就能搞到对象的话，自己岂不是也有的是机会——

不过，这当中似乎也掺杂了贵代自己的状况。

"我一个人来东京，可孤单了……可是看到他，我就想，原来东京也有这么孤单的人呢。然后，我的眼睛好像就离不开他了……"

所以说贵代和自己不一样，属于那种用母性本能评价男人的女人喽？不管事实如何，玲子有她自己的解读方式。

吃着同样的早餐拼盘，两人的谈话还在继续。

据说每次贵代去找健斗，他大多是在摆弄电脑，但又并非在上网，而是埋头阅览着某种数据。贵代想要看一眼，他就赶紧把屏幕合上。只要不是在看色情图片，无所谓吧，贵代这样对自己说，很快就不追究了。

"那个……"

留下盘中的西红柿，贵代放下餐叉，低着头，声音比刚才更黯淡了。

"想说什么？"

那张脸皱得仿佛眼看就要哭出来一样。

"那个……这种事，我也觉得找刑警商量不合适……但是姬川警官这么漂亮，肯定很有男人缘吧，所以，想请您教教我……"

哎呀，到底什么事呢？

"没有啦，不像你想的那样……不过，只要是我可以告诉你的……嗯，什么事啊？"

"是……那个……男人是不是……一旦听说女人怀了孩子，就会嫌女人麻烦啊？"

啊？

"哎？你的意思是说……"

贵代就那样脸朝下点了头。

"我怀孕了……"

"这件事……你有告诉他吗？"

"是……不过是旁敲侧击的。"

"就是没有说得很明白了？"

"嗯……好比摸着肚子跟他说，今后就不是两个人了，会变成三个人的……还有，咱们两个住的地方都太小了，像这样，试探着跟他说过……但是，因为不好意思，也是因为害怕，一直没能明确地告诉他自己怀孕了。"

难道是因为这个吗？所以健斗才去找槙田商量换房的事。

"男人到底是怎么想的呢……果然是不愿意被孩子拴住吧……所以柳井君才从我身边逃走了……"

这种事，自己这个过了三十岁还单身的女人又怎么可能知道呢？

贵代腹中的胎儿让玲子感到震惊，但也因此让她理解了贵代对健斗安危的担忧。

玲子答应贵代如果有了健斗的消息一定和她联络，并在获得了她的——以及健斗的——电话号码后，在店门口和贵代道了别。

然而，反而令玲子想不通的事也是有的。

健斗如今有了贵代这个恋人，而贵代又怀上了他的孩子，在这种情况下，虽说是为了替姐姐报仇，他当真下得了决心杀小林充吗？柳井千惠遇害已是九年前的事，为何事到如今他突然要将复仇付诸行动呢？

不过，是否当真是健斗杀害了小林，这在现阶段还无法确定。

此外悬在玲子心上的，就是健斗住过的那间公寓。

据贵代说，健斗窝在那间公寓里的时候，始终在电脑上调查着什么。那自然不可能是在中介网站上找房这种为将来做打算的活动。必然是出于更见不得人的目的，干着可以令他人性毕露的勾当——不过实际调查过后也许发现，他真的只是在满足自己无聊的嗜好呢。

或许应该找来管理员，把门打开一探究竟。就算不是因为这个，健斗失去联系已有六天。万一他不是不在家里，而是死在了家里，这种情况不是没有可能。决定了，就算成事不足也有必要一试。

就在玲子下定决心，开始加快脚步返回岩城 Heights 的时候——

由正面驶来一辆黄色的出租车。虽说是双向车道，狭窄的路面仍然需要双方在实际错车时减缓速度，互相谦让才能通行。即使不是狭路相逢，这条住宅街上存在着多个未设信号灯的路口，车子原本也是开不快的。

那辆出租车也是一样，车速至多不过三十迈。这种情况下，只要玲子有心去看，司机也好，后座上的乘客也好，长相都是能看清的。

不知为什么，玲子动了看一眼的念头。连她自己也说不清楚，无意间，眼睛已经瞟了过去。然后，她发现了后座上那个似曾相识的面孔。虽然在一瞬之间没能想起此人是谁，但是那对吊眼确实令她印象深刻。就在这一特征在大脑里被语言化的瞬间，玲子想起来了。

吊眼女人！从健斗公寓里走出来的那个女人——

毫无疑问，第一个想法就是追上去。但就算对方开得再慢，玲子脚上的平底鞋也是浅口皮鞋，靠跑步是追不上汽车的。想到这里，出租车已经在路口处拐走了。

那女人不会是又去了健斗的公寓吧——

玲子感到一阵心悸，急忙向岩城 Heights 赶去。可是赶到了她才注意到，这栋公寓是没有管理员的。那么这种情况下又该联系谁呢？

玲子来到通往二层的楼梯下方，在报箱侧面找到了写着管理员联络电话的贴纸。铃木——如果此人是管理公司或中介公司的负责人，今天是周日，很可能不在班上，接不了电话。不过实际打通后，发现铃木就是住在附近的房东，表明警察身份并简单说明情况后，对方表示会尽快带着钥匙来找玲子。

在门口等了大约十五分钟后——虽说在电话里跟自己说话的是个上了年纪的女人，出现在玲子面前的却是个貌似六十几岁的男人。

"不好意思，您就是铃木先生吗？"

"啊，是……你是巡警吗？"

玲子确实没有告诉对方自己是便衣刑警，于是一面为说明不足表示歉意，一面出示了警官证。铃木看过之后一脸信服的表情，二话没说便向房门走去。看着他开锁，玲子心想：想不到没有搜查令也很顺利嘛！

只听"咔嚓"一声，锁开了。

"铃木先生，万一里面出了状况……现状是整整六天失去联系，但是，如果真的出事了，最好不要在房间里留下铃木先生的指纹，这里由我一个人进去查看。但是仍然需要铃木先生在门口见证我的调查过程，麻烦您了。"

"啊，好的……明白了。"

随后，玲子戴上白手套，小心翼翼地触碰门把。万一门把上留下了那个女人的指纹呢，所以开门时要尽可能地避开把手部分。玲子用两只手别扭地夹住了把手的根部和前端的边缘。

相当吃力，但门好歹是打开了。玲子提防着腐臭味一涌而出的可能性，不过还好，空气里只有轻微的尘埃味道，和尸体腐烂后的现场明显不同。

玲子舒了口气，将门开到最大。之后便是冒着被指控非法搜查的风险，为了能替自己进行最低限度的辩解，确保搜查过程的公开性了。

由于没有事先准备鞋套，玲子只好脱掉皮鞋，光脚踩地进了屋。一进门左手边是厨房。发乌的不锈钢水池，被熏出黑斑的灶台，以及仿佛是为了搞笑而故意放在灶台上的金色的水壶"古董"。从玄关往里走是一间六叠大小的和室。窗户被窗帘捂得密不透光，尽管是上午，房间里却异常昏暗。和室中央铺着被褥，脚边是一张矮桌。问题就在于那张矮桌上面缺少了原本该有的东西。

莫非健斗是带着电脑逃跑的——

严格地说，桌面上残留着被摘除的鼠标、鼠标垫和若干线缆，隔板上直立摆放着一个形似外接硬盘或是调制解调器的装置，唯有本该存在那里的电脑，在桌面上留下了一个明显的空缺。玲子取出手电照亮了桌面，那个空缺的位置果然积灰较少，大小也恰好同 A4 笔记本相当。

健斗为何要在逃跑时带上电脑呢？

如果只是为了搜集逃跑途中必需的信息，如今使用手机应该更方便才对。若说此举还有什么别的意图，那就是销毁证据了。涉及杀害小林的某些资料被存放在了电脑里，由于来不及清除只好一并带走。

但是，不对吧。杀害小林时所使用的手法，是利用刀具胡乱砍杀这种古典而实际又欠缺考虑的方式。现场里已是血涂遍地，再去掩盖电脑里的信息又有何意义呢？

还有那个女人，说不定她是受健斗之托，回来这里取走某样东西的。可能是电脑，可能是现金，也可能是更为重要的某物。

玲子不由得环视屋内。随手脱下的罩衫、T 恤、牛仔裤、装了满满一大袋子的垃圾、便当的空盒、喝光的空瓶。每一样都是男人独居时再常见不过的东西。

尽管仍有太多地方是玲子认为有必要调查的，但是在没有搜查令的情况下这样已经是极限了。

玲子一面点头一面朝玄关走去。临出门前最后打开厨房旁边的门看了一眼。里面是卫浴间，而并非简易的组合浴室。墙上贴着瓷砖，浴缸是老式的需要靠锅炉加热的类型。很显然，里面一个人也没有。

"非常感谢您的配合，似乎没发生什么特别的状况。"

"啊，看来是了。"

铃木给房门上好锁，脸上的表情颇有些失望。

一阵寒风刮过住宅街，冷极了。

玲子问铃木附近有没有公共澡堂，得知在第二个路口转弯后的左手边有一家名为"月之汤"的澡堂。

在一旁的便利店里买好替换内衣，待到傍晚时分玲子准备去洗澡。

地方很好找，门里门外都是最近的装修，整洁的环境也让玲子对这里颇有好感。

在柜台购入毛巾和香波，准备就绪后进入浴场。

全身被热气包围的感觉仿佛已经成为遥远的回忆。玲子简单地冲洗过身体后，用与家乡南浦味道不同的热水打湿了头发。香波和护发素也不是玲子喜欢的牌子，不过，将就一下吧，毕竟趁周日天还亮着的时候能有热水澡洗，已经很奢侈了。

玲子用心清洗着头发，无意间，意识又被案子拉走了——

从贵代的描述来看，健斗并不属于那种性情粗暴又喜欢动手的男人，兼职的工作也是在漫吧里看店，回到家后便坐在电脑前一动不动。这样一个懒散的青年，就算手里握着刀子，要想对暴力团成员小林拔刀相向，也是需要相当大的勇气和觉悟的。

再有，就是到实行复仇为止的这九年时间里，健斗与小林之间究竟维持着一种怎样的关系呢？是完全没有接触的九年呢，还是说健斗始终在监视小林的动向呢？若是第二种情况，九年的等待又有何意义呢？可以尽早杀掉小林的机会应该有很多才对。若不是这样，那便是在九年过后，一个偶然的机会令两人再次相遇，健斗因此而重燃心中的怒火，最终对小林痛下杀手——

玲子洗净身子后泡在浴池里，思绪却仍然沉浸在案情中。不一会儿，她就决定出来了。不是不喜欢泡得久一点，只是这里的水太热，空气也太热了，体力已经吃不消了。

回到更衣间换好衣服，并不忘把头发彻底吹干。"自主"调查期间若是惹上了感冒，损失的可不仅仅是自己的形象。

同样忘不了的还有出浴后必不可少的一杯。手插腰间将一听苹果汁一饮而尽后，玲子在老板娘"谢谢回顾"的目送下离开了澡堂。上车前重新拨一次健斗家的座机，到达岩城 Heights 后再按一次门铃，也呼叫了健斗的手机，但不论哪个都没有反应。

回到车上，玲子调整好心态准备开始新一轮的蹲守。但是在心里，疑问已经油然而生。

就算一直守在这里，恐怕也盼不来健斗的现身吧。还有那个吊眼女人，想必今天也不会再来了。自己正在做的这些，真的有意义吗？说到底，那个把健斗指控为凶手的告密电话，真的可信吗——

放倒椅背，脱掉鞋，玲子换了个盘腿的姿势。之后又改换了各种各样的姿势，只有双眼始终盯视着岩城 Heights 的方向。要是今晚也一筹莫展，就联系下井，暂时撤回搜查本部好了，玲子甚至动了这个念头。作为宣泄情绪的出口——或许这样说不大合适——她给叶山发了条短信。

"辛苦了。今晚仍然不回本部，不必担心。有情况随时联系。玲子。"

其实发给菊田也没什么，但不知为何，玲子就是有些抵触。至于理由——她不愿深入去想。

肚子差不多又该空了，玲子再次向便利店走去。其实没什么心情好好吃饭，买点营养代餐之类的东西，补充营养到不会死人的程度就行了。

然而眼见要走到便利店的时候，手机振了起来。从兜里掏出来一看，屏幕上显示的是"今泉春男"。

仿佛有冷热两股气流，交织在一起在体内乱窜。

就因为下井说过会替自己在今泉面前找个借口，以至于玲子从未想过应该如何面对今泉。违背了命令调查柳井健斗的事到底让她感到有些愧疚，但与此同时，对于不问缘由便禁止调查柳井健斗的今泉，玲子又感到了些许的失望。

"喂，您好。"

今泉会怎样开口呢？会用低沉的声音责备自己的一意孤行吗？还是会对自己破口大骂呢？

"姬川。"

今泉的口吻意外平稳。

"是。"

"立刻，马上回来本部。仁勇会的藤元，被杀了。"

玲子只觉得寒风从身边呼啸而过。

5

叶山这天的任务，是针对六龙会干部成员塚田芳文在十二月十七日的行踪进行调查。

塚田与竹岛和马的交情自飞车党时代由来已久。虽然如今在名义上塚田是竹岛的舍弟，实际上，据说两个人是不分上下的兄弟。

塚田从前就是个让人束手无策的捣乱分子，竹岛则是那个勉强可以将他收在手心里的制约。有竹岛握着缰绳的时候，塚田安分守己，而一旦脱缰，塚田便会冲着目标一阵疯咬。虽然出处不详，当年的塚田似乎人称"汪汪"。由于两个人的关系至今未变，因此，若说竹岛除掉小林会起用何人，塚田自然是不二的人选——以上便是组对四课的部分成员所提出的见解。

然而叶山这一组的调查显示，至少在十七号那天，塚田并未直接参与谋害小林的行动。

十七号整个上午，塚田一动不动地坐在住处附近的柏青哥店里。由于收获不佳和店员大动干戈后，塚田离开了那家柏青哥店，在一家他常去的荞麦面店里一直吃喝到三点左右。傍晚时分塚田的去向虽不得而知，不过晚七点时，他出现在歌舞伎町一家宠物旅馆里，并且在那里一直待到了夜深。塚田出奇地爱狗，据说他不但经常泡在那家店里，还会主动帮店里干各种杂活儿。那晚便有数名顾客曾在店里见过塚田的身影。特别是在小林的推定死亡时间二十一点前后，当时正值客流高峰，塚田几乎与营业员没有两样，针对宠物食品和各类杂货向一波又一波的顾客提供了讲解服务。

十七号这天的塚田要杀小林是分身无术的。

叶山在二十五号晚间的搜查会议上进行了上述报告。

会议结束后，叶山动身前往高圆寺的六龙会事务所，为了和正在那里监视竹岛和马的菊田组交班。

六龙会所在的那栋公寓，楼前正在进行天然气管道的施工，菊田组堂而皇之地把搜查PC（"蒙面"巡逻车）混在路边的工程车里，观察着六龙会事务所里的一举一动。

叶山敲了敲副驾驶一侧的窗户，做出"有劳"的口形，于是菊田伸出拇指示意叶山从后门上车。

"辛苦了，情况怎么样？"

叶山率先钻进车里，同行的中野署警员紧随其后，关上了车门。坐在副驾上的菊田的搭档，其实也是中野署的警员。

"怎么都没个样，一点动静都没有！"

周围环境嘈杂不堪，两人都不由自主地提高了嗓门。

菊田想必是受够了，用一脸不耐烦的表情指了指外面，招呼叶山出去说话。

叶山点点头，打开车门，绕到车尾和菊田走在一起。

由施工现场朝着神社的方向走起来以后，菊田掏出手机看了眼屏幕显示，又迅速把手机收进了兜里。

终于，两人来到了可以正常说话的地方。

"阿则，主任有跟你联系吗？"

说来也巧，就在刚才，叶山罕有地收到了姬川的短信。虽说不是什么要紧内容，不过，同样的短信是否也有在同一时间发送给菊田——此事对叶山来说当然无关轻重，但他敏锐地察觉到，至少在菊田看来这状况事关重大。

"菊田前辈收到了吗？"

菊田那两道粗壮的眉毛中间挤出了一道沟。

"哦，前天收到过一次，后来就断了。短信上说不用担心……可能吗？是吧。"

说了半天，也算是收到了嘛。还是说如果不是每天都有收到，心里就没个着落呢……

不过，赶上眼下这种状况，菊田的担心也不是不能理解。

就由自己起头好了，叶山想。

"主任应该是去调查那通举报电话了吧？"

菊田歪着脑袋，朝路旁的自动售货机走去。

"阿则，你喝什么？"

"哦，不好意思……一样的吧。"

菊田连续按两次低糖咖啡，叶山伏下身去把咖啡取了出来。拉开拉环，菊田伸出罐子，做出干杯的姿势。"辛苦了"，叶山轻轻地碰上去，然后喝上一大口，再配合咽下去的劲儿使劲呼一口气。

菊田甩了甩头，说：

"我有时候就不明白了，或者说只有极少数时候能明白吧……真是搞不懂主任在想什么。"

叶山也搞不懂，菊田这是在说男女之间的事呢，还是在说主任与组员之间的事呢？

"搞不懂也很正常啊，毕竟三天没见了。"

其间，组对的人在会议上作威作福，自己人则被他们呼来喝去，如今也是在这帮人的差使下进行着可能毫无意义的盯梢。

"不，我不是这个意思……主任她，有时候不是会露出那种，说不清在看哪里的眼神嘛。那眼神有点吓人啊……可能，我就是在担心这个吧。"

不是说不清在看哪里的眼神，而是明显没有在看你的眼神吧！叶山在心里想，当然是没有说出口。

从叶山的角度出发，有些时候姬川的想法反而会比菊田的更容易看懂，就好比眼下这种情况。

姬川把破案的关键压在了那通告密电话上，这点应该是错不了的。而且她已经取得了一定的成果。但是这次的案子，微妙之处就在于，谁也无法保证告密内容一定是准确无误的。正因为如此，就连和一向心照不宣的姬川班的同人们，姬川也断绝了联系。只在短信里说"不必担心"，此外便无意透露任何。这恐怕是针对发生责任纠纷时的预设防线，也可能是出于情报管理的需要所采取的缄默态度。

这种情况下，姬川班又该如何采取行动呢？

叶山认为，当下的任务便是继续听从组对调遣，以这种形式做好一名本部调查员的本职工作。虽然他并不认为如此行事可以为默许了姬川单独行动的姬川班争取到免罪令牌，但至少可以消解掉一些积压已久的对组对的怨气。如果自己这边对组对百依百顺，那帮人肯定会得意忘形，对六龙会和仁勇会这条线索死心塌地。

然而这条路走到黑也是不会有任何结果的。尽管没什么根据，但叶山就是有这种感觉。

所以才要更加听之任之，在那帮家伙自以为找准了方向的时候，寄希望于姬川能够带来决定性的发现。在那之前尽力守住本部的阵地，确保不论姬川何时归来都能随时发起行动。最大限度地整理和管理好既有的情报，这便是眼下姬川班被赋予的任务。

"但愿她没把自己豁出去……"

菊田边叹气边嘀咕着。

姬川主任没你想的那么不靠谱——

不过叶山仍然只是在心里想，并没有说出口。你又了解主任的什么呢？万一被菊田这样反问，自己就无言以对了。

班里和姬川相处最久的是菊田和石仓。其次是汤田。自己最短。在工作之外也没有像样地说过几句话。说了解确实不太可能。而姬川也应该同样不了解叶山。

但是最近，叶山开始觉得其实这样也挺好。就算在个人层面上没有熟络到那个份上，叶山依然尊敬着身为警部补的姬川，而姬川也认可了身为调查员的自己——并非通过某种具体的形式，只是在交流中，叶山能够从姬川的眼光里接收到某种类似于敬意的表达。自己的存在被接纳了，被看重了。对现在的叶山来说，仅此而已也已经足够。

"哦……"

菊田言语一声，把手伸进衣兜。是姬川来短信了？

但又看似不像。

菊田神情紧张地按下接听键，把手机抵在耳朵上。

"是，您辛苦了……是，还在这里，和我在一起……什么？"

声音卡在嗓子里，菊田的眉间再次聚起纹路。

"是……好的，明白了。"

挂断电话，菊田一脸严峻的表情看向叶山。

"出什么事了吗？"

"啊，"菊田点头，"仁勇会的藤元英也，被杀了。"

什么——

6

接到消息时，牧田正在涩谷的 VERVE——六本木 SILK 的姐妹店里喝酒。

此时已过十二点，圣诞节也已成为昨日。

"不好意思，接个电话……喂，您好。"

川上把手机抵在耳朵上，捂着嘴离开了座位。一准儿又是哪家店的女人生意不开张，想叫他过去捧场了。牧田没当回事，可没过几分钟川上就回来了，一脸不知是哭是笑，着实用语言难以形容的表情。

"怎么了？"

川上没有答话，反而看了一圈身边的四个女人。

"你们都先下去……"

尽管觉得莫名其妙，牧田还是冲四人当中最年长的那个点了头。于是，姑娘们说着"那我们先走啦"，就都退下去了。

"怎么了，出什么事了？"

川上赶紧坐到牧田旁边，咕咚一声咽下口水。

"大哥……你稳着点听我说……"

"我稳着呢，你先稳下来。"

川上点头说是，眼神对着桌上的冰桶。

"那个……藤元……死了。"

"什么？"

周围的喧嚣仿佛一下子远去了。

藤元死了。牧田不知该如何理解这句话的含义。

"藤元……老大的……谁死了？"

是老婆孩子还是兄弟姐妹？有命且有可能没命的"藤元"绝不止一人。

"不，是藤元，会长，本人，死了。"

藤元英也死了——

至于死因，能够想到的最自然的情况——

"是出事故了……？"

川上当即摇了头。

"据说是，被杀了。"

其次能够想到的最自然的情况——

"被谁杀了！"

牧田不由得提高了嗓门。

离两人尚有一定距离的客人们闻声一起看向这边。

"不知道。"川上再次摇头，"只听说是在滨松町的公寓里，被人开枪打死了。"

说到滨松町的公寓，那是藤元为了和相好的女人幽会，代替酒店所使用的房间。有时还会在那里拍摄自制的色情录像，或是把一帮女人召集到一块，举办麻药派对。

川上继续说道："大约是在一个小时多一点以前。时间到了，组里的年轻人去接他，却发现警察已经到了……应该是周围的邻居听到枪声，报了警。"

怎么会这样——

"大哥，总之先回事务所吧。"

牧田想开口，但语不成声。默默地从椅子上站起来已经够他一呛了。

回到百人町的事务所里，四名干部和义子数人正在等候牧田的指示。

"会长！"

最先跑过来的是若头岛本秀彦。

"情况有点不妙啊。"

"啊……"

不管事情因何而起，石堂组失去了一大支柱都是不容分说的事实。没有比这更糟的情况了。

然而岛本口中的不妙似乎另有其意。

"野际刚才打电话过来，就跟吃了枪药似的，问会长跑哪儿去了。我说您正在路上，他就说马上过来，让我叫您老实等着……"

野际是仁勇会的若头，相当于牧田的侄儿，不过那个要自己"老实等着"是怎么回事……

"他哪儿来那么大火气呢？"

就算川上问他，岛本也只是摇头。

"总之……就是相当生气……"

野际实际找上门来，已是凌晨两点了。

身后跟着两名义子，野际粗暴地推开事务所大门，面相犹如赤鬼。

定睛一看，搞不好还能从他脑门上发现一对鬼角。

"牧田叔父，到底是怎么回事？！"

声音是使劲压着嗓门发出来的，似乎可以认为此人还没有失去最低限度的理智。

"这也是我想要问的，出什么事了？"

野际充血的眼球又被瞪大了一圈。

"三原叔父可是把事情都告诉我了！"

铁男？

"他说什么？在那之前，我是因为听说大哥被杀了才连忙赶回来的，至少可以先给我个说法吧？"

野际眼也不眨地哼笑一声。

"说法？有什么好说的……一切不是都在你的意料之中嘛！自己设下的局，幕后什么情况应该再清楚不过了吧！"

看来是说不通了，野际比想象中还要气血攻心。

"等等，我不知道铁男跟你说了什么，但是大哥的死与我无关。话说回来了，你觉得我能对大哥做什么呢？"

"事到如今还跟我装蒜……昨天的会上，三原叔父对家父不依不饶是众所周知的事实。起因就是那个吧，上马的环七工程……事后你不是和三原叔父在咖啡店里合计过了吗？三原叔父都告诉我了，说牧田叔父有个能降住家父的好点子。"

"那又怎么样，所以我就动手杀了自己的大哥？"

"难道不是吗？不是的话就现在拿证据给我看吧！"

"开什么玩笑，你知道自己在说什么吗？"

野际咬紧了后牙。

"那当然了……得不到一个满意的答复，谁都别想活着回去！"

可恶，一点扭转的余地都没有！

"自圆其说也要有个分寸！杀了藤元大哥对我有什么好处，啊？反倒是我制止了看不清大局的铁男，不是吗？这一切都是为了石堂组不至于四分五裂。"

"正因为这样，你才觉得我父亲是个阻碍。"

"我为什么要这么想？！"

牧田按捺不住，一拳捶在身边的桌子上。

"石堂组不能没有藤元大哥！虽然我也觉得大哥和奥山会长走得太近了，但这是两码事！我想要的是让藤元大哥回心转意，仅此而已！"

"既然是这样，我就要问问了……你跟三原叔父讲的那个，能镇住我爸的妙计，到底是怎么回事？"

"别说得好像煞有介事一样。"

"我也是道听途说嘛，不能保证一字不差。所以啊，才希望您在这儿给我个明明白白的说法……牧田先生，你当时到底是想用什么法子，把我父亲给镇住呢？"

然而，此事在眼下却不能被公之于众。

"那只是……权宜之策罢了。为了稳住铁男随口一说的。"

"随口一说？你该不会是想跟我说，石堂组的分裂危机，是全凭一条三寸不烂之舌给忽悠过去的吧……嗬，这还真是吓到我了！不愧是谈判专家牧田先生！这样一来，想必第四代组长听了也一定喜出望外吧！"

然而这正是牧田心里最害怕发生的情况。

万一躺在医院里的第四代组长石堂神矢因此有个三长两短……

石堂组就真的气数已尽了。

翌日早上八点，牧田带着川上来到了石堂入院的港区一所医院。石堂组的干部们已有大半聚集在病房门前。

顾问山崎恒、舍弟头领安藤信孝、若头辅佐三原铁男、永峰亮一、川田敬次、矶边辰郎，由于每人身边都带着一两个义子，还不到探视时间病房前的走廊里已经人满为患了。加之所有人都是过了不惑之年的帮派分子，除非有个魄力非凡的老护士跳出来整顿纪律，否则这样局面是别想收拾了。

牧田身在其中很自然地开始向周围点头行礼，于是三原从里头走了出来。

"兄弟，昨晚上委屈你了，野际那家伙！"

"啊，不分青红皂白，上来就一通乱咬，还是当着手底下人的面……要不是看在藤元大哥的面子上，一个两个的，早就把脖子扭断了！"

"野际吗？"

"也少不了你的。"

换作平时，牧田肯定是笑着勒住了三原的脖子，但是现在不同，这里是医院，何况大哥昨天刚刚遇害，气氛使然，不可肆意行事。

顾问山崎看向牧田。

"勋，到底是怎么回事？"

山崎是石堂的义弟。

"让您费心了，叔父……这次的事，我也是完全摸不着头脑。"

"你和铁男，还有英也，闹矛盾的事，已经传得沸沸扬扬了。"

牧田下意识地和三原四目相视，三原姑且摆着手说："没有的事。"

"这是天大的误会，叔父……"

"是啊，说是闹矛盾，不过就是谈生意罢了。要是因为这种事被扣上了帽子，我也就算了，铁男太冤了……"

忽然，牧田感觉场子里的空气有所变化。他看向病房，微微开启的房门后面，露出了石堂之妻光子的脸庞。周围一干人等无一不是双手扶膝，低头行礼。

牧田和三原也慌忙调整了姿势。

"勋，你进来一下。"

光子的嗓音原本就很沙哑，今天更是有种气竭声嘶的感觉。光子本人虽然只有六十几岁，只听声音的话却像是年过七旬的男人。

"是。"

牧田此时是害怕见到石堂的，但是能见面又让他感到欣喜。

"打扰了。"

牧田推开门，石堂正躺在右手边的病床上，稍微坐起来了一点，眼睛看着牧田。点滴之类的护理，今天并没有用上。

在光子的催促下，牧田凑到了床边。在他身后，光子关上了房门。

"父亲……您早。"

石堂的气色很差，些许泛黄的皮肤还有些浮肿，那张脸孔因此让人联想起了放进烤炉前的面包坯子，绵软无力得仿佛触碰一下便会留下痕迹。脸颊和太阳穴附近的斑纹，也比以前显得更深更重了。

"勋……"

牧田望着石堂混浊的眸子，为了听得更清楚些，他又把上半身往前凑了凑。

"是，有什么吩咐？"

"英也的，那件事……怎么样了？"

从唾液拉成丝的唇齿之间，好歹听见了这几个字。

"是……很抱歉，我也还没有搞清状况……似乎是在自己人介入之前，公寓里的住家已经报了警……如今仁勇会所有的事务所外面都有警察候着，和野际也是昨夜两点见过以后就没了联系。"

石堂用几乎无法带动胸膛起伏的微弱力量喘息着，睡衣领口处裸露着两条纤细的锁骨。

"说是中枪了……"

"是，据说邻居听见了。"

"你觉得……是谁干的……"

"抱歉，暂时还毫无头绪。"

问话告一段落，石堂长出一口气。好似人体腐败的味道当中，饱含着石堂的悲伤与怜惜之情。

"我的想法……你应该清楚吧……勋……"

"是。"

"英也不行的话……我的位子，就是你的了……"

这件事，牧田以前也曾听石堂提起过。

"可是，父亲……石堂组的大匾，交给我的话……不如交给铁男，或者亮一也行。"

想必是由于不便摇头吧，石堂听了此话，紧闭干涸的双唇。

"铁男……不行。不是能够……带领，一大家子的……材料。亮一，也不行……他的气度，太小……"

"可是，父亲！"

"就是你了，勋……只有你……没有别人……"

不知从何时起，光子来到了牧田身旁。

"勋，你就听他一句吧。这个人在你身上倾注的，应该已经超过一个义父所能给予的。"

在这句话面前，牧田再怎样推托也不得不低下了头。第四代组长自己就是初代组长石堂天马的养子，或许是出于这层关系吧，石堂夫妇对牧田视如己出，甚至让亲生骨肉也自叹不如。

"父亲对我恩重如山……但是继承衣钵，是另一码事。"

"就是一回事，勋。当你父亲得知英也和奥山的关系时，他的心里就只有你了！"

不对！正相反。正是因为石堂和自己的这种关系，才使得藤元倒向了奥山。

"交给你了，勋……这样，我也可以早一日，了却牵挂……"

不行！唯有这件事，牧田无法做到轻易点头。

牧田不论是出身还是教养，本来都与极道无缘。

牧田的生父是市内一家建筑公司的社长。公司业务铺得很大，但资金实力算不上雄厚。

在牧田高中的学业之余，每逢暑假等长假，家里人一定会打着"做兼职"的名义，要求牧田帮家里干活。当时的牧田人高马大，浑身是劲，工友们起初都戏称他是"大小子"，不过很快改了口，开始称他"少东家"，越来越把他捧在手心里。父亲希望他能考上大学，或者至少能就读一所建筑类的专业院校。但是不出意外地，牧田并非念书的材料，于是毕业后直接进入了"株式会社牧田"，开始整天长在工地上。

牧田家的业务来源，官家的和民家的各占一半。那些所谓的官派任务，大多数时候也只是学校的改建工程，基本上承包不到大规模的道路施工。私活儿也是一样，能揽到一幢不大的公寓楼就是谢天谢地的好差事了。

不过，就在牧田入职的那年夏天，公司一手接下了预计在板桥区四叶动工的一整片新兴住宅区，全体员工都因为这笔即将到来的大买卖炸开了锅。就时代而言，当时仍处在泡沫经济的破灭前夕，如此大手笔的工程还是公司开张以来的头一桩。

牧田家开始大幅扩充人手和现场监工，重新签署了重型机械的长期租赁合同，并为了从本地的金融机构获得融资而四处奔走。

然而就在只差临门一脚的时候，事情发生了反转。说是只差最后一脚，其实和承建方的母公司已经签署协议，却突然接到通知，说"牧田家必须从项目中退出"，在临动工前被一脚踢了出去。

事件背后的真相很快水落石出。事后迅速顶替了牧田家的，是大西土木。据说大西土木背后是白川会系暴力团体德永一家，公司本身也属于业界里恶名昭彰的典型。大西土木以暴力团为后盾向承建方施压，强硬介入了四叶的工程现场，这件事所有人都看得明明白白。

气急败坏的牧田父亲跑到母公司里闹事，扬言要起诉对方单方违约。母公司起初希望以支付违约金的形式达成和解，但由于金额不甚理想，遭到了牧田父亲的回绝。双方最终还是闹上了法庭。

就在开庭日期公布前夕，牧田父亲在家附近的公园里，遭到身份不明的歹徒用金属球棒殴打，成了不归人。结果不但凶手没有抓到，原本由牧田家包揽的工程项目也相继被大西土木抢占一空。部分有心替牧田家出头的承建公司，亦是遭到了德永一家对施工现场的频繁骚扰。

这样的生活持续了半年，母亲上吊自杀了。妹妹也从某天起突然音信全无。

牧田家的公司失去了全部的业务来源，状态形同解体。

牧田本人为了寻找妹妹的行踪，日复一日游荡在东京的大街小巷。然而人最终是没有找到。歌舞厅也罢风俗店也罢，能想到的地方均已探遍，却连半条线索也没有抓到。

取而代之倒是摸清了另外两人的底细。

大西土木的社长，井川良和；德永一家的头领，德永晃。

经打探得知，德永的妻子正是井川的姐姐，两人是名副其实的义兄义弟。井川虽不是暴力团成员，其业务来源却明显受益于德永一家。不难想象，井川为此势必要向德永支付高额的金钱回报。从德永的角度来看，大西土木便是组织的舍弟企业，即时下所说的前台企业。

牧田接连失去了公司和所有的亲人，如今留给他的只有对井川和德永的满腔怒火。

于是牧田果断瞅准杀机，当两人勾肩搭背从银座的俱乐部里现身时，手握切肉刀将此二人一并送往了地狱。

他首先一刀刺穿德永心脏，回刀时将自乱阵脚的井川的咽喉一刀两断。随后一拥而上的保镖们虽说无人丧命，却也被牧田打得落花流水，根本不是对手。此时的牧田可谓所向无敌，就连他自己都感到不可思议。

牧田披着一身鲜血，把自己送进了街角的警察署。

由于尚未成年，牧田只被判处了六年有期徒刑，刑满后获得释放。

当牧田迈出少年刑务所大门时，在门外等候的正是日后的石堂组第四代组长，石堂神矢。

"你就是牧田勋君吧？"

石堂身后停着一辆银色奔驰，左右两侧各有一名义子。当时站在右侧的正是三原铁男，不过上前将名片交给牧田的是另外一人。从那张名片上，牧田第一次知道了石堂神矢这个名字，以及石堂组的存在。石堂神矢当年在组里的头衔，还仅仅是若头辅佐。

"没必要那么凶巴巴地瞪着我。如你所见，我们确实是黑道上的人，不过在立场上，和死在你手上的德永正相反……我最看不惯的，就是德永那一类长歪了的人渣。其实我一直有心除掉那个浑蛋，只是不巧被你捷足先登了！"

说着，石堂张开大嘴放声大笑。石堂的笑容，让牧田想起了曾经在工地上相伴他左右的那些长他一辈的职人们。

"既然能获得假释，想必是有人替你作保吧。"

牧田姑且点了头。是当年公司里的工头，自愿成了牧田的担保人。

"原来如此……我这个人，最赏识的，就是像你这种一根筋的男人。所以一直想着，一定要和你见上一面。你出狱的这个日子，我已经盼星星盼月亮地等很久了！"

　　石堂的所作所为在牧田看来，仿佛是人生跟他开了一个拙劣的玩笑。自己这样一个杀过黑社会的人，竟然还会有另一个黑社会的同行，迫不及待地想要跟他见面，而且还是特意赶在释放当天，候在刑务所门口不见不散。

　　"如今的世道，对有前科的人可是相当冷淡啊！还有德永一家的残存势力，搞不好也会处处找你麻烦。我呢，是不希望看到因为这些个事，扭曲了你那颗正直的心……我的意思，并不是说你一定要过来我组里。咱们可以偶尔吃个饭，喝个酒……像这样，时不时地见上一面，就挺好。只要能知道，你活得没有任何的不自在，我就心满意足了。我只是希望……在遇到困难的时候，你可以不那么意气用事，最好能来和我商量。"

　　这时，递来名片的义子突然撑起了一把蝙蝠伞，举在石堂头顶上。几乎是在同一时间，铁男跑着从奔驰后备厢里取出另一把一模一样的伞，递给了牧田。

　　"请……"

　　牧田这才意识到，确实有东西正在啪嗒啪嗒地往脸上落。刚才走出刑务所时还是晴天，这会儿薄薄的黑云已在头顶上连成一片。

　　"不好意思……"

　　牧田放下运动提包——他唯一的身外之物，撑起了那把伞。

　　转眼间，豆大的雨点砸下来，大地开始被沁成黑色，周围的景物全部笼罩在了朦胧的烟雨之中。

　　眼看两名义子被雨水浇透，牧田心里很是过意不去。

石堂接过伞柄，用下巴一指，这次换撑伞的义子朝牧田跑来。

义子从怀里掏出一个小小的茶色信封，塞到牧田手里。

"不好意思，有点淋湿了。"

义子交出信封后转身向右，跑回了原先的位置。

见牧田接过了信封，石堂欣然一笑。

"钱不多，只当是你重见天日的贺礼吧……那么，我今天就在这里告辞了。留下你一个人并非我的本意，吃点好吃的东西慰劳一下自己吧！"

说完，石堂扬起一只手向奔驰走去。撑伞的义子为石堂打开后车门，铁男坐进了驾驶席。关上车门，撑伞义子向牧田鞠了一躬，自己也坐进了副驾驶席。

这次相见的大约两年之后，牧田与石堂正式结为了义父子。

就像石堂告诫的那样，世间的风向对有前科的人来说是冰冷的，是严酷的。也确实有人打着原德永一家的旗号找上门来打架。但牧田从不曾以此为借口，向石堂寻求过庇护。就算再难，再孤立无援，牧田也一定要靠自己活下去。虽说是为报家仇却也亲手断送了两条人命，在牧田看来，眼下的生存方式是这个世界还有他自己留给自己唯一的活路。

但不知从何时起，这个叫石堂神矢的男人，已经让牧田向往到了无以复加的地步。

石堂是个不折不扣的黑社会，但一如相遇时他所坦言的那样，此人从不干任何乌七八糟的勾当，往好了讲，是个把一去不返的任侠道义视作己任的汉子。

石堂不但时常让牧田一饱口福，偶尔还会撇下身边的义子，一个人忽地晃来牧田住处，和他把酒言欢直到天亮，而且临走时必定会到牧田父母的牌位前合十双手。

石堂还曾不止一次地为牧田介绍工作。虽说每次都为期不长，但不论哪个都是遵纪守法的正当职业。来现场探班时，他总会用爽朗的声音招呼牧田说："工作还算称心吧！"

但是要说这当中对牧田加入石堂组影响最大的一件事，就不得不提到牧田的妹妹。

石堂似乎是在牧田服刑期间，就已经在寻找他妹妹的下落了。某天——

"勋，我觉得对不住你……"

当时两人正在牧田的公寓里喝酒，石堂在不经意间开口说道。

"奈津子她……是我晚了一步。半年前，她就已经不在人世了……"

尽管牧田对活着见到妹妹的事已经死了半条心，但当得知直到半年前妹妹还在世上的时候，到底因为没能见到最后一面而感到遗憾不已。

关于牧田妹妹的事石堂不愿多讲，但是在牧田几近纠缠的追问下，石堂还是松了口。似乎是由于药物中毒，也包括在那之前的经历在内，石堂都大致讲给了牧田。

"我真是愚昧啊……以前觉得，只要在组织里站了高位，这世上的事就无所不能了……其实呢，还不是一样的不中用，连个人都找不到。黑社会又怎么样，都是扯淡……"

但反而是这件事，让牧田不在有所顾忌。

妹妹死了，假释观察期也结束了，可以束缚自己的过去已经一干二净了。既然如此，何不换一种活法重新开始呢？接受当初的那杯结拜酒，自此追随石堂左右，这又有何不可呢？莫如说这正是自己一直以来的愿望。希望，而且是迫切地希望，能为石堂贡献出自己的一份力量。

时至今日，牧田的这份情意仍然未变。当石堂要他继承衣钵时，牧田心里是高兴的，而且坦白地说，他并非丝毫不为所动。

然而要想替组织掌舵，仅仅靠上一辈人的意愿是不够的。身为顾问的石堂的兄弟的意见，以及其他四位若头辅佐的意见同样不容忽视。特别是由于牧田入门较晚，这种情况下若置各辅佐于不顾，单以父亲之命为由急于求成，势必会为日后留下祸根。

况且，此事并不需要在朝夕之间得出结论。如今藤元被杀，如何给众人一个交代才是石堂组的当务之急。

第四章

1

要我自己变得比小林还强是不可能的。

那么要想杀了他，该怎么做呢……

唯一的可能，就是把比小林还强的人，拉到自己这边来。

问题是，要想达到这个目的，又该怎么做呢……最省事的办法，毫无疑问就是用钱。但在另一方面，这办法同样不够现实。杀掉小林需要动用多少财力我想象不出，但肯定不是花五十万、一百万就能搞定的事情。然而在当时，别说是一百万，就连五十万对我来说都不轻松。要我瞬间攒够一笔巨款雇人去杀小林，根本行不通。

最先摆在面前的，就是必须学会怎么赚钱。

体力劳动性质的打工不适合自己，也没有可以一次性赚到大钱的搏击技能和艺术才能。但如果是数据收集的话，本人还是有点自信的。

因为喜欢机械，这方面的东西自己是从小摆弄到大的，而且在高中毕业后的就职期间，还在公司里掌握了这一领域的最前沿技术。

在茫茫的数据当中，最终被我选中的就是警务情报。

此后耗费了六年时间，我终于建立起了一套收集警务情报的系统，而在真正开始利用这套系统赚钱之前，还有大约为期一年的摸索阶段。

遗憾的是，我所能搞到手的情报，绝大多数都是毫无价值也毫无意义，没有人愿意出钱去换的东西。坦白地说，有价值的情报，一万条里也不过一条。因此我所进行的作业，就仿佛周而复始、永无止境地在大山中寻找着某颗沙粒。

我就像这样，义无反顾地，甚至是死心塌地地重复着同一种操作。然而一旦熟练了，效率还是会有所提升，也能够靠鼻子本能地嗅出情报的价值。

下一步，就是寻找愿意出高价购买情报精华的买主。可想而知，开始的时候事情进展得并不顺利。一是没有人把我放在眼里，二是我自己也对行情一无所知。再加上情报作为商品的特殊性——给对方看了便会失去价值，捂得太严又不好讲价——光是在磨炼交易技巧上就耗费了不少精力。

一段时间后我得出结论，销路最好的情报是查抄类情报，也就是和突击搜查有关的事前预告，其中以不法商贩的检举情报、药物枪支窝藏点的查抄情报的卖价为最高。此外，组织犯罪对策部和生活安全课较之刑事课口风不严的特性，对我来说也是个绝佳的有利条件。

至于此类情报的交易对象，毫无悬念地就是黑社会了。为了让对方尝到甜头，我会先提供一次免费服务。"明晚两点，您家给撑腰的某某风俗店会受到突击检查，小心为妙。我是若松情报行，如果这次言中了，下次能否考虑购买类似的情报呢？不不，没那么贵，这种规模的搜查，三十万日元您看怎么样？"

以这种方式赚钱，至少要保证连续两次情报准确。而这其实相当困难。即使第一次成功逃过一劫，第二次若是出了什么闪失，事后"请付情报费"这句话也是不可能说得出口的，否则就等着挨对方一句"开什么玩笑，小屁孩"，挂断电话吧。

我所接触过的客户当中，只有一位是连续三次顺利过关的。

那人便是极清会的牧田。

最初一次提供给他的，是歌舞伎町一家地下赌场的检举情报。从与他取得联络到警方开始行动，前后只有三个小时，我担心他们来不及应对，不过牧田这人的脚上功夫似乎不错，所以当时才顺利闯过了那一关。值得一提的是，牧田本人的手机号码是我直接向极清会事务所要来的。真没想到他们竟然如此轻易就把会长的电话告诉了我这个外人。

确认情报被有效利用后，我把条件提了出来："下次遇到同等规模的查抄行动，拜托支付情报费三十万日元。"

第二次是极清会下属的一家风俗店。我放出消息，警方似乎盯上了店里非法滞留的外国人，于是牧田赶在当晚营业前通知了所有人，本日停业一天。远远望着身穿夹克衫貌似调查员的一队人马不明所以、扫兴而归的身影，我在心里是窃喜的。

关于如何收取情报费的问题，我也有仔细地考虑。用手机登录非法网站就能发现，愿意出售个人信息伪造实名账户的人其实比比皆是。

我便是通过这种方式取得了"若松茂之"的户头，然后告知买主把钱汇到这里。

在风俗店查抄行动无始而终的第二天，牧田如约将三十万日元打进了账户。如此一来我也开始认为，此人是个守信的人。

数周后，我截获了警方打算再次对那家风俗店下手的情报，于是联络牧田，让查抄行动再次扑了空。事成之后，我打电话给牧田。

"这次看来也很顺利嘛。"

"啊，托你的福，得救了。钱的事还和上次一样，没问题吧？"

"是，麻烦你转三十万日元。"

"明白了。明天，尽量早一点打给你。"

"那就拜托了……"

我刚要挂电话，牧田却说"等等"，似乎还有事情没交代清楚。

"我想问问，若松先生，你的这些消息，到底是怎么搞到手的？"

不用说，我告诉他这个不便透露。

"说的也是……不过，我想搞清楚的是，你应该是不了解我们需要什么，并不是瞄准了我们的需求去窃取情报，而是窃取到的东西恰巧可以卖给我，所以才找上了我……我就是想确认一下，是不是这样。"

这个叫牧田的男人，脑子里装的东西似乎和其他黑社会不大一样。

"为什么想知道这种事呢？"

"如果我猜得没错的话，我想，也许我们可以合作。"

"什么意思？"

"嗯……比如说，若松先生的情报先由我全部买下。我会适当地把这些情报卖给需要它们的人。讲价也由我来负责。简而言之，我扮演的角色相当于若松先生的经纪人，或者说分销商。"

在我看来，这个点子和他黑社会的身份倒是颇为契合。

"若松先生……你应该不是道上的人吧？为了避免和我见面，才叫我直接把钱打到账户上。既然如此，和黑道有关的事，自然是我了解得比较清楚……之前你手上的情报，搞不好有相当一部分，是因为在你看来没用就丢掉了吧？交给我的话，我自认为，每一件都能给你标上价格……怎么样，要不要跟我合作呢？"

可疑，实在是太可疑了……

"你想要的，其实是抽成吧？"

"当然了，这个问题也是绕不开的……比如一件价值三十万的情报，我以四十五万卖出，十五万的差价归我……但是这样一来，恐怕就会出现对方喊贵、卖不出去的情况，结果反而是你我都捞不到好处。所以这个提成我就不要了，你说值多少，我就卖多少，卖了多少钱都归你。交给我的好处就是，你可以从这些不必要的经营事务中解脱出来，专心从事情报的收集工作。"

"那么牧田先生又能从中得到什么好处呢？"

"问得好。我的目的呢……是想通过贩卖情报来贩卖人情。如果一件三十万的情报可以防止数百万的损失，对方势必会觉得我有恩于他。下次需要用到这个人时，拜托起来就会比较方便……我图的就是这个。这个油水，对你来说肯定无所谓吧？因为你不是道上的人。你想要的是避免暴露长相，避免暴露身份，而不是在黑社会中拓宽人脉，增强自己的实力。既然如此，不如把这些油水，这些在你看来一文不值的人情，让给我。对我来说，这些可都是宝贝。你把这些宝贝让给了我，我就把你当成老板，替你效力……怎么样，这个提议还算说得过去吧？"

的确，牧田的提议听起来相当诱人。

就这样，我开始了同牧田的合作关系。

牧田有时候会替我出谋划策。例如这件情报三十万太便宜了，五十万甚至七十万也卖得出去。实际交给他去办后，最终到账的也确实是这个数目。在他的协助下，手上的情报得到了最大限度的利用，财源随之滚滚而来。

不过一年时间，若松名下的账户余额就达到了六百万。

也就是那个时候，我感到时机差不多成熟了。

于是开始寻找有意替我杀掉小林的人。

这件事，我认为有必要听一听牧田的意见。

"牧田先生，这次和往常不同，是有件工作以外的事想要拜托你，可以吗？"

"哦？今天这是怎么了……没问题！老师的请求，我很乐意听。"

所谓"老师"，便是此时牧田对我的称呼了。

"那个，是这样……有个男人，我想让他从这世上消失。"

即使是牧田，听了这话也不免语塞。

"稍等我一下。"

牧田像是换了个地方听电话。

"也就是说，说白了，你是想杀人，可以这么理解吧？"

"嗯，没错。"

牧田沉默了片刻。

"什么人？"

电话里的声调变了，一改往常的明快，变得低沉、生硬。

"是暴力团的成员。"

"哪里的？"

"六龙会……"

此时的我，对于黑社会各组织间的关联，已经有了一定了解。牧田所率领的极清会，是石堂组的直系下级团体。与其地位相同的仁勇会，再往下一级便是六龙会。所以在大面上，在石堂组这面大旗下，应该说牧田与小林其实是自己人。

不过从以往的交流中得知，牧田似乎并不认识小林这个人，对六龙会的印象也不算太好。之前向他提供六龙会的情报时，我曾有一搭无一搭地问过他：牧田先生与六龙会之间是什么关系呢？得到的答复是基本上扯不上关系。而且六龙会的老大竹岛似乎是个无可救药的家伙，以致牧田不愿和此人有过多生意上的往来。对我来说，了解到牧田的态度才是意义重大，于是以不必勉强卖人情给他们为由，让那件事不了了之。

"六龙会的，谁？"

牧田的声调坠得更低了。

"是个叫小林充的人……是你认识的人吗？"

"不认识，是下头的人吧？"

"嗯，应该是。"

牧田思酌良久。

"老师……这件事，可和以往的那些不一样，不可能随随便便就答应了你。"

"我明白。六龙会同样是石堂组的下级组织吧？"

"当然也有这层关系……但首先一点，就算是黑社会，现在这个年头也是不会轻易杀人的。那是迫不得已时最后的手段。"

"这个，我也明白……所以才来找牧田先生商量。对我来说，情况就是被逼无奈，只能动用最后的手段了。"

这时从电话另一端突然传来"咣"的一声，接着是被杂音蒙住的牧田的一句"辛苦了"。大概是等身边没人了以后，牧田继续说道：

"总之这件事，现在没法给你一个接或不接的答复。至少要等我了解了老师为何会提出这样的要求，把情况问清楚以后，才能做决定。为此，你也有必要让我看到，你是做好了相应的心理准备的。"

这个也没有什么不明白的。

"好吧……意思就是说，要我表明身份喽？"

"没错。经过此前的多次交易，我和老师之间，应该已经建立起了一定的信任关系。差不多，是时候可以见个面了吧……当然了，我这个人毕竟是黑社会，你会害怕也在情理之中。老师迄今为止的小心行事，在我看来都是再正当不过的做法。但是今天的这件事……已经不是停留在这个层面能够解决的问题了。"

至于具体如何见面，牧田表示日后再做商议，当天就这样挂断了电话。

在那之后，我便着手于暴露身份所必需的准备工作。具体来说，就是要把基地从家里转移到别处。实际见面后，现在的住处将被轻易

222

调查出来，但只要基地转移了，纵使走到了那个地步，我的安全还是多少能得到保障的。如果还想继续跟我交易的话，就请不要随便拿我开刀哦！可以像这样跟对方施压。

基地转移后的第十天，我再次打电话给牧田。对方的意见是，既然要见面，不如一丝不挂地坦诚相见。地点可以选在澡堂或桑拿房。这样一来，至少可以让我在谈话时不必担心受到刀枪威胁。具体场所将在临见面前由我来指定。"你可以先确认好周围有没有我的同伙，还有我在进门前有没有打过电话，然后再进来。你看这样安排如何？"他问我。

我答应了。

到了约定那天，我冥思苦想，指定了立足区西新井的一家澡堂。那地方事前已经调查过了，也想好了该怎么通过电话引导牧田去到那里。

按照我的指示，牧田将一个人乘出租车前往指定地点，之后在到达澡堂前仍需步行数百米，以方便我确认他是否当真是独自前来。

然后，我会让他先下浴池，自己则是过后再进去。就这样，在这个炎炎夏日的午后三点，我走进了原以为再无旁人的公共澡堂，结果发现除了牧田，还有另外两人。一个在清洗区搓身子，一个就泡在浴池里。

牧田也泡在浴池里。两个浴池当中靠右的那个，牧田独自一人泡在那里面。

我走过去，牧田始终以不可思议的眼神看着我。

"初次见面……"

"你就是……老师？"

我点点头，然后又被他目不转睛地看了个遍。

"就是个很普通的小哥嘛！"

"是啊，就是个一无所长的普通人嘛。"

"进来吧！"他催促我说。我简单冲洗过身体，进了浴池。水有点烫。大概旁边那个浴池才是正常水温。

"搞清楚我是不是一个人了吗？"

我看到他肩上的刺青，但只看肩头判断不出那是何图案。图案布满了整个后背和两只胳膊。

"嗯，托您的福，已经放心了。"

这不是实话。实话是当时依然有点信不过他。

"能先告诉我你的本名吗？若松茂之，应该是为了开户，借来的名字吧？"

"的确……果然还是被看出来了？"

"嗯，你这么谨慎的人，不可能用真名开户。"

"我的本名是……柳井健斗。"

"哼——"牧田努着嘴点点头。想不到他还能做出这种调皮的表情。

"那么，我还是叫你柳井吧……你之前说的那个，小林的那件事，有那么复杂吗？"

被他这么一问，解释起来反而费劲了。

"往简单了说，其实也没那么复杂，但如果想要说清楚的话，就说来话长了。"

"原来如此……"

牧田皱着眉，略微低着头。

"说来话长的话……咱们就该晕在这池子里了。既然老师已经放心了，不如换个地方吧……哦，我又一不小心叫你老师了。"

牧田是个比想象中容易亲近的人呢，我想。

结果，我们决定到附近的公园里继续刚才的话题。

"我身上可是什么家伙都没有啊！"

牧田不止一次地拍打着自己的身体。

"我知道，我是看着你把衣服穿上的。"我答道。

我们来到一个通风不错的地方，坐在长椅上，边喝罐装啤酒边说话。我向他讲述了父亲的死、姐的死、钥匙的不解之谜、原本只是不良少年却当真成了黑社会的小林，以及为了向他复仇而成了情报贩子的自己——

过程中牧田没插一次嘴，一直听到了最后。

"事情就是这样……所以上次，我才想到要找牧田先生商量。我的处境，您理解了吗？"

"嗯，全都明白了……幸亏不是在澡堂子里听你说，否则听到你父亲自杀那段的时候，我恐怕已经晕过去了。"

确实，因为要把到此为止发生过的事一件一件全说清楚，这一说就是半天时间。

"那个，所以说，比如说……如果我想雇一个杀手的话，大约需要多少钱呢？"

牧田把头歪向了另一侧。

"这要看你打算杀谁了。有时候三百万就有人接单，但也有高到两千万、三千万的时候。偶尔不是会有政客和官僚上吊自杀吗？这种时候，价格肯定会跟着涨上去。"

"哎……那些人都不是自杀的，是被人谋杀的？"

"不全是，只有一小部分……我的意思是说，这种情况也是有的。"

但是于我而言，那些都无关紧要。

"那么，如果是杀小林的话，行情是多少呢？"

"嗯……这还要看是怎么个杀法。是让他彻底消失，连这个人死了都没人知道呢，还是让他断气之后横尸街头呢……但有一点，如果这个人彻底消失了，反过来说，就连你也是无法判断他到底死了没有的。我个人认为，在一定程度上，尽量留全尸比较好。"

其实在当时，我还没有考虑过怎么杀他的问题。

"那就……不让他人间蒸发，多少钱？"

"让我想想……就算和我不是直系亲缘，他也是石堂组门下的义子，杀他不能用我身边的人。那么就要从外面雇一个有相关经验的人……这样的话，大概一千万吧。"

这个价格超出了我的预期，不过这种情况我是有在事前考虑到的。

"一千万的话，我一时半会凑不出来……不过我手上有个可以救急的情报，一个特大情报。拿它卖个高价，填补资金空缺，有这种可能吗？"

牧田的眼神转眼锐利起来。

"什么情报，能否透露点风声给我？"

"嗯，说的也是……应该说，是一个关乎仁勇会存亡的情报。查抄对象并非一般店铺，而是企业级别的。是地方检察机关，针对仁勇会前台企业的，预计展开调查的情报。"

思酌一阵后——

"我明白了！"牧田拍着膝盖说，"就用那个情报，换小林的命。解决小林的时候，尽可能使用能让你看懂的方式。实在不行，当着你的面，让他死给你看也可以。作为代偿，仁勇会的情报一定要准确无误。话说这件事是不是已经迫在眉睫了呢？"

"还没有，"我摇头说，"这次的行动还没有被提上日程，所以要等这方面明确以后，才好把消息放出去。"

"明白了。那就你准备你的，我安排我的。"

此时我的额头、腋下，身体各处都渗出了汗液。

一股温暾的热气从我俩之间吹过，却猛然让我感到了一阵寒意。

已经无法回头了，我想。

2

因为被还车等事情耽搁了，玲子回到中野署的搜查本部时已是二十六号的凌晨一点。

"抱歉，我回来迟了……"

尽管已经这么晚了，几乎所有的调查员还都留在讲堂里。不知是不是心理作用，组对的人投来的视线异常冰冷。

"主任，辛苦了！"

菊田、汤田和叶山围住了玲子。

"嗯，不好意思，一直没怎么和你们联系。"

玲子见坐在前排的下井回过头来，便向他点头行礼。下井一副心领神会的样子，也点了头。

不管怎么说，应该先去跟主席台上的人打个招呼。

"组长……我一直没来参加会议，抱歉。"

"这个先不急，要紧的是把藤元遇害的前前后后装在脑袋里。"

随后，开始由今泉向玲子进行说明。

已经是昨天的十二月二十五号的二十三点零二分，家住滨松町二丁目 Gran Sweet 七层的居民听到了枪声。二十三点零五分，通信指令中心接到报警电话，爱宕警察署的两名地域课警官赶到现场时，发现了被认为是五一二号房的名义承租人，藤元英也（五十一岁）的遗体。

"目前，爱宕署的刑组课，以及我们的三组和四课二组，已经进入了案发现场。我们的六组，也派了两个人过去，现在正在等他们的报告。"

不论是从今泉的语气，还是从四周的气氛中，玲子都能感到，此次的藤元遇害一事，是本案侦破过程中突发的一起重大事件。

"藤元的死，和咱们正在调查的这个案子之间，有关系吗？"

"还不清楚。"

坐在不远处的四课的松山组长，起身凑了过来。

"肯定是有关系啊！所以我们从一开始就说了，小林的死，是石堂组后继之争的前兆。"

什么意思，难道这种论调已经成为搜查本部的统一调查方针了吗？

玲子试探着看向今泉，于是今泉轻轻点头。

"组对的调查显示，大政会的三原铁男与藤元之间的关系紧张，而小林把对藤元不利的情报，透露给了三原一侧。由于小林的行为暴露了，他的义父，也就是六龙会的竹岛和马，就下令除掉了他……这条脉络在调查中确实显现了出来。"

在高圆寺那间公寓里播放古典乐的竹岛和马，便是杀害小林的幕后主使——当真如此吗？

"不过，"松山再次插了进来，"三原与藤元之间的分歧，并没有因此消除。"

"不好意思，这个叫三原的是什么人？"

松山听了，露出一脸无语的表情，今泉则是低头埋起了脸上的尴尬。还好身后的叶山将自己的搜查档案递给了玲子。大政会第二代会长，三原铁男，藤元的义弟，石堂组里的若头辅佐。嗯，大致了解了。

"换句话说，四课认为，杀害藤元是三原的指使。"

"我可没这么说，只是说有这种可能。"

"既然如此，这和小林的死根本就是两码事嘛。"

"别自作聪明……明明是一条线上的。所有的事，都是和石堂组的后继之争连在一起的。第四代组长石堂神矢住院，藤元被杀，这种情况下，无可避免地要把继承人的问题放在台面上。是极清会的牧田还是大政会的三原，搞不好下次就是这两拨人掐起来。"

极清会的，"槙田"——

玲子忽然感到心里一紧。

不会吧？

她转身向叶山要来资料。初代极清会会长，牧田勋。太好了，和槙田功一不是一个人！而这个牧田，在石堂组里同样是若头辅佐，与三原的级别相同。

玲子决定简要地发表一下自己的观点。

"四课或许是这样看的，不过我们的本职工作毕竟是捉拿凶手。如果杀害小林是竹岛指使的，那就更说明了本案与石堂组的后继之争无关，应当分开立案。"

"哦，是吗？那就随便你们爱干什么干什么吧！本来嘛，我们也没指望一个连有没有这号人物都搞不清楚的女主任能派上多大用处。"

玲子觉得身边菊田的体温一下子蹿了上去。

她不动声色地落下手，拍打在菊田腿上，安抚他的情绪。

"明白了……关于搜查方针，请容我再考虑一下。"

"就你的那点权限，应该大不过你的口气吧！"

比起女主任如何如何，松山的这句话才是让玲子大动肝火。

搜查一课杀人犯班主任的身份，可不是随随便便能够被人小瞧的。

玲子暂且离开讲堂，打算去售货机前买咖啡，然而走到电梯附近时，今泉追了上来。

"姬川，有话对你说，跟我一起来。"

"是……"

结果，玲子就这么被今泉一路领去了中野坂上站附近一家名为"Miss Gradenko"的酒吧。一进门，右手边那张桌子旁坐着下井，以及——

"顽铁……"

五组的主任胜俣竟然出现在这里。

玲子加入后四个人围坐一桌。由于店里没有别的客人，说起话来

230

可以比较随意。

"两杯生啤！"今泉招呼吧台里的服务生说。

"组长，这到底是——"

"有什么值得'到底'的，村儿里的。"

对于胜俣的见面就咬，玲子狠狠瞪了回去。

"这类一定要和农村扯上关系的称呼，能不能适可而止啊？和查案没关系吧！"

"抗命，独行的，黄脸婆，这样比较好？"

"就不能正常叫名字吗？"

胜俣撇下一个"喊"字，把脸背了过去。

这时服务生端着两个玻璃杯走来，确认过不需要追点什么，就退了下去。

"组长，为什么胜俣警官会在这儿呢？"

今泉将双眉上下错开，答道：

"因为你们两个在干同一件事，暗中调查柳井健斗。"

胜俣听了，瞥一眼今泉。

"开什么玩笑？我那是因为部长哭着求我，迫不得已才干的。别把我和这根电线杆子往一块儿放。"

真不像话！竟然一而再再而三地拿话挤兑人家！

今泉不予理会，继续说道：

"所以说，有什么进展吗？关于柳井健斗这个人，搞清楚什么了？"

一瞬间，玲子有点搞不清状况了。是自己的单独行动已经被默许了吗？下井不作声地冲她点头。看来可以认为，一切都是公开的秘密了。在今泉提到柳井健斗时，下井也没有询问此人是谁。换句话说，聚集在这里的就都是知情人了。

"那个……首先关于柳井健斗。这个人已经消失大约有一周了。小林遇害的第二天他还有去打工，但据说在那之后就失去了联系。"

玲子随后对健斗的住处、兼职以及工作地点进行了说明。

"你说有人曾尝试和他取得联系，是指他打工的那家店吗？"

"是的，但除此之外，健斗与他打工的同事，一名姓内田的女性，其实正在交往。而且这个女人的肚子里还怀上了健斗的孩子。"

不仅是今泉和下井，就连胜俣也吃了一惊。

"一周左右音信全无的状况，主要也是由这个女人提供的证言。因此，考虑到……健斗身死家中的可能性，我已经以紧急情况为由，联系房东打开门确认过了。"

这次就算是今泉，听了也不禁皱起眉头。胜俣笑出声来。下井则是不予反应。

"并没有发现特别可疑的地方，也没有打斗的迹象。只是，桌上空出了一个原本可能是放置笔记本电脑的位置，这点让我比较在意。"

胜俣歪着脖子："人都要跑路了，还带电脑做什么？"

"不清楚，可能是保存着相当重要的数据吧……然后，虽然不是亲眼所见，健斗不在期间，除内田贵代以外，似乎还有另一个女人进出过那间公寓。大概是她从公寓里走出来的时候，还有一次从公寓方向乘出租车离开的时候，前后两次被我撞见了。"

"你确定这个女人和内田贵代不是同一个人？"今泉问。

"嗯，不会有错的，因为两个人长得完全不像。"

"那么，"胜俣探出身子，"会不会是健斗打扮成女人模样，在自己家里进进出出呢？"

这种情况，玲子想都没有想过。

"可是……那女人长得还挺漂亮的，应该不会吧。"

"那可不一定。起码就我认识的人妖里面，比你再漂亮几个档次的美人儿多的是。"

真是对不住啊，本人连妖都不如！

"但是那个女人，眼睛吊得很厉害，柳井就——"

"眼睛什么的，化个妆，想吊想塌很随意吧。关键是体型，我记得柳井是个瘦子吧？"

这个人，健斗到底被他摸到什么程度了……

"哦，说到体型的话我有照片……就是这张。"

玲子打开贵代传来的图片，拿给另外三人。

"瘦子，我就说吧……这种情况，只要技术过关，这身条儿完全没问题嘛！"

下井点头，对胜俣的发言予以肯定。

"肩宽的话，和他差不多的女人肯定有吧……你见到的那女人，身高有多少？"

"一米六五左右吧，我觉得。"

"鞋呢？"

哎？穿的什么来着……

"鞋是……"

这时今泉插了进来。

"总之，把现状整理一下的话，柳井消失近一个星期，出走时有携带电脑的可能。柳井不在期间有不明身份的女性出入公寓。交往对象内田贵代怀有身孕……也就只有这些了吧。"

也就只有这些了吧……虽然这样总结让人有点火大——

"是的，就是这样。"

一瞬，槇田的面孔浮现脑海，一股热流充满心间。一个来拜访健斗住处的男人。从这层意义上讲是值得汇报的，然而理性却被热流截住了。玲子对自己的避而不谈感到愧疚，但同时又不愿失去这种内疚的感觉。

今泉含下一口啤酒，不合口味似的撇起了嘴角。

"眼下将柳井认定为凶手还为时尚早，不过，消失近一周的状况确实不容忽视啊。"

眼见这个话题终于要结束了，玲子在心里暗暗松了口气。

下井冲今泉点了点头，说道：

"此外，但愿柳井这个人……和藤元被杀的事，没什么关系。"

原来还有这个问题在呢。

"可是组长，如果把本案与藤元的死放在一起考虑的话，柳井健斗反而是清白的，不是吗？一个在漫画咖啡厅里值班的小伙子，怎么可能开枪打死石堂组的若头呢……怎么想都太离谱了吧。"

今泉用手巾擦了擦握住玻璃杯时沾湿的手。

"如果真是这样，倒是好了。那通电话完全是空穴来风，和眼下的案子毫无关系……这样当然再好不过。"

所有人都不约而同地点点了头。

至少在这一点上，大家的心情是一致的。

走出店门，玲子打了个哈欠，结果被今泉取笑了。

"一直没睡啊？"

"没有啦，逮到机会就小睡一会儿。"

"在哪儿？"

"租来的车里。"

这次，玲子的回答引来了今泉的一阵叹息。基本上，今泉是很少对玲子动怒的。这份体恤，迄今为止救了她很多次。

"早会之前，去找个地方睡觉。车站再往前，好像有一家胶囊旅馆。"

玲子不愿在署里休息室借宿的事，今泉也非常能够理解。

"是，不好意思……那就让我去睡一觉吧。"

就这样，玲子与其他三人在"Miss Gradenko"所在的那栋楼前道了别。就像今泉说的，从中野坂上站再往前走一点便有一家胶囊旅馆，而且还有专门提供给女性的房间，看来可以安安稳稳地睡一觉了。不过——

"喂……是……请讲……"

清晨五点一通电话打过来，是今泉。

"说让你睡觉又把你叫醒，抱歉。现在马上过来，出了点状况。"

"好的……我知道了。"

话虽如此，和只需用发胶把头发黏成一坨便可以出入任何场合的男人不同，女人总是要花些时间打理的。大概是淋浴后没有彻底吹干

235

的缘故吧，特别是在今早，玲子的发帘和左边头顶上的头发莫名地露出了两道大缝，显得不甚美观。只好沾湿后用吹风机让它服软了，然后扎到后面去。然而吹风机的效果又不理想，说到底还是自己的睡相成问题——

折腾了一通，玲子到达中野署时已经快六点了。

赶到时，今泉正在门口等她。

"不好意思，我来迟了。"

因为是一路跑过来的，唯有寒冷的天气在这天早上没给玲子添堵。

"跟我来。"

今泉带着玲子直奔楼梯。

"那个……井冈巡查部长正在中野署任职的事，你已经知道了吧？"

"嗯，和他说过几句话，在楼道里。"

而且还目击了此人泪流两行的情景。

"是这样，这个人……扣下了一把手枪。"

"啊？"

玲子不自觉地提高了嗓门，以至于从楼梯间上方传来了回音。

"什么情况啊？"

"是地域课递上来了一份报告。怎么说呢，虽然藤元被杀是发生在爱宕署辖区内，不过因为事发不久嘛，上头决定就在中野署这边采集指纹，然后移交本部的鉴定课处理。"

藤元遇害是在滨松町，而杀害藤元的手枪却在小林遇害的中野被发现，这情况并不寻常。

"至于那位井冈巡查部长……他似乎有话想对你说。"

玲子听了，恨不得当场滑一跤给今泉看。

"完全不懂他是什么意思！"

"我不知道这个人对咱们的案子把握到什么程度，可能是通过无线电听到了藤元被杀的事，在一定程度上有所了解吧。所以，按照他自己的理解，把这两个案子串在了一起。关于扣下那把手枪的经过，据说啊，他表示只能向本部的姬川主任开口，目前依然保持沉默……"

这个人终于更进一步，跌落到嫌疑犯的级别了！玲子想。

"事情就是这样，只好由你出面了。和那个人相处，你是最在行的吧？"

"怎么连您也这么说呢……如果只是跟他谈谈的话，倒是没什么不可以。"

到底是什么情况啊……玲子一面在心里犯嘀咕，一面朝二楼刑组课附属的审讯室走去。井冈似乎是被安置在了第二审讯室里。

玲子敲门。

"我是搜查一课的姬川，可以进去吗？"

"请进！""玲子酱！"同时传来两个回应。

"打扰了。"

玲子打开门一瞧，靠里的位子上坐着依然身穿制服的井冈，在他对面的是中野署刑组课的一名调查员。

"不好意思，那之后就拜托你了……"

"好的……"

调查员起身与玲子擦肩而过，换玲子坐到椅子上。身后传来房门

237

略带粗鲁的闭合声。

"玲子酱……"

玲子与他相对而坐，井冈已是泪眼汪汪。换作是别人伸出手，玲子可能已经握了上去，但眼下还是默默地缩回去吧。

"你这人，到底在想什么啊……不就是扣下手枪的经过嘛，都是自己人，向谁报告不是报告呢！"

"我只是想，帮到玲子酱……"

"案子破了就是帮到我了，一样的……你不是真傻吧，难道是吗？"

话虽如此，玲子看着眼前这个仿佛海参穿着制服、挂着手枪、离冒牌警官只有一步之遥的变态巡查部长，再一想到他对自己的态度，那些嫌弃也就自然而然地不在了。原本是打算把他瞪到最后的，不知何时脸颊上的力气也松了下来。

"玲子酱……"

一定就是因为自己心软，才助长了这个男人嚣张的气焰，尽管在理性上玲子是明白的——

"总之先跟我说说吧，枪是怎么到手的？"

井冈点一下头，讲了起来。

"那个，如今，我是负责早稻田警察署的执勤工作。两点半左右，我去站岗的时候，看到离我有点距离的树荫里……哦，早稻田大道两旁是有种树的，就在那树荫里，有个男的，鬼鬼祟祟地往这边看。我心想，该不会是需要帮助但是又腼腆，不好意思开口吧，要么就是因为旁边的那所女子高中，那人是个变态想要溜进去，所以要先探察一下岗楼这边是什么情况。"

能被你看成是变态的人，那是要可疑成什么样子啊！玲子在心里想想，就不打算说出口了。

"我觉得应该过去问问，可是刚走起来，那人嗒嗒嗒嗒地撒腿就跑。我一看这样，怎么搞的！拔腿就追。然后，那家伙就在下一个的下一个路口往左拐了，于是我也在那个路口转弯。这会儿还能看见男人背影呢，但不知怎么的，只听哐当一声。男人有点想停下来的意思，但马上又跑了起来。然后，等我跑过去一看……手枪，掉在地上了。我把枪捡起来，那人已经跑没影了。就这么回事……"

竟然有这种事……

"然后呢，那男人长什么样？"

"嗯……身子瘦，个头也不高。"

井冈的描述让玲子产生了非常不妙的预感。

"你来看一眼这个。"

玲子掏出手机，把健斗的照片递给井冈。

"怎么样，像这个人吗？"

井冈故意将玲子的手和手机一同紧紧握在手里，眼睛盯着屏幕。

"嗯，你说像的话……我也觉得，是像。"

这时传来敲门声。

"姬川，来一下。"

是今泉。

"是。"

玲子用力撬开井冈的手，起身开门，只见今泉表情异常窘迫地站在门外。

"过来一下。"

于是玲子随今泉移动到了距离审讯室稍远的位置。

"出什么事了？"

"情况严峻了……从手枪上检出的指纹，与柳井健斗的完全一致。"

一缕疙疙瘩瘩的不快感，仿佛在玲子后背上一抹，滑了下去。

"健斗的指纹……是怎么回事？"

"昨晚和你分开以后，胜俣溜进他家采集的。"

不愧是原公安，违法调查简直就是看家本领……

"结果，和手枪移交本部之前采集到的指纹，完全吻合。"

这样的结果确实不堪设想。

在此基础上，如果这把沾有健斗指纹的手枪的旋条痕，与射杀藤元的一致——

柳井健斗就更脱不开凶手的嫌疑了。

3

探望石堂回来以后，牧田一直把自己关在事务所的社长室里。并不是为了公事，也没有坐在写字台前，只是懒懒散散地窝在沙发上。

"打扰了……会长，中午想吃点什么？"

在事务所里的时候，川上向来称牧田"会长"。

牧田看一眼表，下午一点了。

"哦……给我拿点水果吧。"

"有草莓，还有菠萝。"

"那就……草莓吧。"

实在没什么食欲。

藤元的死如今终于有了现实的分量，压在牧田心上。

年轻时，牧田在各个方面都没少受藤元关照。出去玩要他带上，做生意靠他拉上。一次，藤元拿给牧田几本经济学的专业书，叮嘱他说，一个明亮的财务前景对于今后的极道来说必不可少。

牧田眼中的藤元精明能干，品位出众，与其说是黑社会，更像是从老电影里走出来的意大利黑手党。藤元喜欢女人，也招女人喜欢，即使是在五十岁以后，依然听说他每周至少要搞定三个女人。尽管如此，对待家人却是一点也不含糊。从某种意义上讲，是个八面玲珑的人。

对牧田来说，藤元毫无疑问就是自己的长兄。

那么自己和藤元之间的关系起了变化，又是从何时开始的呢？大概便是在上一代，第三代组长丰冈引退，曾经的若头石堂就任第四代，并准备物色新一任的若头时——想必就是从那时开始的吧。

当时，石堂毫不避讳地公开表示："英也和勋，我举棋不定。"后来，这个问题被带到了定期例会上，经组内正式审议后，决定由藤元就任若头一职。面对这样的结果，牧田甚至觉得逃过了一劫。

在藤元的若头就任典礼上，牧田也上前道了贺词。今后就让咱们一同守护石堂组吧！牧田觉得自己想要表达的只有这个意思，但不知是哪句话触碰了藤元的神经，事后藤元将牧田喝来身边，低声说道：

"勋……你可别太得意忘形了！"

大概就是从那时起吧，两个人的关系虽然算不上紧张，但是以往的亲密无间没有了，异口同声的开怀大笑也不再有了。若是牧田同石堂在一起谈得久了些，甚至能看到藤元视他如眼中钉一般的面孔。

牧田在石堂那里向来享有特殊待遇，这是几乎包括牧田本人在内的众若中当中，人所共知的事实。比所有同辈人都晚入门的牧田，石堂张口闭口"勋！勋！"地把他唤来身边，抓住和自己同身高的牧田肩膀，喜笑颜开地摇啊摇。对此牧田自然是开心的，但若说他毫不介意周围人的目光，那是假话。

藤元就不用说，不论是三原、永峰、川田还是矶边，牧田总觉得自己亏欠他们所有人的。尽管他们当中并没有谁像藤元那样，毫无遮掩地把对牧田的厌恶挂在脸上。

然而如此对待自己的藤元，如今被杀了。

凶手是谁牧田毫无头绪，但不知为何，罪恶的意识却生在自己心里。人不是自己杀的，但心里的愧疚却似乎比谁都深。难道自己是希望藤元死的吗？牧田扪心自问，然后对自己说绝非如此。然而就连这样的心声，在他自己听来也是毫无诚意可言的。我死了，这回你爽快了吧？仿佛藤元的声音旋绕在脑海里，久久挥之不去。

"会长……"

川上从门外探出头。牧田以为是草莓来了，其实不然。

"有警察想见您。"

事实是牧田一早就料到可能警察会来。

"让他们进来吧。"

于是走进来两名警官，一个认识，一个不认识。

面熟那人是警视厅组对四课的小坂。另一个似乎是爱宕署的人，不过没报姓名。

"出大事了啊，牧田。"

小坂五十多岁，长了一张好似放久了的蜜橘一样脏兮兮的脸，不等牧田请他就自作主张地坐了沙发正中。

"是啊，头大。"

"装的吧？"

"我要生气了，小坂警官。"

小坂笑了，笑得特别开心。

"其实啊，牧田……今天早上，在中野，捞上来一把枪。"

"嗯？"

说到中野，那是曾经小林充的活动范围。凑巧了吗？不对，可能是个幌子，这个话题还是不接为妙。

"署里正在鉴定呢，枪是不是杀藤元的那把。如果那把枪是曾经属于你的家伙，事情就有意思了。"

非法持有刀枪的罪名牧田从不曾背过，极清会内部亦不存在任何人曾经触犯过这条法规。这根本就是在瞎猜胡蒙。

"小坂警官，我这个人，连气枪都没正经摸过。你这个玩笑开大了……小心我往你的茶里放芥末。"

"威胁我？"

真是无趣的作答，牧田心想。

"是侍候您。"

"那你又是怎么侍候藤元的？"

"什么意思？"

"送他一颗铅制的弹丸？"

"高尔夫球倒是送给过他当礼物。"

旁边那个条子眼都不眨一下地盯着牧田。搞不好这边这位才是真不好惹呢。

"所以说……二位今天来找我是有何贵干呢？"

两人当中，似乎永远是小坂负责答话。

"就是想来看看你，眉头上的那块脓包破了以后，究竟舒服成了什么样子。"

"不懂你在说什么，我向来都是这张脸……想必你早也已经看够了，没事的话就请回吧。"

小坂依然瞪着牧田不放，于是牧田大声喝道："川上，警官先生们要打道回府了！"见讨不到好果子吃，小坂无趣地嘀咕一声"撤吧"，起了身。

而牧田自然是没有客气到要恭送二位出门。

在中野找到了一把手枪。中野、手枪——

不经意间，牧田想到了那个女刑警。

姬川玲子，那个女人的话或许知道些什么。如果能和她当面聊一聊，顺着柳井的事，或许能摸出一些调查情报。

不知为何，脑海中那女人的面孔鲜明得令人难以置信。

不留情面的眼神，紧闭的双唇，毫无破绽的遣词方式。或许就是因为这些吧，反而是偶尔露出的笑容给牧田留下了深刻的印象。而在充满自信的姿态背后，不经意间从低垂的眼神中流露出的，是些许的不安。那是在什么时候呢？似乎是在玲子打算拨通牧田号码的时候。是否要把自己的号码告诉对方呢？她仿佛犹豫了一瞬。

见一面吧，和那女人。

牧田起身去拿桌上的手机。那是一款一年前开始使用的，不带彩色屏幕的简约机型。牧田用单手打开手机，翻看着通讯录中的姓名。

姬川玲子——

仅仅是看着那几个字，便觉得心里某个角落开始绽放出生机。

阴云密布的冬日傍晚，坐落赤堤的古老公寓，以及女人现身在公寓前，身上的装束同样缺少明艳的色彩。灰色尽染的景致中，唯有记忆出奇地散发着光彩。那明明是无处可寻的颜色，缠绕在心头的画面却显得格外红艳。

若是能把那女人推倒在床上，鲜红颜色背后的意义也就不言自明了吧——

别傻了，自己到底在想什么呢……

下意识地抽动一下眼皮，牧田按下了手机上的呼叫键。

然而铃响近十次也不见有任何接通的征兆。就在牧田几乎放弃的时候——

"喂，您好。"

一个音高中等，没有丝毫拖泥带水的声音蹿进了耳朵里。那时听到的，也是如此清澈的声音吗？牧田有些怀疑自己的耳朵。

"哦……我是槙田。"

牧田一边自报家名一边暗示自己：要使用"槙田功一"的身份和这女人讲话。

"嗯……"

为何回应一声就没了下文呢？牧田感到有些焦躁。但既然拨通电话的人是自己，那就有必要赶紧有事说事。

"那个……是关于柳井君的事，想再和你谈谈。"

然而，电话那头隔了片刻依然没有回应。对话无法顺利进行下去，这搞得牧田有点狼狈，心里越来越急了。

"要不然，选个你合适的时间，也行。"

不妥。倘若一开始就交出主动权的话，事情就没得商量了。从做出让步的那一刻起，自己俨然已经输了。竟然犯下如此低级的错误，自己这是在干什么呢！

"嗯……那就，今天傍晚吧，可以吗？"

结果是对方的失误，为自己挽回了局面。现在终于又可以对等地交涉了。

"傍晚……行的，我这边没问题。那么，地方就选在新宿附近，可以吗？"

怎么又犯这种错误……讲话时必须再决绝一点！

"可以的……哪里都行。"

"那就定在新宿王子酒店的地下餐厅……五点。"

"明白了。"

下一句就该轮到结束语了，若是主动把话接下来，这次通话便到此为止。然而又是对方的一句话，阻断了这样的趋势。

"请问……如果不介意的话，除了我以外，再多来一个人，可以吗？还是说，槙田先生会觉得，我一个人去比较好呢？"

她为何要问这种事，又为何一定要这样问呢……

她所说的另一个人，会是谁呢？干刑警的同事吗？若是组对的人，很可能会暴露自己的身份。不行！好在姬川的口吻并不算强硬。

"说的也是……可能的话，还是希望只有姬川警官自己来。这样我说起话来也比较方便。"

"明白了。那就，我一个人去。"

"嗯……拜托了。"

牧田说完，两人再次陷入了不知该如何读解的沉默。

任何一边再次开口时，这次通话就真正结束了。

"那么……五点，在新宿王子酒店的地下餐厅见。"

"好的……期待与您见面。"

"失陪了。"

此后又空了数秒，牧田才按下挂机键。

他马上把全部精力集中在耳朵上，努力回想着上次同姬川分别时的最后一幕。然而，对声音的感受力凝聚起来了，对容貌的印象就变得模糊了。尽管直到刚才那画面还是无比清晰的。

闭上眼，牧田在记忆中寻找着两人并肩走在商店街里时的短暂一刻。与自己肩膀同高的圆圆额头，被风稍许吹乱的一头直发，用力向上张望的那双眼睛，以及如烟雾般萦绕在她周围的，鲜红色的，什么——

"会长。"

突如其来的声音拉回了牧田的意识。是川上端着一盘草莓站在门口。

"哦……不好意思。"

"您怎么了？我叫了您好几声。"

"没什么。"

牧田坐回沙发，把手伸向川上放在桌上的盘子。

对了，跟这家伙也得确认一下。

"说起来，后来阿滋来消息了吗？"

草莓的味道很甜，熟得很透。

"没有，暂时还没有。"

"抓不住柳井的去向吗？"

"好像挺困难的。"

难办了，这下和姬川谈什么好呢……

就算不是为了这件事——

"义则……你真的相信那个人吗？"

"是说阿滋吗？"

"啊。"

实际干掉小林充的人，就是阿滋。接受柳井的委托后，牧田找到了川上，川上则把阿滋推荐给了牧田。换句话说，阿滋这个人选，在形式上是经过了牧田首肯的。

佣金方面没出什么岔子。从柳井那里收来的五百万，再加上牧田自掏腰包的五百万，合起来支付一千万，供阿滋干这一票。反过来也可以说，牧田是用这五百万拿下了柳井手上有关仁勇会前台企业的情报。

然而就在这份重要的情报即将到手之前，柳井消失了踪影。换作以往，牧田一定会喘着粗气说要宰了他，红了眼地满世界找他，然而这件事出在柳井身上，牧田就怎么都调动不起来这个情绪。柳井想要为姐姐和父亲报仇的愿望，令牧田无论如何都无法置身度外。

就和从前的自己一模一样。尽管凶手没有抓到，不过从时机判断，打死牧田父亲的只可能是德永的手下。紧随其后的是母亲的自杀、妹妹的失踪、公司的解体。除了复仇外，人生没有留给当时的牧田任何其他选项。

所以钱的事其实怎样都好。区区五百万，就算白给了柳井，牧田也毫不吝惜。不过仁勇会的情报同样是他不惜代价也要搞到手的。唯有这件事，不能当作没发生过。特别是在藤元已故的现在，假使仁勇会再次蒙受经济上的重创，最终难逃一劫的，将会是石堂组的结构主体。

挽救痛失藤元的仁勇会于危难，进而维系住处在解体边缘的石堂组，这是牧田尽忠尽义的头等大事。假使处理得当，仁勇会或将被石堂组或极清会吸收合并。不，如此设计恐怕还为时尚早。不论如何，当务之急都是找到柳井，责令他交出情报。

提前几分钟来到约定地点时，姬川玲子已经选好一张桌子坐下了。

"不好意思……也没事先打一声招呼，就把您叫出来。"

"没有，是我应该谢谢您。"

没错，就是长得这副模样。仔细看的话还是挺漂亮的。清晰的双眼皮，直挺的鼻梁，对称的五官，甚至不乏几分姿色。但和上次见面时相比，似乎只是妆化得讲究了些，而且今天同样没有浓妆艳抹。薄薄地抹上一层气色，就已经相当能够见人了。应该说她原本就有这个底子吧。

此时还不到点菜的钟点，两人先叫了咖啡。

"槙田先生吸烟吗？"

"哦，抽的。"

于是姬川轻轻点头，把放在她那边的烟缸推了过来。

换作出来卖的女人，一定是先端起来，然后双手捧着递过来。不过要说自然的话，还是不做作到那个份儿上更自然。

既然烟缸都推过来了，就抽一根吧。抽烟的工夫，咖啡端上来了。

姬川向退下的服务生点头表示感谢，然后把手指扣在杯把儿上，开始谈正事了。

"那个，关于电话里您提到的那件事，是柳井君有了什么消息吗？"

是啊，问题就出在这儿了。事实上，能被当成饵料撒出去的材料是见底的。重新把他姐姐的事翻出来炒一遍，然后把话题转移到小林充身上，这样做并不稳妥。那么到底谈什么才比较安全呢……

"不，并没有柳井君的进一步消息，不过……"

牧田先喝一口咖啡。

"我是想起来，他父母家好像是在武藏小金井一带。去那里的话，或许能发现什么吧？"

姬川颇有些失望地垂下了眼睛。看来柳井父母家的事，她事前已经知道了。虽说压根没打算向她提供有利情报，但是看到她这个反应，自己好像也赔了什么进去似的。

"莫非是他父母家那边，您已经了解过了？"

"是啊……去过一次了。那里已经变成公寓楼了。"

牧田做出一副是自己办事不周的表情。

"是吗……这样的话，还不如刚才在电话里就告诉了您。真是抱歉……还让您跑一趟，反而是给您添麻烦了。"

然而姬川却急切地摇起了头。

"不会的……那个，拜托您打电话的人，是我。"

那表情中似乎蕴藏着回旋的余地。形势仍然对自己有利，牧田如此估量着，积极踏出一步。

"那个……说实话，我是不太明白的。姬川警官是在调查柳井君吗？柳井君现在确实是联系不上了，不过，姬川警官好像是去家里找他的时候，才刚刚了解到他没回家吧？应该不是因为联系不上，担心他，才去找他的吧？"

于是，姬川的双眉些许凝聚起来。那对眉毛不粗、不细，修整得特别漂亮。牧田真想花些时间，把这张为难的脸好好端详一番。但那显然是欺负她了。

隔了片刻，姬川答道：

"坦白地说……的确是这样。我们怀疑柳井健斗先生是某起案件的知情人。"

"说白了，他可能是罪犯，是吗？"

这下，姬川显得更为难了。而这出奇地刺激到了牧田内在想要施虐的一面，他不由自主地探出身子。

"姬川警官，我现在纯粹是站在一位朋友的立场上，担心柳井君的安危。所以，他到底是参与了犯罪，还是没有参与，这对我来说非常重要。万一在哪里碰见了他，我该跟他怎么说呢？说警察正在找你？这么说合不合适，现在这个样子，我没法判断。"

姬川把目光落在咖啡杯上，陷入了沉思。

不多时，她像吞下一枚硬物一般，点了头。

"槙田先生，您听说过仁勇会这个名字吗？"

牧田打了个冷战，仿佛有股寒气从两腿之间向上袭来。

难道说柳井是因为藤元被杀的事遭警方怀疑的吗？不对，姬川走访那栋公寓的时候，藤元还没死。

"仁勇会……印象里，似乎是有听过这个叫法。"

"那么就是不认识那里面的什么人了。"

"啊……没有。"

四课的小坂声称在中野收获了一把手枪。而姬川怀疑藤元的死与柳井之间的联系。也就是说，可以认为是从那把枪上检出了和柳井有关的什么。譬如指纹之类的东西。

但是怎么可能有这么荒唐的事呢？柳井持枪这件事本身就不可想象，然后他开枪崩了藤元？简直是无稽之谈。藤元和柳井之间没有接点，也不存在因果报应。至少在牧田的了解范围内，事情就是这样。

"这个仁勇会，该不会是暴力团吧？"

"抱歉，现阶段我能说的就只有这些了。恕我失陪——"

姬川说着把手伸向了账单。

不由自主地，牧田的手盖住了那排纤细的手指。

冰冷的指尖，冰得叫人心疼。

"这样我很为难……"

即便如此，牧田依然不放手。

"槙田先生……这样做让我很为难。"

到底何难之有呢？因为一个不熟的男人跨过互相了解的程序就要请自己喝咖啡吗？还是因为在大庭广众之下被这样一个男人握住了手呢？然而相比嘴上的直截了当，手上的纹丝不动是为何呢？脸上泛起的红潮又是为何呢？

牧田从那只手底下抽出了账单。

"没能提供给您有用的线索，我感到十分抱歉，至少——"

"您这样做，我真的很为难！"

姬川又羞又慌地搓揉着刚刚经牧田触碰过的手背。

"所以……请允许我再请您喝一杯啤酒吧。"

本以为还需要死缠烂打一番，姬川却点了头。

"多谢您的款待……"

那声音宛如少女一般柔软，无助。

4

藤元英也遇害翌日，十二月二十六日，周一。

这天一大早，玲子就在会议上吃尽了苦头。

连续三日的单独行动，五次会议的无故缺席，组对四课的调查员抓住这点，对玲子展开了一轮又一轮的谴责攻势。

"说到底，姬川主任是跑出去干什么了？"

使劲在那里刨根问底、不肯罢休的是暴力犯六组的主任，奥田警部补。

"关于这件事，下井警官应该已经解释过了。"

"我问的是你！我们所有人想听的都是你的解释。"

"谁解释都一样。我去取证了，拜访那些只有在夜里和早上才能见到的关系人。"

"向谁和谁取证，怎么没见你汇报成果呢？"

主席台上，干部们一言不发地静观事态发展。

下井把一本展开的调查记录悄悄平移到玲子眼皮底下。

"那我就汇报一下吧。二十三号夜晚——"

"不准看那个本子！是叫你汇报呢！"

可恶，简直就是小学班会上的集体批斗现场！

玲子的太阳穴里面好像有什么东西"啪"地爆开了。

"我明白了。既然把话说到这个份上，我是该解释一下。但有一点，针对我个人缺席的不满暂且不论，这件事应该已经由下井组长请示过了，也得到批准。在此基础上还要要求我重新汇报的话，那么反过来我也在此要求你们所有人将我不在期间的报告重做一遍。而且如果我有任何疑问，你们也是有必要如实回答的。组对的各位是以什么方式掌握了小林充被杀的前因后果？为什么能够对六龙会的内部情报如此明察秋毫？又是如何了解到身为六龙会成员的小林，将藤元与大东建设的佐伯的密会报告给了与仁勇会不和的大政会的会长三原铁男？这些消息到底是由谁，在什么时候，以何种方式打听出来的，而在要求知情人协助调查时又是否正确处理了情报费相关的打赏问题？话说回来，这次的协同搜查中组对四课调查员两两一组的现象又该如何解释呢？包括以上所有问题在内，请四课的人现在就予以解释，没问题吧？"

足足十秒，包括奥田主任在内，会场里鸦雀无声。

打破寂静的是主席台上的六组长松山警部。

"太耽误时间了……关于姬川主任的取证结果，算作已由下井警官代为汇报。就这样，没问题吧……奥田？"

奥田主任无言地点头，调整坐姿直视前方。

这种姿态，在防暴警察之间应该是被称作"服软"吧。

从署里出来以后，玲子向下井道了歉。

"净给您添麻烦了……"

见玲子低下头，下井露出了苦笑。

"犯不上这么想。就你干的那些事，放在男人身上，才没人搭理呢！也就是你干了……才让他们觉得碍眼。再有，就是据说这回组对的部长，给他们下了通牒，说是绝对不能让刑事部的人抢了功。所以啊……像你这样的，要是让他们觉得不安分了，他们就会觉得你是要给他们下绊，心里慌得啊，没辙。"

下井的话，听着也有夸奖玲子的意味，但有一点让她介意。

"像我这样的，是什么意思啊？"

下井耸了耸肩，歪着脑袋。

"什么意思……怎么说呢，明知道周围的人都瞪着自己呢，都讨厌自己，心里还是一点所谓都没有——就是这个地方吧。"

这叫什么啊……

"我才不是被人讨厌也无所谓呢！"

"但看上去就是这样，不疼不痒，屁事没有。"

"怎么会……"

自己才没有那么刀枪不入呢。

下井像是在担心一场大雨即将来临似的，抬头望向灰色的天空。

"但是与此同时，你的这个地方，也是一件属于你的强大武器。你要把它拿好了，别轻易放手。而且要说避风港的话……你也是有好地方可以避风头的。你的上司和部下，他们都千方百计地护着你，你可要珍惜他们。"

玲子听了下井的话才突然意识到，这次开始查案以来，她还没有和十组的同事们正经说过几句话。

"那个叫菊田的大个儿……相当不放心你啊，在会上也是不管不顾地替你维护名誉。今天晚上请他们喝一杯，不至于遭报应吧？"

"一定会的。"玲子点头应道。

然而在心里面，玲子的感受反而因极度愧疚蒙上了阴影。

这两天来，玲子想起槙田那张脸的次数已经远远超过了菊田。

下午两点过后，结束了与六龙会有过合法交易的一家餐饮店的调查工作，走出店门时玲子的手机响了。

"失陪一下。"

屏幕上出现了"槙田功一"的名字。

扑通一声，心里面有个东西仿佛要破壁而出了。

玲子不自觉地和下井拉开距离，按下接听键。

"喂，您好。"

令玲子意想不到的是，槙田主动提出了想要见面，说是关于健斗有话想对自己说。其实玲子是可以当场问他具体因为何事的，可她偏偏没那么做。万一问了，发现是没什么价值的情报，便失去了去见槙田的理由——

想到这里，就算再不愿承认，玲子也不得不直视自己的心意了。

自己是想见那个人的——

不对，才不是呢！因为槙田是和健斗有牵连的人所以才去见他！玲子一面像这样说给自己听，一面向这个男人确认：再多一个人去可以吗，还是说自己一个人去比较好呢？于是槙田表示希望玲子一个人来。然后玲子听了再在心里告诫自己：不能因为对方这样答了就沾沾自喜哦！

"下井警官……"

挂了电话，玲子拜托下井让自己单独活动一段时间，并保证今天一定会赶在会议之前回来。

"行啊。"下井一副睡眼惺忪的样子说道，"让姬川按照她自己的想法去干吧，今春是这么拜托我的，所以你不要有心理负担，随便去哪里都行。"

是吗……原来是这样。

十六点四十五分，玲子为见槙田来到了新宿王子酒店的地下餐厅。

愧疚在玲子心里投下的阴影越来越深了。那是对下井的，对今泉的，也是对菊田的。此外另有一股好似感冒初期的燥热，也向玲子体内发起了入侵。可能是餐厅里暖气烧得太旺了吧……但是就算归因于此也无法解释的灼烧感，已经攀上玲子的脸颊。

距离约定时间仅有几分钟的时候，槙田出现了。尽管没有迟到，他仍然为自己没能比玲子先到道了歉。低沉的嗓音，仿佛让玲子的灵魂也为之震颤。

火辣辣的灼烧感依然驻留在玲子的脸上，心中的愧疚则渐渐转变为鲜明的罪恶感，越发沉重地撕扯着她的内心。

点过咖啡后，槙田抽起烟来，动作中带着男人特有的不拘小节。掐烟的方式也相当随意，胡乱在烟缸里一碾，了事。见还有烟腾起来，就随手拿杯里的水去浇。一连串仅使用左手的动作，看得玲子仿佛是在观察一种在分类学上绝无仅有的生物。

那生物长着宽大的手，手上长着意外精致的手指——

但是很遗憾，槙田的话题只能围着健斗原先的住处打转，就情报而言并不具备任何耳目一新之处。而此后的交谈同样没有为玲子带来任何实质性的收获。

玲子已经想好了，在恰当的时候结束对话，然后拿起账单一走了之。急于做出这样的决定，并非因为槙田提供的情报毫无价值。非要说的话，是因为和槙田待在一起，玲子实在喘不过气来。她已经耐受不住两人之间过于凝重的空气了。

然而槙田就像触犯了天规一样，把自己的手搭在了玲子的手上。

灼烧感、冷汗、罪恶感，以及手背上槙田的温度，里里外外的感觉、知觉混沌地搅在了一起。

"这样我很为难……"

那声音纤细得让玲子自己都觉得难为情，但槙田并未因此就对玲子"手下留情"。

结果，他不但从玲子手中抽走了账单，还摆出笑脸表示要继续请玲子喝啤酒。

似乎，他对玲子"为难"的理解，只停留在了账面程度。

而玲子对此的感受，似乎也只是"倒也无妨"。

玲子说自己有事要回中野，所以要返回新宿站，槙田就说送她到车站。

可能是在外面吹了冷风吧，那种火烧火燎的感觉已经缓解了大半。

当身体的感觉退去以后，就只剩下和这个男人走在一起的悔恨，仍然沉重地坠在玲子心上。

自己正在做的，到底算什么呢——

玲子莫名觉得想哭。自己是有职务在身，有任务在身的。不过是被男人按住了一只手，怎么就非得在心里受这份谴责呢……

两人来到歌舞伎町一番街的入口前，在那里等红灯。

视野的角落里是槙田宽大的肩和宽大的胸膛。上次见面时，还有刚才在餐厅里的时候都没有发现，但是现在站着他身边，玲子闻到了淡淡的香水味儿。

为什么会在今天？

然而这种猜测是毫无意义的。一定是之前也喷了，只是随着时间变淡了，要么就是不巧自己没有闻到。别自作多情了，玲子反复对自己说。

我真傻——

就在这时，"喂，牧田！"不知从哪里传来一个声音。

玲子环视周围，然而眼前全是等红灯的人，什么也看不清。

槙田仍然面朝前站着。他是没注意到吗？

于是，有两个男人像穿针引线一样钻过人群，出现在玲子和槙田身后。刚刚喊"槙田"的，似乎就是他们当中的一个。灰色的外套下面是一身黑色的西装。里面是衬衫，不过没系领带。梳中分头，眉毛几乎剃光。

"你这家伙，刚才和我对上眼了吧？"

男人一把抓住槙田的肩，想把他掰过来面向自己。槙田扭头盯着那人的眼睛，身体依然朝前，依然一言不发。

男人又瞥一眼玲子。

"我们会长被人害了，你这浑蛋连一句像样的慰问都没有，在这儿和女人搞什么呢？"

会长，被害了——

"放开。"

"啊？妈的听不清楚！给我转过来！"

男人说着一把攥住槙田的衣领。此人差不多只有玲子的个头，但是看上去一身的肌肉，力气应该不小。另外那人似乎是想把玲子和槙田拆开，插到了两人中间。

开始有越来越多的行人停下脚步，在不远处围观。

"要我说是这么回事吧？你这浑蛋在背地里是巴不得藤元大哥死的，是不是？啊？"

藤元……仁勇会的会长，藤元英也——

"别这样……当着公众的面。"

"你他妈的还想怎样？！我叫你跟我打招呼！"

男人抓着槙田的衣领使劲往下扯，想迫使他低头，槙田则想方设法扒开男人的那只手，如此拉扯了一阵后——

"啊！"

只见槙田淡蓝色条纹衬衫上的扣子接二连三地弹飞了。

从肩头到胸口，裸露的皮肤上显露出的，是深蓝色的文身。

"你想干什么……金田……"

此言一出，槙田的表情急转直下。

"我已经说了……放开……"

"有吗？"

男人脸上装作不知，就在那一瞬，槙田的额头以极大的落差向下俯冲，男人的左眼、左脸、鼻梁一带旋即如塌方一般凹陷下去。

"你……这浑蛋！"

另外一人发出怒吼，然而吼声未落，槙田的拳头已经问候了他的腹部。那人身子向前一弯，折成了两节。槙田顺势将右臂蜷成锐角，小幅上扬拉紧肌肉，向那人后背正中的脊柱砸去。

短短几秒钟，歌舞伎町略显脏乱的沥青地面上就增加了两具倒地不起的躯体。

"走吧……"

槙田把衬衫的衣领拢到一起，抓起玲子的手便向人行横道跑去。

行人信号灯的绿色已经开始闪烁。

"等等！槙田先生！"

"跑就是了！"

两人就这样一口气跑到了车站。

从东口警察署右手边进入站内，沿楼梯下到地下列车大厅，在JR闸机口前左转，躲进走廊的墙缝后面，槙田终于站住了。

"放开我……"

玲子抽回了那只说不清是被谁的汗浸湿的手。

两个人都喘得上气不接下气。

"这到底是……怎么回事……"

槙田喘着粗气，重新拢了拢胸前的衬衫，但不论摆弄多少次，一旦松手便又大敞四开。虽然看不出是何图案，浓艳的文身就显露在胸口一带，眼下正同领口上垂下来的深蓝色领带形成鲜明的视觉冲突。

"大致是怎么回事，你心里已经有数了吧。"

有是有了，但不愿去承认。

"我需要你一五一十地解释清楚！"

可能是那记头槌磕到了对方的牙齿吧，槙田左眉上方的皮肉掀开了，流下来的血淤积在眉毛上，看着随时都可能滴进眼睛里。

玲子掏出手帕捂在伤口上，留意着槙田的视线，不断把注意力重新集中在血流不止的伤口上。一想到那个人正看着自己，身体就抑制不住地想要发抖。身体的炉心明明热得发烫，感觉到的却只有寒气。玲子也不清楚如果和他四目相对的话，在自己身上会发生什么，所以只好不去看那双眼睛。

那满身的文身、纠缠他的那两个人的身份，以及他与被杀的藤元之间的关系。有太多事情是玲子必须一问到底的，然而现在她却什么也不想问，什么也不想听。

槙田连同那块染血的手帕一起，握住了玲子的手。

用他那宽大的左手，紧紧抓住了玲子的右手。

"请别这样……"

"你得相信我。"

"放手……"

"我不是想骗你。"

不知什么时候，玲子的另一只手也被男人握住了。

"伪装身份的事，我向你道歉……但是！"

眼泪怎么就流下来了呢……

"我是真的担心柳井出事。"

为什么会是这样——

"你到底是谁……"

玲子说什么也不敢看男人的脸，更不敢看他的眼睛。

"我是……"

不要！别告诉我！

"极清会的……牧田勋。"

其实自己早就知道——

刹那间，玲子曾经的满腔炽热，全部化成了冷砂，流淌着从心口滑落下去。

她连站都站不稳了。

没有气力再说什么，也没有心思想要改变什么。

依然被那个人握住的两只手，已经几乎失去了知觉。

至于自己落下眼泪的意义，她连想都不愿去想。

现在玲子能感受到的，只有身体中央曾经失火的部位，变得疼痛难忍。

5

回到事务所后，牧田仍然在想。

为什么憋不住要告诉她呢？

为什么要向那个女人表明自己的身份呢？

今时今日，身上有文身的又不等于就是黑社会。更不用说规规矩矩地自报家门，说自己是极清会的牧田了，一丁点必要都没有。自己怎么就没管住这张嘴呢？

因为那女人哭了，是这样吗？看到文身后她好像受了不小的打击，是因为这个吗？

可笑！还说什么"你得相信我"。自己到底希望她相信什么呢？自己不过是想要利用她，利用这个叫姬川玲子的女人套取情报罢了，不就是这样吗？柳井健斗失踪了，接近姬川是为了牵出柳井的线索。再说还有藤元的死。凶手是谁，调查进展到了什么程度，这些才是自己找上她的目的。不是吗？

牧田左眉上的伤，回到事务所后让川上给处理了一下。川上问他是怎么弄的，牧田嫌烦就把他轰了出去。

在歌舞伎町被牧田撂倒的那两个人，是仁勇会的金田幸生和他的义子。金田是仁勇会里的舍弟头头，换句话说是藤元的义弟。牧田虽不曾与金田直接结拜，不过在道上两人几乎是平起平坐的。

今天干的这一架，迟早会被金田拿去说三道四吧。搞不好还会被当成极清会针对仁勇会的敌对行为。如果事情成了那样，麻烦就大了。不过，也没什么麻烦是解决不了的。要么一口咬定是对方寻衅滋事，要么带着见面礼去给他赔礼道歉。到时候该怎么做，就看金田怎么出牌了。

相比之下——

姬川当时的眼神，就像是被烙在了视网膜上一样挥之不去。那眼神中流露出的既非惊吓，也非胆怯，一定要说的话——是悲伤。而现在，牧田依然被那双眼睛看在眼里，并因此受伤。

自己堂堂一个黑社会，还需要受人怜悯不成？开什么玩笑！那种眼神自己早就见怪不怪了！所以就跟你明说了吧，做黑社会有什么不好？这背上的不动明王，想看的话就给你看个够！那可是自己背负了这一切的觉悟，所以没什么好羞耻的！从胸膛到尾巴尖，一针一针渗进去的颜色，如此完成的这幅稀世之作，随时随地都可以脱光了昭示天下！

牧田在心里咄咄逼人地怒斥一通后，情绪却丝毫不见好转。

那么自己到底是想要怎样呢？

不由分说地把那女人拉进酒店，推倒在床上，这才是自己想要的？

然而闭上眼睛任凭想象，眼前浮现出的怎么也不是一个被情欲支配、意乱神迷的女人。无论如何都是姬川玲子用悲哀的眼神看着自己。哪怕自己行事得再激烈，依然是那双泛着哀婉目光的眼睛，毫不动容地质疑着自己的什么。

在那女人眼里，自己究竟是怎样一个人呢？难道说自己是渴望被她当成平凡的不动产中介槙田功一吗？渴望从黑帮的营生与义理这些束缚中解脱出来，哪怕是片刻的角色扮演也好，模仿普通人的方式过活？

简直不可理喻，自己又不是乳臭未干的小子！

何况事到如今再扪心自问已无济于事，只有这点毋庸置疑。

知道了自己是黑道中人，姬川玲子已经不会再见自己了。哪怕撒下饵料说有柳井健斗的进一步消息，对方也绝对不会咬钩了。不管怎么说，那女人的立场可是与自己势不两立的现役警察。

自己和那女人已经无缘再见了。

尽管效果甚微，这样的内心独白确实令牧田的心情放松了少许。打个不甚恰当的比喻，那感觉就好像十几岁时初次体验过失恋后的空乏。

失恋啊——

不可理喻，又不是毛头小鬼！

同样的话，从刚才起究竟被自己反反复复念叨了多少遍呢……

牧田和石堂组的各位干部们分别通了电话。

眼下不论哪个组都有受到警方的"密切关注"，因此最好不要轻举妄动，下面的人能办的事就统统交给下面的人去办，总之在调查告一段落之前需要保持静观的态势——持这种意见的人占了大半，牧田也决定遵从这一旨意行事。

至于仁勇会的金田，当天的事件出乎意料地并未引起任何波澜。似乎是在现场目睹了全过程的某人，向石堂组的顾问山崎讲述了事情的原委，挑事的人是金田。多亏了这件事，组里对牧田的行为就概不追究了。既然如此，下次见到金田时，牧田也打算跟他表示一下，当时是自己不对。毕竟听说金田的眼窝和鼻梁都是被自己砸断的。

　　那天以后，四课的小坂几乎天天来事务所里报道。特定的日子里他会自己来，但大多数情况下是和那个眼神锐利的爱宕署警官一同前来。

　　今天也是在中午的时候，两个人一起来了。没办法，只好叫了炸猪排盖饭给他们吃。

　　"说起来……你这光荣的负伤，已经好得差不多了吧？"

　　说着，小坂指了指自己右边的眉毛。这个刑警对自己受伤的事了解到了什么程度呢，牧田也不清楚。不过伤口确实是不需要再涂抹绊创膏了，一看便知是已经愈合结痂。

　　"啊，托您的福。"

　　"那就再好不过了……石堂父亲的状况怎么样？"

　　小坂这个人，拿筷子的姿势颇有些奇葩——食指闲着，朝上支棱着，但筷子使得并没有任何不自如，吃完以后碗里也很干净，没剩下一粒米。

　　"并不能说，乐观……不过就算是我，也不可能频繁地去探望他老人家啊！"

　　"为什么？去看他不就好了？"

　　"您这句话说得就差点意思了。还不是因为到处都有'贵署'的人张罗着，我行动起来有所不便嘛！"

这句话其实是拿来试探小坂的幌子。

"哪有你说的那么严重呢……"

原来如此，口是心非的时候右边的眉毛会微微抽动一下。小坂等人时常是猫在马路对面的咖啡厅里，窥探着事务所这边的情形，这状况牧田早就摸清楚了。

这时，放在办公桌上的手机响了起来。

"失陪一下……"

牧田从沙发上站起来，抹了抹嘴角上沾的甜汁，顺手抄起振个不停的手机。

然而当他看到小屏幕上的来电显示时，手上的动作不由得停了下来。

姬川玲子——

可是，当着小坂的面不能有任何可疑的举动。

牧田姑且打开手机，按下挂机键。这样一来姬川也应该能明白，自己是希望她过一会儿再打过来。

"喊……骚扰短信。"

牧田把手机揣进兜里，朝门口走去。

"哎！伊东，上茶！社长室，三人份！"

故意到门外去喊一个不在公司里的若中，坐在隔壁写字台前的川上便会察觉到情况有变，跑来牧田身边。

牧田若无其事地在他耳边说：

"把车，开到后门去。"

川上点头，转身便向大门走去。

牧田暂且回到社长室里，假装等茶来，然后恍然发现烟抽完了。

"不好意思……我去买包烟。"

"怎么搞的，叫年轻人去买不就行了。"

"哦，那家烟店的老板……好像是我亲自去买，他心里才踏实。"

"有这么回事吗？"小坂笑着说。

牧田连招呼也没打就走出了房间，从衣架上拽下外套，直接跑出了事务所。

绕到大楼后门，君爵已经在那里怠速待发。

牧田拉开滑动门钻进车里。

"随便开吧。"

"明白了。"

川上熟练地掰动方向盘，让车窜了出去。

牧田则赶紧掏出手机，在通话记录里找到"姬川玲子"，按下呼叫键。

铃响一声便接通。

"喂……"

她之前是这个声音吗？牧田再次感到了不可思议。

"我是牧田……抱歉，刚才不方便接电话。"

"没有，是我该说抱歉……突然打给你。"

是有什么事吗？但牧田害怕问出这句话。因为他想象不出姬川来电的意图，万一应对不当，这次或许就真的是最后一次通话了。如果对方准许的话，他很想说"总之先见一面吧"，但是遭到拒绝更让他感到害怕。

挽回这个女人的机会意想不到地出现在眼前，自己却因为过于珍惜这次机会，反而接不上话来。一把岁数的人了，这是在干什么呢？！牧田恨不得给自己几拳。尤其是当他想到川上正竖着耳朵坐在前面时，对自己的这点骨气就更火大了。又不是毛头小子！牧田又一次在心里数落了自己。

到头来，还是姬川打破了僵局。

"那个……今天，你有时间吗？"

牧田的心脏怕是胀成了两个大小，就连跳动的幅度听起来也大了一圈。

"啊……没问题。"

牧田故作淡定地答道，然而他对自己的装腔作势并没有把握，而且也很担心川上会察觉到自己的一反常态。

等待姬川回话的几秒钟里，牧田吃力地喘着气，难受得他想要抓狂。

"能见面吗？……"

一个仿佛走投无路的声音，说出了牧田迫不及待听到的这句话。

牧田吐出了从腹底颤抖着涌上来的那个字。

"能……"

他无间隔地、反复做着深呼吸，否则便觉得自己会眼前一黑昏厥过去。

"还去那家地下餐厅的话……会不会……"

"嗯……我也倾向于，换个地方。"

"哪里，比较好呢？"

不夸张地说，此时的牧田已经丧失了思考能力。

"你决定吧。"

姬川停顿了片刻，说选在六本木 Mid Town 大酒店里的咖啡厅。时间就定在一个小时后。

"知道了，一定准时赴约。"

"那就……一会儿见，先挂了。"

挂断电话，忽然间，自己的身体是轻是重，车里面是冷是热，这些牧田都已经浑然不觉了。

姬川玲子，又能再见到她了！

想到这里，好像有股强烈的悬浮感，从腰间将自己托举了起来。但是一想到不知该用怎样的脸面去见她，座椅上就仿佛突然开了个大洞，自己又不知掉到哪里去了。

这时君爵缓缓停了下来。大概是遇上红灯了。

"大哥，要去和谁见面是吗？"

是啊，要见！

虽然自己也不清楚是为了什么见面，但总之要见一面。

因为这件事，自己如今也体会到了喜出望外的心情。

牧田走进酒店时，姬川已经选好一处类似隔间的位置坐下了。

姬川今天穿一身深灰色的细条纹西装，里面是米黄色针织衫。此前两次不是都穿衬衫吗？眼前这身打扮格外显女人味，整个人的感觉都变柔和了。是心境发生了变化吗？想必就是吧。尽管脸色看上去有些憔悴。

"让您久等了。"

牧田站着向姬川行礼，于是姬川也从座位上站起来。

"不好意思……在您正忙的时候打电话。"

"不要紧的。"

两个人面对面坐下了。隔间里大约四叠半大小，这让牧田忽然产生了是坐在审讯室里的错觉。

下午三点，这个时间感觉喝啤酒或者红酒都不对味。看过酒水单后，姬川选了浓缩咖啡，牧田点了白兰地。

等服务生退下去了，姬川用略微上扬的眼神看着牧田的眼睛。

"受伤的地方，好点了吗？"

牧田把手搭在左边的眉毛上。

"啊……可能是我的白血球，比一般人多吧，血止得很快。"

不知为什么，姬川笑了，而且笑得有点伤感。

"能够止血的，是血小板……"

牧田听了心里咯噔一下。一直听说白血病患者会血流不止，所以不知不觉就误以为是白血球的问题了。

"抱歉……我太无知了。"

"没有……该道歉的人是我……因为不知道该说什么。"

其实自己也是一样。牧田现在感觉没那么紧张了。

饮品很快端上来了。姬川和上次一样，对退下去的服务生点头表示感谢。

"那个……""那个……"两个人的声音在餐桌上方撞在了一起。

"你先请。"

"不，还是牧田先生先说吧……"

最后牧田退让一步，请姬川先说了。

"那个，所以……开门见山地说……为什么……牧田先生要接近我呢？"

该如何回答，牧田考虑了好几秒。

"不对吧，最开始和我搭话的人，是你啊。"

"是这样没错，可是……第二次，是牧田先生打的电话……好吧，那么为什么要使用假名呢？"

怎么又问这种明摆着的事呢？

"这种问题，就算不问你也应该清楚吧。倒是你今天约我出来的事，让我想不明白。为什么你还想见我呢？"

话一出口，牧田才意识到，这么说好像是自己不愿见她一样。

"我的意思是说……既然知道我是黑社会，为什么还要给我打电话呢？"

姬川眼神低垂，匆忙地眨着眼睛。长长的睫毛好似小鸟的翅膀，细微地上下震颤着。

"你会觉得，知道是暴力团成员就不会想见了，但我并不这么想。"

"因为理论上黑社会也有人权？"

"请别把自己说得那么卑微。"

像是因生气而抿起的双唇，在牧田看来充满了性的诱惑。

不知是不是为了让情绪平静下来，姬川刻意放慢的喘息方式也罢，若隐若现的胸部起伏也罢，不论牧田想或不想，这些都让他无可避免地意识到坐在眼前的是一个"女人"。

"关于你的事，我想了很多。实际上，也有在未经允许的情况下调查了你的过去。"

该说什么好呢，的确像是刑警会干的事。

"那些履历应该足够让你鄙视我吧？"

"你指什么？"

"死在我手上的两条人命。"

但即使搬出杀人的事，姬川的表情也意外地未见变化。

"不会……我反而能理解。"

"理解什么？"

"具体到你身上，那种想要杀人的念头。"

不知为什么，牧田能感到姬川的眼神突然起了变化。

两条视线笔直地射向牧田，左眼正对右眼，右眼正对左眼，看得牧田有些无地自容，仿佛被困在了某种奇妙的感觉里——

那种感觉，仿佛脑袋里的东西被她看了精光，却依然没有意愿做出反抗——便是这样一种不可思议的心境，一种想要将自己的过往、现在、秘密、弱点全部暴露在她面前的，诱惑。

"你因为生父那家公司的关系，对白川会系德永一家的头领德永晃，及其前台企业大西土木的社长井川良和怀恨在心，并将二人杀害……我不会说，只要不是出于盈利目的、享乐目的或是一时冲动，杀人在心情上就是可以谅解的……这件事绝对没有那么简单，但是从当时的调查记录和审判记录来看，我会认为……我不可能赞同你杀人的做法，不过我想，我是可以理解你想要杀人的心情的。"

到底想说什么呢？这女人。

"我……我自己，有个男人至今让我恨不得想要杀了他。我心里一直圈着一个杀人的念头……但是正因为有这种念头，我才成为了一名刑警，才能坚持做一名刑警……或许这很矛盾，但这就是我。"

牧田能感到姬川的表白非比寻常，但同时觉得这内容合情合理。这女人用手枪对着某个牧田不认识的人，那画面确实不难想象。

"虽然这并不能构成理由……但是当我感觉离你更近了的时候，心里是踏实的。所以想再见你一面，想再和你聊聊。"

因为了解到对方曾经杀过两个人，心里反而踏实了——

虽然姬川的表白中仍有些东西令他琢磨不透，但是牧田确实能感到，自己的心境正因这番话而平静下来。不过很快，这种平静又转变成了另一种不安。这个女人的意思是毫不介意自己的黑帮身份以及死在自己手上的两条人命吗？这是真话吗？怎么才能知道她说的是真的呢？

想要触碰这个女人——

迫切地，想要触碰这个女人。

想被这个名叫姬川玲子的女人抱在膝上安然入睡的欲求，以及想将她反身推倒，剥夺她双手的自由，强行将她据为己有的情欲交错在一起。兜了半天圈子，你不就是想被我放倒在床上吗？别装了！然而悬在嗓子眼上的这句话，却被不想破坏现在的关系，以及只要对方愿意接受，愿意认可，自己也想要扮演她心目中那个形象的愿望堵在了嘴里。

"关于光洋不动产，我也调查过了。想要查清楚并不容易，不过，你和那家公司，应该是没什么关系吧。所谓营业部长的工作，自然也是没影的事了。想必是之前有过某种交易，光洋不动产欠下了你的人情债，而你向他们索取的不是金钱，是一个架空的身份。我是这样推测的。"

确实了得，基本上都给她说中了。

"请你跟我说实话，你和柳井健斗，是什么关系？找房和借钱之类的说辞就免了吧，请告诉我真实情况，拜托了。"

说着，姬川低下了头。

从肩头滑落的一头顺发，头顶上整整齐齐的一条中线。

尽管如此，牧田心中仅存的一点自尊心，依然让他无法做到对这个女人百依百顺。

"那咱们来交换吧。"

姬川的眼神恢复了常态，现在只是普通地和自己目光交会。

"要怎么换……"

"你为什么要追查柳井健斗，希望你能在一定程度上做出解释。"

姬川看着牧田，又把眼神移开，移开了还会不由自主地移回来，躲躲闪闪地像个孩子似的。

真是个让人琢磨不透的女人。你觉得她长了一双可以看透人心的眼睛，那双眼睛也可以胆怯得像个少女。你以为她是说真心话，打感情牌，她又摆事实讲道理，试图用理论让你就范。

变了，眼神又变了，这次又是打的什么主意呢？

"明白了……可以告诉你。"

姬川像是终于想起了那杯咖啡似的，把手伸向了杯子。

指甲上虽然没涂颜色，却像涂了什么不知名的东西一般妖艳动人。

随着一口咖啡下咽，颈部白皙的皮肤微微颤动，勾走了牧田全部的视线。

"柳井被认为有杀人的嫌疑。"

果然。

"怀疑他杀了谁？"

又一次，姬川的嘴唇牢牢抿在了一起。

"关于这个人，牧田先生应该心里有数吧？"

"作为交换，我想听你亲口告诉我。"

于是姬川像是别无选择地点了头。

"一个叫小林充的，暴力团成员。"

越是害怕事情变成这样，事情就偏偏要变成这样。

的确，想除掉小林的人正是柳井。但实际下手的人并不是他。这件事是自己安排下去的，所以错不了。杀小林的人并非柳井。然而警察却怀疑上了柳井，为什么呢？

除此之外，还有一件事牧田想要知道。

他继续问道：

"然后，之前你问我知不知道仁勇会这个组织，当时我是装作不知道……现在可以告诉你，我肯定是知道仁勇会的，会长藤元英也被人开枪打死的事我也知道。问题是，你当时为什么要问我这个呢，仁勇会和柳井健斗之间，到底有什么关系呢？"

姬川轻轻呼出一口气，说：

"和刚才的情况一样，柳井健斗同样被怀疑杀害了藤元英也。"

"别逗了。"

若不是因为对方是姬川，牧田一定会一笑了之，要么就是破口大骂了。

"柳井杀了藤元……不可能。"

"嗯，我也这么想。"

"那你为什么还要那么说？"

"出于调查上的关系，这里面的原因不便透露。"

然而手枪的事已从小坂那里听说了，虽说自己是坚决不信的。

姬川抬起眼，微微侧着脸说：

"已经可以了吧？现在可以交换了吗？"

说心里话，牧田觉得她这样做就有点不实在了。然而被这个女人搞得如此狼狈还能拒绝其要求的男人，这世上恐怕不多。

没办法，牧田点了头。

"嗯……柳井他……从某种意义上讲，其实是个情报贩子。而我是出钱买他情报的人。"

"什么情报？"

"这个，就不能告诉你了。黑道也有黑道的各种不方便。"

"怎么能这样呢……"

这句话该我说才对吧。怎么能用那种央求的眼神看着我呢……

"再往后的事，你只能放我一马了。"

于是，姬川开始用更加渴望的眼神看着牧田，然而不能说的事终归是不能说的。柳井提供的不是别的，正是警察内部的情报，这种事无论如何都不可能向姬川这个刑警明说。

但令牧田没有想到的是，姬川竟然毫不迟疑地就把眼睛里的心思撤了回去。

结果自己这边好不容易筑起的心理防线，也像竹篮打水一样瞬间坍塌了。

怎么搞的——

"请问，你们是怎么交易情报的呢？"

"啊？"

"因为，情报这种东西，到手以后不是可以抵赖吗？比如说，牧田先生在不清楚情报是否有用的情况下，是不会付钱的吧？提前支付的风险太大……但如果是事后付款……对方不过是漫画咖啡厅里的服务员，像牧田先生这样有权有势的人，竟然会一本正经地付钱给他。"

这女人虽说年纪轻轻，但毕竟是干刑警的，脑子转得可是不慢。

"嗯……所以柳井会在最初那一次，提供免费服务。但如果下次还想要的话，就得付钱了……就是这么一种经营模式。"

"原来如此，还挺巧妙的。"

"是啊，所以实际上也是做成了生意。"

谁知姬川听了这话，表情突然阴郁起来。

"柳井健斗，他和你们这些黑社会做生意，就不害怕吗？"

"应该是害怕的吧。他这人办事小心得很，刚开始有业务往来那段时间，从来没露过面。"

"这样……可是不露面，又怎么做得成生意呢？"

"情报交换全靠手机，付钱就是汇到他提供的账户里。"

听了这话，姬川眼中再次闪过了此前未曾有过的神色。

"那是以柳井本人的名义开设的账户吗？"

"呃……不，是别人的。"

"也就是说，柳井在使用的这个以他人名义开设的账户，其账户信息牧田先生是清楚的……"

事已至此，牧田终于醒悟了。

不知从何时起，自己的这张嘴已经完完全全被姬川捏在手心里了。

第五章

1

尽管已经把杀小林的事交给了牧田，我却仍然在收集情报。

其实已经没这个必要了，但是出于惯性，不知不觉地就做了下去。

这些年来，我活着只是为了向那个让我无家可归的人报仇雪恨。这个目的一旦实现，我的人生也就无异于走到了尽头。

所以对钱什么的，我已经没需求了。想做的事也好，该做的事也好，什么都没有了。也没有一样想要的东西。只要饿不死，怎样都无所谓的。唯独饿得要死的时候，实在难受，所以忍不住吃了东西，补充了不至于饿死的最低限度的营养。这也是没办法的事。要是我的精神强大到了立地成佛的境界，可以达观地看待人生，当初也不至于动了报仇这种害人害己的念头。或许在一切不可挽回之前，就已经努力去纠正父亲和姐之间扭曲的关系了。自己的窝囊，自己是最清楚的。

也正因为这样，我怎么都想不明白。

为什么内田贵代会对我这样一个人感兴趣呢？

要长相没长相，要钱没钱，要才没才。靠摄取最低限度的营养和喘气活着。说白了，就是穿着衣服走在街上的"一根草"。我这号人到底有什么好的，到底有什么意思？

"柳井君，你明天休息吧？我也是！有空的话一起去看电影呗？"

内田贵代是个精力异常充沛的人，而我呢，要我拒绝别人都费死劲了。跟她说明天不行，她就问下次休息时行不行。要是还跟她说不行，她就在排值班表的时候跟店长提议，把自己的休息日挪到我方便的时候。

结果是我认命了，就随她去吧。隔周的时候，被她拉去看了电影，陪她吃了饭。再隔周的时候，跟她去了游乐园，听她谈了十一月初一起去温泉旅行外加留宿的打算，然后，连这件事也被她实现了。

若说不开心吗，其实也不是不开心。电影演到好笑的情节，我也会稍微笑笑，坐过山车时被吓到了，也会忍不住叫出声来。

还有在床上的时候也是，在温泉旅行的时候。

虽说是第一次做，我还不至于不知道该做什么。但也只是能作罢了，根本谈不上好坏。就是不断重复着进出的过程，然后弄出来了，仅此而已。

对内田贵代也是，若说喜不喜欢她，反正不讨厌。没过多久，她就自作主张地跑来家里了，但是把她赶回去也是件麻烦事，所以就由她进了家。反正收集情报的事已经不需要那么上心了，就算有她在确实会妨碍到我，一旦工作告一段落，我立马就会把电脑合上。

总的来说，她不是一般地爱插手别人的事。连声招呼都不打，自己买了食材回来就开始在厨房里做饭。嘴上念叨着浴缸太脏了，没人要求，她也会一个人打扫起来。发现衬衫的扣子掉了，二话不说就拿去缝补了。然后每次忙完，她都会这样说：

"你觉得我能当个好太太吗？"

我听了，如实点头。只是我从来没想过，她是要当我的媳妇。

但是在进入十二月以后，她的嘴里频频冒出耐人寻味的话。

"没来例假……怎么回事呢……"

开始的时候，我以为她只是随口一说，所以没当回事。

"总觉得……是有了……以后可能就不是两个人，是三个人了。"

这下我全明白了。她怀孕了，而且那恐怕是我的孩子。

想也知道，我是没主意的。连结婚的意思都没有就有了孩子，任谁都不可能说要就要吧？何况我这个人，自己都懒得活呢，怎么可能想要拖家带口呢？

我没给她答复，只当没听见了。

尽管如此，她仍然锲而不舍地想要从我这里，为她自己和孩子争取到一席之地。

"我觉得……一起住的话，这里就太小了。至少再多一间屋子。要不要找个合适的地方搬出去住？"

我觉得应该和她好好谈谈。就像她说的，房子的事，孩子的事，工作的事，这些本来都是应该认真考虑，然后互相交换意见的。

但是我想问的不是这些，是更根本的、更幼稚的问题。

"我说……为什么是我呢？"

我合上电脑坐在矮桌前，她像是要我背着她一样趴在我的后背上。

"别那样说自己……心里多难受啊……"

从后背上感受到的，是带着温度的，一个人的重量。

"我太孤独了……柳井君一定也是，所以也抱了我。"

也许，是吧。也许，不是。

"再连得更紧一些吧……一个人活着，太孤单了。东京有这么多人，怎么柳井君，就是孤零零的一个人呢？我也只有一个人。一个人多可怜啊……再连得，更紧一些吧。和我，连在一起吧，柳井君。"

温热的眼泪落在了我膝上。我以为是她的，但并不是。

"为了柳井君，我什么都愿意做。做好多让柳井君暖和的事。我不是美女，家里也穷，那些像模像样的事我都不会。但我知道好多能让人温暖的事。这些我都会，都想做给柳井君……一个人最宝贵的，就是能为另一个人做点什么……对我来说，那个人就是柳井君。"

姐，那个时候，到底什么才是我真正该做的呢？我该不该接受她的感情，像个普通人一样努力活下去呢？现在我也还是不知道。

但如果我也应该为别人做点什么的话，那一定就是为了她，还有那个孩子吧。我这样想，应该没错吧，姐。

十二月中旬的时候，牧田打来电话。

他说计划已经准备就绪，希望我能在十七号晚上，来新宿的一家商务酒店。

当天，我去到他指定的客房，见到了牧田，以及他的义弟，一个叫川上的男人。此人的长相我之前见过。当初为了和牧田交易情报，调查他底细的时候顺便也查到了川上，不过见到他本人那时是第一次。牧田把我介绍给了川上，但在当时，我只是低头向他问了声"你好"。

"很快会有人带着结果过来。先在这里等一会儿。"

牧田问我想喝什么，于是川上走去桌子旁边，打开那下面的冰箱。啤酒、可乐、橙汁，还有矿泉水。我瞬间产生了防范意识，该不会被下毒吧。不过转念一想，被毒死，其实也没什么大不了。

"那就……喝可乐吧。"

但是当我真正接过可乐，拉开拉环时，我想起了她。要是我死在了这里，她会为我难过吗？孩子又会怎么样呢？

"放心喝吧……没掺奇怪的东西。"

牧田冷不防的一句话让我回过神来。的确，杀我并不能让他落到任何好处。

大约有一个半小时吧，一直在那个房间里等着。

"那个，我想我之前应该说过的，十一点的时候要去打工。"

当时已经快十点了。虽说从新宿到下高井户乘京王线只需要十分钟，但如果算上走路的时间，还是提前半小时出发比较稳妥。

"啊。越是这种时候，就越是要保持和平常一样的生活作息。我明白这很重要，不过，再稍微等一会儿。按计划应该是马上就要到了。"

电铃声响起是在十点刚过一两分钟的时候。

川上前去开门，随后领着一个小个子男人回来了。外面似乎正在下雨，男人黑色的尼龙夹克上面闪着水光。

牧田依旧坐在床边的沙发上，问道：

"有劳了……怎么样？结果。"

小个子男人默默点头，拉开夹克的拉锁。

只见男人脖子上挂着什么，深蓝色的，像是个尼龙小包。

男人打开小包，取出银色的机器。原来是台摄像机。他翻开侧面的屏幕，然后掉转方向让它面向我们。

牧田从沙发上站起来。

"就让我们见识见识吧，这一票是怎么干的。"

原来如此，是为了这个。

牧田冲男人点头，于是男人按下摄像机上的小钮，开始播放录像。

开始时画面里只有蓝屏，但是很快出现了像是一间公寓室内的场景，紧接着，某个人的背影进入了镜头。

那人转了过来，是小林。

小林一脸的笑模样，似乎正在和拍摄者攀谈，只是听不见一点声音。之后，小林的视线便奇怪地不再看向镜头了，感觉像是在冲天说话。应该是偷拍吧。看来他们的想法和自己大同小异。

很快，小林的表情僵住了，眼神惊恐地朝向下方。

镜头也随着他的视线下移。

白色汗衫的腹部那里，抵着某人的，恐怕是拍摄者的拳头，而且是拇指朝上，手里握着什么。

镜头在这时突然发生了激烈的摇摆，小林从画面中消失了。一瞬之后机位得以修正，只见小林睁着眼倒在地上，浑身抽搐，肚子上支出一根握柄。拍摄者蹲下身，抓住握柄用力一拔，红色的斑点便开始在白色运动衫的腹部扩散开来。

随后，拍摄者让小林仰面朝天，开始拍摄他的面部。直愣愣、没

286

有焦点的两只眼睛。拍摄者在那只左眼上砍下一刀。小林就那样睁着眼，连眼都不眨一下。

人已经死了，明摆着的。

拍摄者又砍了一刀，斜跨鼻子和嘴唇。

上下嘴唇随即裂开，露出少许底下的牙齿。但出血不多，可能是心脏停搏的缘故吧，这方面的事情说不清楚。

看到这里，男人按下停止键。

"怎么样？这就是老师盼望已久的，小林充的死期了。"

牧田和我说话时，我才意识到，其实自己一直都屏着气。

猛喘一口气后，心跳突然快得甚至产生了痛感。那种感觉来自于眼睁睁看着一个人被杀时的冲击，如愿让小林受死所引发的兴奋，以及时隔多年终于达成夙愿的满足感。

此外注定少不了的，自然还是罪恶感。

小林这人无疑该死，然而杀他同样犯法，这也是雷打不动的事实。怂恿别人杀他，致使他最终被杀的人，正是自己。从这个角度讲，罪恶感在所难免。那与其说是感受，不如说是自知。置他于死地的人，虽说是间接的，仍然是我。是我，杀了小林充。

"我也向你保证，小林充确实死了。这下满意了吧？"

我哆哆嗦嗦地点了点头，仿佛能听见咯嗒咯嗒的声音，连我自己都觉得滑稽。

"剩下的就是交易的事了……唉，你可以回去了。"

那个男人拿着摄像机，不知为什么，瞪着牧田一动不动。

"回去吧，我们还有公事要谈，那件事就和你没关系了。钱，川上已经给你了吧？那就没事了，你走吧。"

于是男人只有双手在动，把摄像机装进包里，收到怀里，然后像来时一样穿好夹克。

川上把手搭在男人肩上，催促他快一点。男人这才收回了瞪着牧田的视线，朝门口走去。

随着房门上的咔嚓一声，房间里消失了整整一个人的气息。

从门口回来的只有川上自己。

"然后，你之前提到的那件事，差不多该有眉目了吧？"

毫无疑问，牧田指的是针对仁勇会前台企业的地方检查机构的搜查情报。

"还不到时候，地检那边还在原地踏步。再给我一点时间。"

于是——

"你这家伙，得寸进尺了吧？！"

川上插了进来。

"别这样，义则！"

"可是大哥！"

"听我的。"

牧田扒开了攥在我肩上的川上的手。

"不好意思，他平时的性子没那么急。今天的这件事，主要都是他在跑，是我让他干了太多劳神的事。虽说找来的是个混混，但是杀人终归是杀人。这家伙的神经估计还要再绷一阵子，就别跟他计较了。"

我也说不好这种时候该不该点头，所以只是轻轻摇头，说"没有"。

"那么，粗算……还要花几天呢？"

"三四天吧，我想。但也只是按经验来说。"

"明白了。看出端倪了就赶紧通知我。"

"好的，我知道了。"

"那就可以了……去打工吧。"

我向两人低下头，就此道别。

心脏的跳动，剧烈依然。

而现在，我身在基地。

不管是因为他们求我，威胁我，还是陷害了我。

最终，我选择一死了之。

虽然对状况一知半解，但似乎是事到如今，我成了他们的绊脚石。仁勇会的情报，那帮人已经不在乎了。至于理由，他们没和我说，我也没兴趣听，就没问。唯有一件事，我向他们确认了很多次。

我死了以后，你们不会对她下手吧？

唯有这件事，我要他们答应了我。

自己的身后事，或许想得再多也无可奈何，但是，唯一能让我甘愿去死的动机，我想，那只可能是为了保护她。

女人变成什么样都无所谓吗？在这种威胁下，我能做的，就只有按照他们的意愿，自己死给他们看。如果这样能让她免受伤害——如果这样能让我如愿以偿，虽然这种话太装相了，不过事实如此。

一个人最宝贵的，就是能为另一个人做点什么。

是她，这么跟我说的。

我的那个人，就是她了，还有她肚子里的孩子。一想到孩子父亲死后她会受的那些苦，便觉得还是做流产比较好。可我总觉得，母亲是她的话是绝对不会那样做的。

抱歉，直到最后也没能叫你一声"贵代"。还有像是"喜欢你"这种能讨你欢心的话，也是一次都没说过，更别提"爱"了。哪怕是到了现在这一刻，这些话我也依然说不出口，但如果我的心情可以乘上电波传到你心里，这便是我想要告诉你的全部。

谢谢你，贵代。多亏了你，最后的这些天，我终于觉得有那么一点暖了。虽然日子不长，但是从你身上，我得到了太多温暖的东西。

我能为你做的，就只有这种，让你无可奈何的事。但如果这样能让你觉得，我有点像个男人了，这样也好。

那就这样，我得走了。

结果只是一意孤行地，把自己想做的事全都做了，抱歉。剩下的事，就拜托了。

咱们的孩子，连同我的那份，把那些暖人的事，都做给他吧。

还有，关于那封邮件里写下的路径，要是当初能跟你说得再清楚些，就好了——

2

结果，玲子又去和牧田见了面。

面对着面，嘴上说的却全是借口。什么各个方面都调查清楚了，说白了，就是为去见牧田找了个正当化的理由。

然而聊着聊着，也不知是哪句话，接通了大脑里的开关。刑警所具备的，随时能够进入搜查模式的，仿佛开关一样的那根神经。两人的对话在不经意间顺流而下，意识到时已经说到了柳井假借他人名义开设账户的话题。

玲子拜托牧田把详细情况告诉自己。但却不是用拜托的方式，而更像是在索要。牧田说自己只知道金融机构的名称，具体账号则需要去过问部下。玲子便继续向牧田索求，让他现在就去和那位部下确认清楚。牧田颇有些不情愿地拨通手机，记下银行名、支行名、一般账户的号码，以及开户人姓名，并撕下便签上的那一页递给玲子。

"稍微失陪一下。"

玲子离开座位，走到咖啡厅外面去给今泉打电话。

"喂……"

今泉把声音压得很低。这也难怪。眼下四课在搜查会议上一手遮天，而一课在本部里根本抬不起头来。今泉认为这全是因为自己下达了"不准触及柳井健斗"的命令。想必他正因此而感到自责。

不过，听了玲子带来的情报，状况或许会有所改变吧。

"组长，有个情况希望能尽快调查一下。"

"什么情况？"

"柳井健斗以他人名义开设的银行账户，以及该户头上的资产变动情况。"

今泉沉默了几秒，似乎正在努力理解玲子这句话的含义。

"那账户，是拿来做什么用的？"

"柳井健斗，很可能是通过与石堂组的人进行情报交易，来收取酬劳。"

具体到极清会与牧田，玲子还说不出口。

"顺着这个账户的资产变动查下去，或许可以查到柳井失踪后的行踪。"

假使他使用过自动提款机，被监视摄像头记录下来的可能性也是有的。

"我从银行名称说起。"

玲子照着从牧田那里讨来的便签读起来。

"新宿支行，一般账户，868，0709，若松茂之。年若的若，松竹梅的松，繁茂的茂，之是……芥川龙之介的之，就是好像平假名的'え'那个字。"

今泉说"明白了"，从银行名称开始重复一遍。

"是的，没错……不过，这毕竟是若松茂之的账户，不是柳井本人的。从搜查本部拿到搜查令……应该不会有问题吧？"

沉默的空气中荡漾着今泉的犹豫不决。

"组长！"

今泉清了清嗓子。

"明白了，尽力而为。"

"非常感谢！"

按下挂机键时，玲子不自主地鞠了一躬。然后她看见了站在收银台前的牧田。看来他已经决定结账了。

牧田伸手制止了店员递来的单据，朝玲子走来。

玲子连忙把手机收进包里，取出钱夹。

"那个，不好意思……多少钱啊？"

牧田砰地把什么东西塞给了玲子。玲子诧异了一瞬，原来是自己放在椅背上的罩衣。

　　"用不着。不如你陪我一下吧！"

　　牧田一改之前的态度，言语之间带着粗鲁，显得焦躁不安。

　　"啊？去哪儿啊？"

　　"不管怎么看，我给你的情报都要比你给我的有用得多。陪我喝杯啤酒总不至于受天谴吧！"

　　牧田一把抓住了玲子的左手。

　　"等等……"

　　"不要紧吧！反正调查账户得花点时间。"

　　牧田有点生拉硬拽地把玲子带出了酒店，在步行道上走了一会儿后，靠近了停在路边的一辆白色商务车，好像是日产的君爵。

　　牧田放开玲子的手走到车前面，于是从驾驶席那边下来一个人。此人比玲子略高，体型偏瘦，穿戴和牧田一样，黑社会色彩并不很浓，非要说的话，只有那副太阳镜多少是那个味道。

　　"你截一辆出租车先回去吧。"

　　"啊？什么情况啊，大哥。"

　　嗯，说起话来就完全是道上的腔调了。

　　男人看了看玲子，又看了看牧田。

　　"车我来开。"

　　"我不是这个意思……"

　　"我是这个意思。"

　　牧田二话不说坐进驾驶席，发动汽车，降下车窗，把应该是那男人留在车里的提包丢了出来。男人站在车前，好像截杀似的漂亮地把包接住了。

此时副驾驶一侧的车窗也降了下来，"快上来！"牧田催促道。

现在轮到玲子反复打量眼前这两个男人了。

怎么办呢……拒绝的话，说不好这个看似牧田义弟的男人会干出什么。恐怕会看牧田的脸色行事，强行把玲子装进车里。但如果是玲子自己坐进去的，义弟很可能会老老实实地打车回去。这样一来和牧田便是一对一，总比同时与两个男人为敌好得多吧。而且那个义弟，玲子总觉得他哪里不对劲。从刚才起，他盯着玲子的眼神就相当不善。

"快点上来！"

好吧，豁出去了！

"那就……借坐一下吧。"

见玲子拉开了副驾驶一侧的车门，义弟便从车前面闪到了步行道上。

谨慎起见，玲子朝后排座位看了一眼。由于遮光玻璃的缘故，车内相当昏暗，不过依然可以确认到第二排和第三排座椅上并无人影。万一那里藏着其他手下，发现时已是寡不敌众——至少这种情况可以排除在外了。

玲子刚刚坐下，牧田就松了手刹，玲子赶紧把车门关上，下一秒车已经开了出去。

步行道上义弟的身影向左后方滑去，淡出了视线。直到最后一秒，那双眼睛都在狠狠地瞪着玲子。玲子急切地看向后视镜，但他并不在那里。

不过，相比充满恶意的眼神——

"牧田先生……你打算带我去哪儿啊？"

既然改成开车了，喝啤酒的事肯定也已经改戏了吧。现实中，黑社会对酒后驾车是怎样一种态度，玲子以前并不清楚，但至少不会当着现役警官的面胡作非为吧，她想。看来是自己想多了。

"我是去哪里都无所谓的……只要能剩下你和我。"

玲子当时只觉得脑门发凉，心跳声一度大得像要裂开一样。

身体里仿佛扬起了满天沙粒，像只有雪花的电视画面一样沙沙作响。玲子把手按在胸口上，想让里面安静下来，然而透过那只手感受到的，是自己的身体正在抗拒平静。

"什么意思啊？"

声音平静得连玲子自己都感到意外。

但牧田答得毫不含糊。

"就是想要你的意思。"

到了这个节骨眼儿上，玲子也知道骗不了自己了，尽管她仍然在寻找一个自己也不敢肯定的言外之意。

但果然是不存在的。把这句话掰开了揉碎了想，都只有那一个意思。

"心里容不下黑社会？"

玲子突然觉得嘴里又干又涩，舌头打了结。

"就算你是刑警我也不在乎。越来越想要你了。"

怎么会呢……

"我又不是一件东西。"

295

"是啊，东西的话能用钱买，但你是买不到的。出来卖的女人另当别论，但是那种东西我也不稀罕要。我想要的……就是此时此刻你这个人，别的都没兴趣。"

糟了……完全无心看路。车正开在哪里，自己一头雾水。

有那么一段时间，牧田只是一言不发地开车。虽说是理所当然地，遇上红灯，车便会停下来。真想逃走的话，那时就已经夺路而逃了。玲子却没有。理由说不清楚，总之她选择了留下。

牧田的车随后驶进了一条令玲子颇有印象的街道。她记得这里是外苑西路。那么再往前就是白金台了，外苑西路与目黑大道的交会处。

自己果然没记错，开到与目黑大道的交叉口了。他是打算在这里右转吗？那就是开往目黑站方向了。

然而开不多远，牧田便向左侧打了轮，始料未及地把车开进了一栋公寓楼的地下停车场。

驶过相当长的下行坡道后，车进入了一片宽广程度直逼商场和酒店的地下停车场。

牧田将车开到尽头后右转，之后再次开到尽头，把车斜向停在空位上。

想逃的话，现在恐怕是最后的机会了。

牧田挂 P 挡后熄火，解除安全带。

玲子抓住这一瞬，解开安全带后身体立刻朝向了车门。

"等等。"

事情就是这么没逻辑可言。你冲一个小偷喊等等，他必然不会等你，但自己是个警察，有人说等等，你就得等等。

牧田把手搭玲子右肩上。虽然谈不上靠力量征服，那只手上的力道确实在一点点加重。

"非要撕破脸才能搞到手的话，我也觉得没趣。"

力量明明没有大到无法反抗，身体却被他拉回到了座椅上。

那只大手顺着肩头绕过脖子，另一只手则伸上来罩住了玲子的左半边脸，一直够到了耳朵边。

玲子就这样任由牧田搂了过去。

情不自禁地，她闭合了双眼。

因为已经不忍直视自己会变成怎样了。尽管知道，闭上眼就等于默许了对方的行为，她仍然选择了闭合双眼。

温热的触感覆盖了嘴唇。尖刺状的东西遍布周围。浓郁的，男人身上的味道充满了鼻腔。

舌头迫不及待地钻了进来。说什么不想硬来，上下牙都被它生生撬开了。黏糊糊的唾液、烟油的味道、呼之欲出的自己的舌头。那种感觉绝对称不上美好，之前还紧绷着的身体却不顾神志的反对擅自泄了力，再也紧张不起来了。

牧田的右手由脸颊伸向脖颈，一边用指尖挑拨着头发，一边让掌心贴合肌肤。

现在的话也许还能悬崖勒马。跟他说不能再越雷池半步，然后一把推开他的身体。他若付诸暴力，自己也并非无计可施。自己已经不是那个赢弱的十七岁高中女生了！自己当上了警官，也掌握了对抗暴力的技能。尽管没有把握对黑社会一定奏效，但至少自己是不会坐以待毙的。

但在另一方面，只要自己不说，替自己守住这个秘密不就好了……另一个自己正在心里低语。仅此一次，一次又有何不可呢？看来自己的愿望已毋庸置疑。

此时牧田的手已降到玲子胸前，隔着针织衫急不可待地抓挠着底下的胸衣。

牧田的嘴唇沿脸颊滑到耳朵上，再滑到脖颈上。两只手掀起了针织衫，掀起了内衣，直接触碰着玲子的肌肤。右手从侧腹部的刀伤上划过去，绕到了后背。仅此轻轻一触，玲子就浑身打了个哆嗦。

顺着脊背爬上来的指尖开始搜索胸衣的挂钩。别被他找到啊……然而还有余地去担心这种事的，就只有现在了。"啪"的一声，胸前的包围感消失了。

玲子不禁呼出一口气。

身体，已经不再受控制了——

身上的力气正在加速消失。就连想要反抗的意志，也势不可当地越发绵软无力了。

小腹那里，突然有个东西一拱一拱地蠕动起来，感觉是在摸索玲子裤子的拉链。

如此想来——牧田的嘴唇、左手、右手，看似全部各自为政，其实又都各司其职。

别看长得那么粗犷，相当灵巧呢，这个人——

就在玲子因此分心的时候，拉链已经被拉开了。

啊……真的，快要受不了了——

现在她连牧田的哪只手正在做什么都分不清了。

"啊……"

这么丢人的声音，竟是自己发出来的，听得自己都要脸红了。可是又有什么关系呢……就随它去吧——

"嗯……"

但随着牧田低沉的一声，将玲子从背后裹住的巨大身躯停止了一切动作。

怎么回事呢……原来是玲子上衣兜里的手机振了起来。

尴尬不悦的气氛荡漾在蒸汽笼罩的车内空间里。

总之不能再这样下去了！

"手……起来一下……"

牧田错开双眉，露出苦笑，像是在说"开什么玩笑"。

抽出手指时还故意又撩拨了一下。

明明心思已经不在了，浑身的神经却因此又被炸了起来。

"真是的！"

玲子一抱怨，牧田那张脸就扭曲得更显坏心眼了。

玲子整了整上衣，把手伸进兜里。

掏出手机一看，小屏幕上果不其然显示着"今泉春男"四个字。

心情实在是跌到谷底了，尽管全部都是自作自受。

"喂，我是姬川。"

"啊，账户的收支情况，查清楚了。"

太好了！

"挺快的嘛。"

"哦，交给顽铁去办的。"

原来如此。这次的阵容还有这一手能用。

"结果呢，查出什么了？"

"遗憾的是柳井没有在 ATM 上取过钱，不过，那个账户每个月会被自动扣除七万两千元，此外还有电话费和电费。"

什么意思？

"只有电话费和电费，没有煤气费和水费？"

"没有，只有电话费和电费……很奇怪吧？"

"是啊……那么那七万两千元又是什么呢？"

"我想应该是房租。"

"哦，房租的话，我和那栋公寓的房东见过一次，我去问问吧。"

"可以的话，就这么办吧。"

今泉说账户明细过后会通过电邮发给玲子，之后便挂了电话。

再次恢复寂静的车内，挡风玻璃上面蒙着雾气，处处结成水滴滑落下来。

从远处传来轮胎摩擦路面的尖锐声响。

牧田松了松领带，胳膊肘抵在车门上，看着玲子。

玲子突然意识到自己的衣冠不整，觉得有些难为情。

"别那样看我……"

她拉上裤子拉链，调整了内衣和针织衫的下摆。胸衣的挂钩依然敞着，但眼下在车里，她做不了什么。

牧田叹了口气。

"查出来什么了？什么煤气费、电费、房东之类的。"

"啊……好像是有点收获……多亏了你。"

"房东，是赤堤那栋公寓的房东吗？"

玲子点头说"嗯"。

"是吗……那就没辙了。"

牧田调整坐姿，伸手去按点火键。

"我送你。"

哎呀，还能这样！

"偶尔被迫叫停，感觉……也没那么糟嘛。"

哎，是这样吗？

牧田，原来是这样一个人。

3

简直是着了魔了，活到这把岁数居然还能兴奋成这样。然而被一个电话临时叫停，不能说不无遗憾。

不过拜其所赐也有了意外的发现。

姬川把手机抵在耳朵上讲话时的侧脸，相当不赖。沉浸在工作中时，那张脸蛋别有一番韵味。

较之向男人献媚、垂涎于权力与金钱的女人，眼神有着根本的不同。并非紧紧盯着眼皮底下，而是注视着更远的地方，遥望着地平线上自己该去的地方。就是那种眼神。

来电话的人，想必就是之前在咖啡厅里和她通电话的那个人吧。似乎是从柳井使用的非实名账户里查出了什么。

事情被电话搅和了，牧田的心气也降下去了。想到自己一把年纪，还要和女人从这种地方起步，牧田忽然觉得有点抬不起头来。

听说自己要送她去赤堤，姬川显得有些惊讶，但她很快笑了，笑得跟个孩子似的，看了让人不免心生嫉妒。

五点半离开停车场时，天色已经暗下来了。

开了大约十分钟，姬川的手机又震了。这次似乎是短信。

"Y、O、Planning……"

姬川对着屏幕小声念道。

YO Planning，听着有点耳熟，是哪里来着……

"那是什么？"

坐在视野边缘的姬川轻轻歪头。

"嗯……柳井使用的若松名义的账户，每月都会自动扣除电费、电话费，还有七万两千日元。那七万二，就是被这个叫 YO Planning 的企业扣掉的。这件事，怎么想都……"

YO、Planning……

"呃……该不会是高田马场的那家不动产管理公司吧。"

恰巧遇上红灯停了车，牧田扭头看向侧面，姬川正用会咬人的眼神盯着自己。

"你知道吗？确定没搞错？"

"应该吧。问川上的话一准能知道。"

"那是谁啊？"

"刚才的司机，我义弟。"

牧田把车开上路肩，给川上去了电话。

"喂……"

"是我，你现在在哪儿呢？"

"事务所里。"

奇怪了，川上的语调从来没这么不爽过。看来还在为用出租车把他打发回去的事耿耿于怀吧。

"有个事想让你马上查一下……YO Planning，Y、O、Planning。我记得是高田马场附近的一家不动产管理公司，应该没记错吧？"

"请稍等。"

川上似乎是带着手机走到了电脑前。电话里传来了微弱的敲击键盘的声音。

"是的，没错。高田马场三丁目，YO Planning。在早稻田大街上，西友百货和音乐专科学校之间，森中 Building 的一层。"

"你知道他们背后是谁吗？"

"这个啊……不，没什么印象。"

"查一下。然后，那家公司是不是在负责收取以若松或者柳井的名义租借的房产，也查一下。可能的话，还要那地方的地址。"

"明白了，给我点时间。"

挂断电话后，姬川靠了过来。

"怎么说啊？他知道吗？"

"暂时还说不了什么，可能要花点时间……不管怎么说，还是不要随便往赤堤跑比较好。既然是马场的专门公司负责的房产，那地方很可能就在马场那一带。不如直接把车开到那边去。"

"说的也是……那好吧。"

"可以吗？不去赤堤了，往高田马场。"

"嗯，拜托了。"

于是牧田重新把车开了起来。

或许是世间处处已进入了年末年初的假期吧，道路上感觉比平常空旷了许多。

"啊……"

姬川情不自禁地一声轻叹。

牧田不由自主地联想到了刚才的"那一声"。

"别突然发出这么娇滴滴的声音好不好……"

"不、不是啦……是下雨了，你看。"

牧田一看，还真是。雨点开始啪嗒啪嗒地打在挡风玻璃上。

"带伞了吗？"

"嗯，折叠伞的话，带着呢。"

两人说话的工夫，雨点眼看着大了起来。顶篷上也变得吵闹起来，浮现在前灯中的路面上溅起了白雾。

"看来折叠伞是搞不定了。"

"是哦……"

"要不然，找个能休息的地方，避避雨吧？"

带着一股扎入的气息，姬川把眼神瞪了过来。牧田侧眼看过去，她就把脸躲去正前方了。

"请你不要开这种玩笑。"

怎么搞的，突然就玩清高呢……

驶过高田马场站后，牧田在目的地那栋楼附近停了车。

外面的雨势依然很大。

"说起来，你多大了？"

姬川低着头，突然扭捏起来。

"三十······一······"

"哦。"

姬川等了两三秒，看回牧田。

"哦是什么意思啊？没啦？"

"应该有什么？"

"显得年轻啦，还以为你岁数更大啦之类的，总得有点什么吧！"

"哦······这方面的话，算是和年龄相符吧。"

"这算什么啊······"

姬川无趣地把头扭到前面去了。

"不过嘛，真要说的话······依我看，你那身子是够嫩的。"

玲子听了，身子缩得好像拉满了弓，打算把浑身的针都射出去。

"说过了吧······少来这种玩笑······"

"哦哟，还真挺吓人的。"

这时又有电话打进来了，不过这次是打给牧田的。

"喂。"

"我是川上。您辛苦了。您要我查的，已经查到了。"

"是吗，怎么样？"

"后台是矶边先生那里的安谷。"

矶边和牧田一样，同为石堂组的若头辅佐，安谷则是他手底下的中坚分子。既然是自己人，事情就好办了。

"然后 YO 那边，他们坚持说在电话里不方便透露，但只要牧田先生亲自出面，之前的账目都是可以拿出来看的。您看呢？"

"哦，那就可以了，我这边已经到附近了。"

"这样啊……您知道那地方在哪儿吗？"

"知道，西友的隔壁吧。"

眼下牧田停车的位置，正好是西友百货的门口。

"替我跟矶边和安谷道个谢，那就这样……"

"哦，大哥！"

川上的语调突然变了。

"怎么？"

"那个……刚才那女的，谁啊？"

"她啊……"

姬川就坐在旁边，这话肯定是没法说的。

"回头跟你说，先挂了。"

牧田不等川上回话，直接挂断了电话。

"走吧。说是去了就能搞清钱的去向。"

"真的吗？"

"都到这儿了，骗你做什么。"

把车开进停车场后，两人撑起姬川那把折叠伞，一口气跑到了楼门前。

"淋到牧田先生了吧？。"

"咳，不是最大号的伞，罩不住我的。"

姫川从包里掏出手帕，蘸了蘸牧田肩上和袖子上的雨水。

如果她不是刑警的话——

牧田无论如何也摆脱不掉这个念头。

姫川又擦了擦自己的肩头，然后叠起伞，站在自动门前，"YO Planning"的标示随着门的开启一分为二。

"欢迎光临！"

一个一身西服、一脸正经的男人迎了上来。

"呃……我是牧田，应该有个叫安谷或是川上的人，和你们打过招呼了吧？"

"是，全听您的吩咐，请来这边坐吧。"

店里很亮堂，像手机营业厅一样摆着长长的一排柜台。牧田和玲子被请到了离门口不远的座位上，四周没有其他客人。

店员说失陪一下，回来时手里拿着一张字条，坐在了两人的正对面。

"呃……首先需要声明的是，这些毕竟是客户的个人信息……"

"正是为了这个来的。"

"啊，是……所以，至少，请允许我过问一下，二位需要这些信息是作何用途呢？"

"抱歉，这个，你得当没这回事了。"

店员的表情一下子僵住了。

"我只能说，没什么是你需要担心的，也不会给你们店里添麻烦。"

"哦……"

"再说还有安谷的面子在，不可能胡来的。"

牧田说完，把手一伸。店员双唇紧闭，像是在投神告佛一样，毕恭毕敬地把字条呈了上去。

拿来字条一看——若松茂之，西新宿八丁目，菅沼公寓，二○二号房，七万两千元。

"谢了。"

牧田的手掌砰地扣在柜台对面那只瘦弱的肩膀上，震得那人小便失禁似的浑身一抖。

"不敢当……"他向牧田行了一个九十度的大礼。

外面的雨势依旧如土沙倾泻而下，两人到附近的便利店里买了两把特大号雨伞，匆匆回到车里，一路向字条上的地址驶去。

虽说是西新宿这种繁华地段，排到八丁目后也只是普通的住宅区了。这一带建的大多是小二层，特别是那些独门独院，基本上年头已久，淋过雨的灰泥外墙尤显落魄。道路被两排房屋夹在中间，又挤又窄，而且路灯罕见。目的地菅沼公寓并不难找，只是碍于门前拥挤，找不到一个合适停车的地方。

无奈之下两人只好再去寻找投币停车场，然后再在大雨中撑伞前行。

最终抵达的这栋菅沼公寓，与柳井在赤堤的住处颇有些神似。一栋寒酸的木造公寓楼，除此以外再想不出别的形容。

建筑本身属左右对称结构，共两层，每层两户，每户都有窗户开在正门一侧。通往二层的楼梯就设在一层正中。一层两户的房门似乎是开在了建筑的后身，需从右侧过道绕行进入。

"说是二○二号，对吧？"

"嗯。"

姬川合了伞，朝阴暗的楼梯走去，牧田跟在她后面。上楼时，姬川的屁股恰好摆在牧田眼前，但由于几乎伸手不见五指，所以别说性感的臀部了，就连臀部也是看不见的。

台阶是水泥的。上到楼顶，二层的地板也是水泥的。楼道在眼前向左右展开。确认过门牌后，转身左手边是二〇一，右手边是二〇二。楼的背面有扇窗户，微弱的灯光从后街的民家里打进来。

姬川握起了拳准备敲门，但不知为何，几秒钟过去了，她依然静止在那里一动不动。

"怎么了？"

握拳的手竖起食指，在嘴边做出"嘘"的动作。

虽然说不清原因，但是姬川的眼神看起来异常冷峻。

她把脸凑过去，把鼻子贴在门缝上，嗤嗤地轻轻嗅了两下，然后移动到右侧黑漆漆的窗前，同样嗅了嗅。

随后她眯起眼，仿佛能透过毛玻璃看到里面的情形。

"牧田先生……"

声音低沉、暗淡。

"今天就到这里，请回吧。"

"啊？"

姬川的目光依然注视着不可能被看透的窗户对面。

"等我报了警，警官赶来时，我就不得不向他解释你我之间的关系了。这种情况暂时还是应该回避的。"

报警——？

"什么意思？"

姬川挺直了背，这次像是在扫视窗户的轮廓一样移动着视线。

"有很大的可能性……这里面，有人死了。"

牧田身后的不动明王骤然发出了针刺般的麻痹感。

"有人……死在里面了？"

姬川听了缓缓点头。

"怎么能够知道呢？"

"像这样。"

姬川扬起下巴，再次用鼻子发出哧哧的声音，漂亮的鼻翼随之一缩一张。

"闻不出来吗？是尸臭。"

闻不出来。虽然能闻到轻微的霉味，但那股味道在这类破旧的公寓里是再平常不过的。因此，隔了半晌，牧田才反应过来，姬川所指的，是"尸臭"。

"并非死于外伤，因为几乎闻不见血腥味。从尸体遗漏出的体液、粪便、尿液，以及腐败的味道也很轻微……可能是病死。若是他杀，最有可能的便是缢死或毒杀。除此以外的话，也许是上吊自杀。以上情况，闻起来都会是这股味道。"

恍然间，牧田体会到了什么是毛骨悚然——拜这个名叫姬川玲子的女人所赐。

那种令自己汗毛竖起的感觉，仿佛正站在自己眼前的这个女人是幽灵或者妖怪那一类正体不明的东西。牧田仿佛已经看见了那双奢华的手舀起腐肉，若无其事衔在嘴里的场面。

"情况就是这样……所以，拜托了，今天就请回去吧。"

讲话时的语调也和之前判若两人，少了抑扬顿挫，好像丢了魂似的，又像是被什么东西上了身。

然而就算姬川的理由再充分，牧田同样有着不能二话不说转身就走的理由。

"谁死在里面了？不会吧……"

姬川缓缓把头低下去。

"可能是柳井健斗，也可能……是第三个牺牲者。这就不好说了，毕竟只能靠闻的。"

怎么会呢，到底发生了什么？！

这时姬川忽地吐一口气，卸下了肩上的力气。

终于，她重新看向牧田。

整个人的状态回来了，回到了初次见面时的、在新宿为自己左眉处理伤口时的、在车里抱在一起时的那个姬川玲子。

"所以……求你了，今天，回去吧。"

牧田不由得叹了口气。

现在的心境，就仿佛刚从噩梦中惊醒，仿佛被狐狸迷了心窍一样的匪夷所思。

"明白了……过后再联系。"

确认姬川冲自己点了头，牧田这才踏上了通往楼下的阶梯。

走下最后一级台阶，他回过头，仰望着那一级级台阶的上方。

那里只有一扇泛着微光的窗，姬川的身影无处可见。

她该不会就那样溶解在了腐败发臭的黑暗里吧……就那样消失不

见了……就这样再也见不到她了……

牧田无法抑制地这样去想。

4

晚八点电话打进来的时候，今泉还待在中野署的搜查本部里。

搜查会议刚开始不久，今泉坐在主席台上，心想就不接这个电话了，但是看到来电显示中"姬川"二字的瞬间，他改变了主意。此事非同小可的预感油然而生。

他向邻座的松山低头致歉后离开了主席台，走出了会议室。

在楼道里按下接听键，只说了一个"喂"字，姬川便开始在电话那头决堤似的说了起来。

"抱歉，这个时间打电话。那个……顺着您提供的情报，我查到了西新宿八丁目一处名为菅沼的公寓楼。我现在已经在这里了，还没进房间，但是从门缝里能闻到少许疑似尸臭的腐败味。搞不好……柳井健斗已经死在里面了。"

老实说，今泉当即有了眼前发黑的征兆。

"是吗……知道了。电话还没打吧？"

"是，还没有。就算里面真有尸体，把电话打到中心也不妥吧。"

要是能有更多时间考虑就好了，今泉想。

把电话打到指令中心，柳井的案子势必会被当作通常案件处理。由于通信指令本部是警视厅地域部的直属部门，之后就算刑事部长长冈作何努力，刑事部都将失去对本案的控制权。

不过按照姬川的说法，柳井只是有可能死在里面了，实际打开门确认之后，或许房间里没有任何人的尸体呢。

不如让姬川再干一次，跟房东说有紧急情况，然后把门打开进行确认……但是，到时候万一真像姬川推测的那样，发现了柳井的尸体，怎么办……总不能不向新宿署报案吧……在不予通报的情况下肆意挪动遗体，这不论怎么看都已经构成了弃尸罪。视情节而定甚至可能被扣上损坏遗体的罪名。从这里往后，就是调查手段合法与否的问题了。

不管怎么说，一旦发现柳井的遗体，问题就严重了。

看来有必要先把情况汇报给和田和长冈。

"姬川，既然可以闻到尸臭，可否认为遗体在死后已经经过了一段时间呢？"

"是，我是这么想的。"

"那就不要急了，先保护好现场，等我去和上头沟通。"

"知道了。"

挂断后，今泉马上拨通了和田的手机。此时和田刚从八王子的特搜本部返回到本部大楼。

"一会儿还要动身去碑文谷。"

"抱歉，课长，这件事能不能先放一放？"

"怎么，出什么事了吗？"

"是……其实——"

今泉一直走到楼道尽头，确认四下无人后，说道：

"关于那个柳井健斗，刚刚接到报告，姬川在西新宿找到了他以他人名义租借的房屋，并且，从房间里似乎能闻到尸臭……"

今泉说完，和田沉默了好一会儿。

"到底，还是调查了啊……"

"非常抱歉，是我的责任。"

"这不重要，原本我也不认为你会一声不吭就缩回去。我是在想，没能直接下令让你放手去干……想不到自己也有直不起腰杆的一天啊……"

非常抱歉！今泉再次向和田表示了歉意。

"明白了……总之，你先回来本部。部长那边，由我来稳住他。"

"非常抱歉！拜托您了！"

三度致歉后，今泉挂断了电话。

位于霞关的警视厅本部大楼，当今泉走进六层的刑事部长室时，长冈、和田，以及参事官越田已就坐在桌前。时间临近晚上十点。

"我来迟了……"

长冈没有请今泉坐下。不过就算他有这个意思，今泉也不打算坐着汇报。

长冈清了清嗓子，率先说道：

"今泉，你干了件让人下不来台的事啊……我之前还特意问过你，姬川主任是否有一意孤行。"

既然长冈要把话这么说，今泉就只有低头认罪的份了。

"十分抱歉！姬川会那样做……完全是我的意思。"

"是谁的意思都无所谓。在我看来，不论是你、和田，还是姬川主任，把谁扫地出门都差别不大。"

换句话说，自己手底下全是弃子喽。

"关键是如何守住日本的警察体制。上次是翻出了九年前的污点，这次又是什么……不但之前的嫌犯没有抓到，被害者还被他升级成了暴力团组长。"

是谁把藤元的事捅上去的，胜俣吗？

"这还不算完，现在又说那嫌犯可能已经死了……你们啊，废物到家了。"

的确，对警察来说，令嫌疑人死亡是极大的失职。

在这一点上，任何人都没有反驳的余地。

"搞成这么个烂摊子再来找我，是要我做什么呢？"

若不是因为你，事情也不至于搞成这个样子！这句话要是能说出去，心里该有多轻松啊。

"可能的话……关于最终查到的这处房产，希望您能把它的内部搜查令批给我们。"

"万一搜出了柳井健斗的尸体，怎么办？"

"现场位于西新宿，自然是……也只能交给新宿署去办了。"

"然后呢？"

"然后……计划是和新宿署刑事课一起，展开协同调查。"

"连自己部下都管不好的人，又怎么可能管得了鲁夫当道的新宿署刑事课呢？与其这样，不如静待那尸体自行化成一摊身份不明的脓水。查不出身份的话，便是和中野的案子扯不上关系了。新宿署接手的，不过是一桩普通的离奇死亡事件。"

这下算是摸清长冈的心思了。既然如此，今泉便也打算调整自己的姿态。

"我非常赞同您的看法。但事实上，像是家宅搜索这种程度的调查，姬川就算没有令状也可以满不在乎地执行下去。照这样下去，即使我不下令，她迟早也会自己进去调查的。到时候若是发现了尸体，她很可能会在第一时间把电话打到指令中心……这种情况，我想刑事部是有必要极力回避的吧？"

长冈听了脸色大变。先前不屑的微笑消失了，现在是明目张胆地瞪着今泉。

"你威胁我。"

"不管您怎么理解。"

"可没有好果子吃。"

"在查出柳井健斗身份的时候，我就已经有所觉悟了。"

"我是在说，不只是你。"

听了这话，此前一直双手环抱、一言不发的和田，突然探出了身子。

"部长。"

和田表情平静，但眼神中充满力量。

"部长，您知道我们这些刑警，一年到头要磨破多少双鞋吗？我们脚底下踩的，不是您熟悉的光洁照人的地砖、一尘不染的绒毯，是柏油路，是沾满小便和呕吐物的小巷，是下过大雨就像池沼一样泥泞的空地……我们干刑警的，浑身上下怎么脏都可以，并不会有哪里觉得痛，真正会疼的……是这里。"

和田用拇指戳了戳胸前那条不起眼的灰色领带。

"案子破不了，谁也帮不上，无能为力，愧对遗族。凶手死了，给不了他们改过的机会，来不及救他们，对不起他们……因为这些事情，夜深人静的时候，恨得自己咬牙切齿的时候，这里，最痛。"

和田双手扶膝站起身来。

"如果你觉得可以为所欲为的话，那就请便吧。就算没有我，就算没有今泉，警视厅也是不会垮的……当然没有了你，也是一样。不过是被扣了一桶脏水，对我们来说，连个屁都不算。如果我个人的名誉成了搜查的脚镣，请吧……想要的话，我随时呈上。"

行过一礼后，和田从今泉身边经过，朝门口走去。

今泉也效仿着和田的方式，向长冈低下头后，追随和田而去。

走出部长室后，今泉三步并作两步，追上了和田。

"课长，抱歉……都怪我……"

"不怪你，今泉。"

和田拍了拍今泉的后背。

"怪我一直担心一课的体制不能维系，在这件事的处理上举棋不定。怪我想要明哲保身，禁不住部长蛊惑……但是姬川……那孩子用实际行动告诉我，事情不是我想的那样，刑警，也不是我想的那样。是她让我重新想起来了……看来这些年轻人，也没有我想象中的那么指望不上嘛！就算再不济……也不能拖年轻人的后腿啊！"

不对！真正举棋不定的人，是自己才对！受部长妖言蛊惑的人，其实也是自己——今泉在心里翻江倒海，却怎么也吐不出半个字来。

"走吧，今泉！"

"啊,去哪儿?"

"当然是西新宿了,姬川还等着呢。是需要先取得令状,还是需要先见机行事,不是应该先去现场看看情况嘛!"

今泉感到了一股阔别二十二年的激动心情,正如泉涌一般由心底迸发出来。

"是!"

尽管自知是感情用事,今泉依然忍不住向和田鞠了一躬。

今泉迅速联系了日下,说定在西新宿的菅沼公寓前会合。

当晚十一点十分,和田与今泉赶到现场时,日下已经先一步到了。

"辛苦了!"

日下站在楼前,撑着一把巨大的黑伞。

"姬川呢?"

"在里面。房东也已经叫来了。"

"进去了吗?"

"还没有。不过,我想如果拖得太晚,可能会联系不上房东,就自作主张提前把人叫来了。也已经争得了当事人的同意,对方表示愿意配合我们的工作。"

真是不可思议,同样是自作主张,日下的照章办事就让人放心许多。日下与姬川,两人的关系虽然谈不上友好,但在今泉看来,拥有这两位办事风格截然相反的主任的杀人犯班第十组,从某种意义上讲是个职能非常均衡的团队。

"您先请。"

日下把和田请上了楼梯。

今泉看向二楼，灯泡微弱的亮光散落在台阶上。然而跟在和田身后踏上楼梯时，脚下形成的阴影里却只有黑暗。加之侧面没有护栏，今泉下意识地伸手去扶墙壁，但他很快想起来自己没戴手套，于是只好作罢。

"课长……您辛苦了。让您费心了，抱歉。"

见和田走上来了，姬川一反常态，畏畏缩缩地迎了上去。两人站在一起时，姬川还显得高一点。

和田点头回应了姬川，之后直接转向了她身边想必是房东的中年女性。女人的年纪在六十岁左右。

"这么晚还请您跑来这里，非常抱歉……我是警视厅搜查一课的和田。"

这是今泉曾经习以为常的，和田与人初次见面时的问候方式。那声音柔和，间隔有度，直入人心。

"给您添麻烦了……我们的警官，非常担心屋里的状况，所以，一下子就好，能否劳烦您打开门看一看呢？如果没有任何问题，那就真的是……只需要大致看一眼，尽量不耽误您的时间。"

同样的情况下，日下也罢，姬川也罢，都属于会把紧张感散布出去的类型。但是和田就正相反。和案情有关的人也好，自己人也好，在他营造出的气氛中，都会不自觉地放松警戒。

眼下便是这样。房东像是心中一块石头落了地似的点了头。

"说的是啊……那就，赶紧打开看看吧！"

"好的，拜托您了。"

楼道里又窄又短，被五个成年人挤得迈不出步子。警官们调整了相互间的位置，好歹让房东走到了二○二号房门前。

　　房门是老式的木门。只见房东将钥匙插入门把中央，随即听到金属件轻轻的滑扣声，门把被拧开了。

　　打开门，才窥见了从中漏出的一点暗，房东便像是被噎到了一样，痛苦地捂住口鼻。

　　这也难怪。腐臭也好，尸臭也罢，都是摆在眼前的。尽管充其量只是厨余与便尿混合的程度，对于闻不惯的人来说，肯定相当刺鼻吧。

　　"里面的情形，还是不看为好吧。"

　　"的确……不好意思……"

　　房东听从和田的意见，往后撤了一步。

　　姬川戴上白手套，与房东一进一出站在门口。日下也上前一步站到了姬川旁边。

　　"不好意思……容我进去看看情况。"

　　姬川行过一礼，走进室内的黑暗，大致扫一眼左右两侧，向左侧伸了手。荧光灯一阵闪烁，房间里充满了青白色的光。

　　今泉也戴上手套，跟在两人后面。

　　首先进入视野的，便是在入口的正对面，一个人影的右肩朝向这一侧，站立着。毫无疑问是来迟了，今泉默默叹了口气。

　　门后是六叠大小的日式房间。一进门，右手边是简易水池，水池上方是面向楼道的窗户。紧贴右手边，靠里的位置上还有一扇窄门，应该是通往厕所的。

　　正面和右侧的墙上各有一扇窗，都拉着驼色的窗帘。左侧是一整面墙，墙上有个不大的门，后面大概是利用楼层间的楼梯结构，延伸形成的壁柜。

人影像是靠在了那扇门上，两腿弯曲成"く"字形。细绳状的物体缠绕并已嵌入了颈部。绳索由上方伸入门后，至于是如何固定的，只有开门看过才能知道。

人影脚下聚集了一摊黑色液体。牛仔裤由裆部向下，亦是被染上了茶色污渍。面部特征被前发挡住，无法窥见。右手臂松垮下垂，已出现浮肿，呈暗紫色，是死斑。

姬川脱下皮鞋，靠近人影，仔细审视其面部。

"基本上可以断定，是柳井健斗。"

姬川隔着白手套，合十了双手。

与此同时，日下向房间右侧的角落走去。那里摆着一个金属置物架，各种器械在那上面层层罗列着。然而就音响设备而言，器材明显缺乏玩味性，操作面板的设计也多少带有复古风格。房间里四处不见音箱的踪影，也找不到任何唱片或 CD 之类的个人收藏品。倒是在器材架左侧一个略矮的台面上发现了电脑。就其摆放方式来看，与那一架子的设备应该是成套的。

"日下，那些是什么东西？"

今泉站在玄关里问道。

"恐怕是……无线电接收器，拦截用的。"

日下蹲着身子，依然面向金属架。

原本还在检查遗体的姬川突然转过身来。

"拦截？拦截什么？"

"很有可能，是警方的无线电。"

日下起身说道。

"很有可能？这种事根本就不可能吧？"

姬川凑了过去。

"不，"日下摇头说，"刚跨过 2000 年的时候，警方的无线电就曾一度遭到拦截。"

"这我知道，是左翼游击队的所为吧。但在那之后，技术应该已经改良了。"

"并不止那一次。几乎是在同一时期，地下杂志 *Radio Freak* 的成员同样成功拦截了警方的无线电，并把这一消息发表在了杂志上。介于上一起拦截事件的影响，此时的警视厅已经发表声明，确定将引进最新型的无线设备，因此第二起事件并未造成太大轰动……但是这种事，就好比军备竞赛，要么领先十年，要么三五年就被赶上……"

今泉退后半步，向楼道里瞅了一眼，和田和房东已经不在了。似乎是到楼下去了。总之不必担心眼下的状况被旁人听到。

"你看这个。这是数字无线接收器。信号从这里进来，然后，大概是被录在了硬盘录音设备上。此时录下来的还只是数字杂讯，但在经过处理后……这个，这应该是自制设备，具体的工作原理不打开是没办法知道的，不过原始信号应该就是在这里进行转换，最终进入电脑……这台应该也不是普通的电脑。这个立着的是服务器，数据存储在这里面，最后被转换成声音文件或是怎么样……总之是先录音再解析，和左翼组织还有地下杂志使用的手法没什么区别。"

姬川像是想起来什么似的，眼珠打着转。

"这么说的话……被柳井拿来和石堂组的人进行交易、收取回报的情报……"

"所谓的情报，就是这个吧。换句话说，柳井的买卖就是把警方的情报卖给暴力团……还有他选的这个地方，也让人觉得有问题。如果是警视厅的基础频道，都内不论哪里接收到的内容应该都是一样的。但如果把拦截地点设在这里，就可以进一步对新宿署进行监听。这里的设备能否接收到涉及任务部署的电波还有待考察，不过，如果是新宿署的，特别是组对和生安的动向，就算让那些黑社会拿钱去换，他们也肯定想要了解一下吧。说不定此前组对五课在查抄行动上的接连失利，就和这件事有关。"

这时姬川一边留意着线缆的接口一边蹲下了身子。

她轻轻抬起键盘，从那底下抽出了什么。

"组长，请看这个。"

那是个细长的白色信封。姬川拿着它向这边走来。恐怕是遗书吧。

里面装着一张没有格子的复印纸。

"本人柳井健斗，为报家姐柳井千惠被杀之仇，现已将小林充杀害。亦除掉小林充长年拥护的暴力团组长藤元英也。此生已无牵挂。给你们添麻烦了。就此别过。"

尽管歪七扭八的，用圆珠笔写下的字迹却不显凌乱。

姬川站在一旁发出一声短叹。

"这，怎么会呢……"

今泉也把遗书递给了日下。

日下粗略扫一遍，皱起眉。

"如果遗体的指纹与那把枪上的指纹相吻合，杀害藤元的罪名就坐实了。"

"可是……"

姬川把目光投向日下。

"藤元不可能是柳井杀的！"

"那这封遗书又该怎么解释呢？"

"并不一定是柳井写的。"

"万一笔迹一致呢？"

"那就是有人逼他写的。"

"谁？"

姬川沉默了。

但是有一点毋庸置疑，事态正朝最坏的方向发展。

5

与警视厅本部取得联系的人是和田。

和田打电话时，玲子就在不远处听着。

西新宿八丁目，菅沼公寓二○二号房发现一具遗体。死者被认为是柳井健斗，二十六岁。现场呈现出上吊自杀的迹象。死后已经过数日。死者附有遗书，并在遗书中自白，目前调查中的两起杀人案件，均出自该人之手。分别为中野署负责的小林充遇害案，以及爱宕署负责的藤元英也遇害案。请求紧急联系相关分局——

最先赶到现场的是新宿署地域课的三名警员。紧随其后的是从中野署调动了一辆搜查用 PC 的两名刑事课强行犯组警员、一名组对课警员以及一名生安课警员。之后又有数名从新宿署赶来的刑事课鉴定组人员和制服、便衣警官陆续在现场集结。此外还有两组机动搜查队。时间将至午夜十二点，现场附近却热闹得像过节一样。

不久，组对四课的宫崎课长、中野署特搜本部的松山六组长及调查员两名、爱宕署特搜本部的四课八组长、搜查一课的四组长连同三名调查员纷纷抵达现场。案情的说明工作由和田与今泉担任。

玲子和日下负责协助鉴定人员进行采集工作。进入现场的经过、当时现场里的状况、个人的感受、触碰过的物体、当时的站位，对以上情况——予以说明后，再由鉴定人员采集两人的脚印。此外，遗书的发现经过自然也需要如实汇报。

正当众人忙不可开交时，搜查一课的检视官后藤警部沿楼梯上到了二层。现场的检视工作似乎由他全权负责。

"哦？玲子小姐？这里的案子也归你们管吗？"

"您辛苦了……案子本身不归我们管，不过，牵扯到很多事情啦。"

"哦，这样。"

后藤穿着与鉴定员相仿的工作服，同玲子寒暄两句后便进入了现场，面向依然挂在壁柜门上的柳井合十了双手。

"那就……尽快开始代行检视吧。记录工作就拜托了。"

周围的鉴定人员点头回应。

"是，拜托您了。"

后藤详细观察了仍处于悬挂状态的柳井的面色、绕颈情况、着装、手臂的肤色、整体的姿势，并口头传达了鉴定记录。之后，后藤终于开始触碰遗体。扒开眼睑检查瞳孔，按压面部皮肤，确认其紧实程度及血色的回复状况。

"死后大约已经过三天……确切时间要等胃内残留物检测结果出来以后再做定论。"

如果后藤推测得没错，自杀便是发生在藤元遇害的翌日，在时间上与遗书并不矛盾。

"好了，让他躺下吧……一直这样也怪可怜的。"

所幸房间的正中从一开始便空着，那里的空间足够安放遗体。

垫上蓝色塑料布后，几名鉴定人员合力抱住了遗体。

"可以动了吗？会拽开柜门吗？"

"还不行……再稍微，往前一点。"

似乎在不摘除颈部细绳的情况下是很难挪动遗体的。只好让遗体保持站立状态，先将细绳解开。

如此一来，颈部被勒出了一圈深深凹痕的柳井的遗体，终于离开了背靠的柜门。将其颈部与柜门牢牢绑在一起的细绳状物体，似乎是某种线缆。不管是电脑用的，还是用来连接无线电接收器与其他设备的，总之韧性相当强。

这根线缆似乎是被捆在了壁柜内部的横框上，再由柜门上缘伸出，柳井将其套在颈部后放松腿部的支撑力，以此了结了自己的生命。

单就现场的情形判断，后藤认为并不存在他杀的可能性。

正式的死因是缢死。颈部周围的索状痕迹并无可疑之处。虽然多少有向头部上方偏移，但被认为是死后的皮肤干燥所致。皮肤表面虽出现破损，但并未出血，因此造成这一擦伤的时间点，应在死后。

线缆的使用状况同样没有值得怀疑的地方。倘若是他杀，作为凶器的细绳状物体上，以及用于支撑遗体的着力点上——即壁柜门上，应该能够见到多处毛刺状破损，然而这在现场里是没有的。此外，尿液与大便的失禁现象亦发生在遗体的正下方。他杀时会出现飞溅现象，现场里同样不存在。

整体面色苍白，流泪、唾液的漏出、耳鼻的出血等方面均未见可疑之处。双手手腕外侧、手掌、指尖以及双脚脚踝处皮肤出现破损，不过均为临死前的挣扎所致，并非与他人扭打时造成的防御性损伤。此外，手脚末端呈现出的死斑，其性状亦属自然。

"余下的部分，就等转移到署里以后再做吧。在这种地方赤裸着身子……连佛祖都该不愿收留他了……"

柳井的遗体被抬上鉴定人员带来的担架，由现场运往了新宿署。

十二月三十日，凌晨两点半，玲子随同和田、今泉、日下以及桥爪管理官，来到了警视厅本部的刑事部长室。

"姬川警官……违反命令单独行动，让调查工作功亏一篑的人，就是你吧？"

刑事部长长冈脸型瘦长，面由心生地长着一脸官相。年龄大概五十岁多一点。虽然在外表上与今泉是同一代人，给人的感觉却截然不同。一个动，一个静；一个感性，一个理性；一个重情义，一个重策略；一个明事理，一个顾体面。在大体上，便是这样的一种对立关系。

面对长冈的质问，玲子只管低头，没有回话。是今泉事前嘱咐她了，多余的话一个字也不要说。

"你的处分咱们以后再说。关于柳井健斗的死亡原因，我决定暂时不予公开。只要不涉及遗书的内容，那就是一起普通的自杀。至于遗书，那是现阶段还没有被发现的东西。"

原来如此。单就避风头而言，这个方案还算不坏。

"只不过……藤元和小林被害的这两个案子，不能一直就这么放着。不过，介于年末年初这段时间各界都在放假，现场记者也好，报社和电台也好，反应都多少会迟钝一些。所以……到来年一月四日为止，我需要你们搜罗好证据，把小林遇害、藤元遇害，还有柳井自杀这三个案子，当作三起不相干的事件分别处理。"

到四号的话，满打满算不是只有五天嘛！

别开玩笑了！玲子想，但她保持了沉默。

"好吧？根据你们在这件事上的表现，你们今后的境遇将大为不同……今泉警官，从现在起中野的特搜本部将不再触及柳井和藤元的案子，专职处理小林的案子。和田警官，由你负责让爱宕的特搜本部一门心思地处理藤元的案子。"

"可是——"

发话的人是和田。

"柳井的遗书目前正保管在新宿署里，组对的人也已经看过了。"

"不必担心，遗书必然会被送到科搜研的文书鉴定课……这么说你们就明白了吧？"

科学搜查研究所是刑事课的附属机构。的确，那封遗书落到长冈手里只是时间问题。

但和田不打算就此罢手。

"那么，柳井的指纹若是被发现与杀害藤元那把枪上的指纹吻合，又该如何是好呢？"

"两边的特搜本部之间，没有互相接触的可能。不，应该说也包括中野在内，三方都是一样。既然是当作不相干的案子处理，这是理所当然的。所幸，杀害藤元的那把手枪，眼下是保管在这里的。"

长冈用手指了指斜下方。这一指，指向的想必是设在警察综合厅舍二层的刑事部鉴定课。长冈既然能从资料班撤掉一切关于柳井千惠被害的资料，将一把手枪的相关记录藏匿起来恐怕也不在话下吧。

"剩下的，就只有指纹数据了。这样一来不就没问题了？"

别开玩笑了！是大有问题才对吧！

玲子和今泉是这样说的，自己不回中野了，要去鉴定课把手枪的指纹数据拿下。

"可是现在去的话，那里没人啊……"

两人看一眼手表，凌晨三点二十分。

"我等到早上。"

今泉将寻求意见的目光投向了和田、桥爪和日下。所有人都轻轻点了头。

"不过……姬川，你可不要太勉强了。"

"是！谢谢您的关心！"

在六层与四人道别后，姬川来到了警察综合厅舍的二层。

到了以后她意外地发现，鉴定课的办公区域里其实还有人留守。楼道里虽然黑着，特殊写真组的房间却是亮的。往里一瞧，两名工作人员正在进行着某种作业。

玲子站在门口问候道：

"那个，这么晚了，十分抱歉……"

回应玲子的是一位比她年龄稍长的，姓酒井的女性巡查部长。

"有什么事吗，姬川警官？这个时间来。"

"那个，指纹组的人，到了早上会有人来吧？今天。"

"嗯……"

酒井把目光投向空中。

"因为不是一个办公室的，我也不敢说得很肯定，高木警官的话，应该会来吧。那个人，就没有停止工作的时候，只要不是病了，没有哪天是不来的。"

高木巡查长的话，玲子也认识这个人。"指纹加急找高木"，这在刑事部里已经成了顺口溜。

"原来是这样，我明白了……然后，还想麻烦你一下。到早上之前我没地方去，可以在这里等吗？"

"嗯，不要紧的。"

酒井把玲子领到一张空桌子前，又给玲子倒了一杯咖啡。

"不好意思……那个，不用管我了，请继续忙吧。"

"嗯，抱歉，因为有急事要处理。"

玲子说"谢谢关照"，收下纸杯，向前去工作的酒井鞠了一躬。

可是——

剩自己一个人后冷静地一想，眼下的状况还是挺诡异的。

如果遵照长冈的旨意，将这三个案子分别处理的话，至少刑事部最终是可以毫发无损的。而玲子这方面呢，虽然不赞同长冈的做法，但是对于组对主张的小林与藤元为同一凶手所杀的观点，以及健斗的遗书中所提到的情况，也是完全不认同的。一个普普通通的漫吧店员，怎么想也不可能是杀害了藤元英也——日本最大的暴力团大和会的三级团体，仁勇会会长的凶手。只因为被小林长年拥戴，藤元便属同罪，就动机而言遗书上的这句话实在不足以为信。

这样一来……如果柳井杀害藤元的自白是假的，那么遗书中关于杀害了小林的那句话，是否同样值得怀疑呢……搞不好藤元和小林没有一个是柳井杀的。他可能只是被人栽赃了。如果是这样的话，不管长冈想要制造出怎样的事实，柳井的自杀和其他两个案子之间恐怕都是没有关联的。

玲子不禁想到了内田贵代。

她还不知道柳井死了的事呢……

贵代的声音回荡在脑海里。

"我一个人来东京，可孤单了……可是看到他，我就想，原来东京也有这么孤单的人呢。然后，我的眼睛好像就离不开他了……"

就结果而言，玲子没能替贵代挡下更多的孤独与寂寞。为此不论怎样道歉，玲子都觉得是自己愧对了她。是自己没能赶上。是自己没能救下柳井。是自己让贵代腹中的孩子失去了父亲——

案情发展至此，今后自己该怎么办呢……

是听从长冈的安排，停止一切关于柳井的调查，将小林之死单独立案呢，还是沿着举报柳井为凶手的匿名电话，将调查进行到底呢……

究竟该怎样做，玲子自己也想不明白。

"姬川警官——"

听见有人拍着自己的肩膀叫自己的名字，玲子抬起头来。

"嗯……"

看来自己是不知不觉趴在桌子上睡着了。

把玲子叫醒的人是酒井，不过高木——一个略微发福、戴着银框眼镜的中年男人就站在她旁边。

"哦……早上好……"

"姬川警官……口水……"

酒井从一旁的纸巾盒里抽出两三张递给玲子。

"哎呀，真是的……抱歉！"

但其实不需要把"口水"两个字说得那么清楚吧！玲子心里反而有点怨她。

玲子正擦着嘴角和桌面，高木弯下腰看向她。

"那个……其实我正好有件事想要通知姬川警官。"

"啊？什么事啊？"

玲子条件反射地站起来，结果两个人的视线的上下位置，一下子颠倒了。

"是关于在中野收押的那把手枪。"

高木边说边招呼玲子跟他一起来，于是玲子一面向酒井低头致谢一面跟着高木往楼道里走。

"嗯，其实我也是因为那把手枪的事，有件事想要拜托您。"

来到隔壁指纹组的办公室后，高木打开了照明开关。

"可是，为什么高木警官要通知的人是我呢？"

"哦，那把枪的扣留书，是姬川警官填写的吧？"

说的也是。当时井冈一直在哭，自己就无奈地把表填了。

"然后，那上面的指纹我调查过了……怎么说呢，有点不对头啊。"

不对头？

"您指什么呢？"

"我也不知该怎么解释……总之，太清晰了，留在那上面的指纹和掌纹。通常来说，开枪的时候，受到后坐力影响，指纹会出现滑蹭。何况还有手汗的问题，指纹从来都不是完整的。但是从这把枪上采集到的抓握印迹，几乎是完好无损的。这不是很奇怪吗？"

"就是说……开枪的人，对枪械非常熟悉喽？"

高木摇头。

"不，我想说的不是这个，应该说……"

对了，高木并不清楚那指纹是柳井的，因此在判断时并不会从这个角度出发。

"影印下来的痕迹，给我的感觉……与其说是徒手握枪，更像是戴着手套时，由树脂材料造成的防滑效果。"

嗯——

"为什么会这样呢？我不太能理解。"

"我也说不太清楚。不过，假如说，手枪上指纹的，真正的所有者……就让咱们暂时这么叫吧。这个人的手的形状，已经被硅胶之类的东西复制下来，然后做成了很薄很薄的橡胶手套，再把它戴在手上。"

复制柳井的手形，做成手套，用于佩戴——

"然后，用那只戴着手套的手，去触摸指纹所有者的脸，于是，这个人的皮脂和油渍就沾在了手套上。打个比方的话，就相当于沾上了印泥。之后，用这只手去握手枪，开枪。这样一来，枪上就完美地留下了另一个人的指纹和掌纹……另一方面，由于是橡胶制成的，握持力超出了正常范围，因此枪身上留下的纹路，也会达到通常情况下无法想象的清晰程度……以上就是我个人的推测。"

如果这项假设成立，便可以证明杀害藤元的凶手另有其人。

"高木警官……怎样才能证明事实确实如此呢？"

"如果找到了硅胶模具和被复制出来的手套，就可以作为证据了。"

"除此以外呢？"

"嗯……如果去检查指纹所有者的手，说不定能找到残留的硅胶成分。那东西开始时特别油腻，非常容易沾在身上。"

柳井，遗体的手……

"不过，只有残留物的话，也只是确立了被复制的可能性。最好的办法，是让指纹所有者亲自握一下枪，如果手指的长度存在明显差异，也可以成为有力的证据……至于是否真的存在决定性差异，就不得而知了。"

原来如此。

总之，玲子拜托高木将指纹数据备份并保存起来，之后便离开了指纹组的房间。

离开本部大楼后，玲子在电话里向今泉报告了手枪上柳井的指纹可能是复制品的情况，并且提出希望能够检验柳井遗体手上残留的硅胶成分。今泉的反馈是，碍于眼下各搜查本部之间无法互相接触，玲子的要求恐怕很难实现，不过他仍然答应了玲子会试着去拜托和田。

挂断电话，玲子长出一口气。

这样一来，洗清柳井杀害藤元的嫌疑，便也有了突破口。

问题是他杀害了小林的罪名，又该如何是好呢……

柳井谋害小林的动机，实在太过充分了。不过，考虑到柳井仅凭一把菜刀就干掉了黑社会的可能性，玲子怎么想都觉得事有蹊跷。

用菜刀一类的刃物刺死了黑社会……

用菜刀刺死了黑社会？

啊！玲子险些叫出声来。

不好的预感像乌云一样在脑海里席卷而来。

不会吧……不会吧……她在心里反复念叨着。

牧田勋在十八岁那年，就是凭一把菜刀刺死了德永一家的首领德永晃。

难道说，是牧田杀了小林和藤元，然后把罪名嫁祸给了柳井……不会吧——

然而，并不是没有这种可能。

四课的松山组长曾指出，在第四代组长石堂神矢因病住院、藤元被杀的现在，极清会的牧田和大政会的三原，就算为了次代组长的位子争个你死我活也不足为奇。

牧田杀藤元，是有动机的。只要没了藤元这个人，牧田便能从石堂组的若头辅佐，正式升格成名副其实的若头了。

然而他却没有杀害小林的理由。

你究竟是个怎样的人呢，牧田先生——

就算不去刻意回想，牧田的触感也仍然留在玲子身上。带着烟味的舌头、刚长出不久的胡楂、贴附在脖颈上的嘴唇。直接抚过身体的手掌、伸入内衣下面的手指。将自己包裹住的宽大肩膀、健壮的胸膛、香水的味道。太久太久不曾尝到的让胸口发热、脑仁麻痹的感觉……

可是，难道这一切都是自己一厢情愿的错觉吗……所有的一切，难道都只是凶手在玲子身上撒下的诱饵吗……牧田看中的，并非玲子这个女人，而是玲子手中的情报，难道这才是事情的真相吗……

想要去否定。牧田虽然是黑社会，却不是会干出那种事的人。想要用对他的信念，把自己的疑念一扫而光。但是做不到。一旦心生猜疑，那猜疑转眼便化作层层骇浪，不断掠夺着玲子心中的温度，并以压倒性的强大力量侵蚀着玲子的内心，企图瓦解她对牧田的情意。

这就是报应吧……这就是自己背叛了警察组织的罪有应得了……

牧田先生，为什么——

就在玲子再次向内心寻求答案时，惊人的事情发生了。

正被玲子握在手中的手机震了起来。

一定是牧田！她满怀信心地打开手机，盯着那屏幕。

但事与愿违。

"喂，您好。"

"哟，公主！好着呢吗？偶尔也和老夫一起吃顿早餐如何啊？"

原来是监察医务院的国奥定之助。

如果跟他说自己是有病乱投医，国奥会不会生气呢。

"哎呀，真是太久没见啦，公主。我怎么觉得……你比以前更漂亮了。"

总之，是想换个心情。想把牧田的事忘了，想让大脑重启。

"而且前所未有的摄人心魄啊。"

两人坐在池袋站附近，丰岛公会堂后面的一家家庭餐厅里。这么早会开门的，也只有这种地方了。

"散发着，成熟女性带着忧郁的香艳气息……可是啊，我也很怀念那种，更有公主范儿的靓丽笑容。"

这太强人所难了。

"抱歉，老师……我现在，不是一般地，没那个心情。"

"是吗，"国奥努着嘴，"是遇到什么烦心事了？"

"嗯，烦死了。"

然而，时隔多年让自己情火再燃的人竟然是黑社会，而且还有可能是自己负责的案子的凶手，这种话就算撬开自己的嘴也说不出口。

"和案子有关？"

"嗯……肯定是有关系了。是啊。"

"有遗体或者现场的照片吗？"

"有是有。"

"拿来看看。"

监察医的职务范围是检验非正常死亡的遗体，主要涵盖自杀、在家中病发身亡，以及事故死亡的事案，因此，他杀的情况基本属于专业之外。然而，玲子迄今为止不但无数次就自己负责的杀人案件向国奥征求意见，而且从来不觉得把资料拿给他看这种事有何不正常，又或者有何不妥。

"就是这个。"

玲子从包里取出文件摊在桌上，包括小林充的遗体照片、现场的照片，上面还订着好几页写满注释的现场示意图。

"这次也弄得相当花哨啊！"

"嗯，感觉是丧心病狂地胡砍一气。但最后是一刀扎在了心脏上。"

国奥对比着遗体与现场的照片，开始像交响乐指挥家挥舞指挥棒一样，挥舞着右手的食指。

"老师，您在干什么呢？"

"嗯……我在试着还原杀阵。"

杀阵？所谓影视剧中对打斗场景的排演顺序吗？

"是指凶手攻击被害者时的顺序吗？"

"嗯……是啊，就像你说的。"

不是吧！

"这种事，只看资料就能明白？"

"能明白的……在一定程度上。"

太厉害了！玲子觉得自己一下子来了精神。

然而国奥突然停了下来，歪着脖子沉吟良久。

"怎么了老师？想说什么？"

"嗯……总觉得……角度太全乎了。"

"角度？什么角度？"

"就是飞溅到四周的血迹啦。"

血迹的，角度？

"什么意思啊，老师？角度有什么问题吗？"

"你看啊……这面墙，在这里。而这面墙呢，应该在这里，对吧？"

国奥从文件里抽出照片，一一摆在现场示意图中对应的位置上。

"这样一来……地上的这道血迹，是这么溅过来的。墙上的这道血迹，是这么飞过来的……没错吧？就是这么回事。"

"我怎么一点都不懂您在说什么呢？"

结果，讲得再明白也不如看得明白，唯一的办法就是实际操作一下。

地点就选在了位于文京区大塚的东京都监察医务院，在那里三层的讲堂。

"用这种方法，真的能验证吗？"

"没问题，之前已经干过一回了。只不过当时是为了还原便尿的飞溅方式。"

两人先从附近的木材店买来细长、见方的木料，做成好几个巨大的木框，然后立起来，组合在一起。别看国奥那副样子，干起木匠活儿来却意外地得心应手。玲子用锤子打钉子的时候，国奥都是用电钻。

"老师，我觉得你那个好使。"

"不行，这个可是我的私有财产。"

就这样，两人在讲堂里搭建了一间和小林被杀的起居室布局完全一致的十一叠半的房间。

搭好了架构，下一步便要在木框和地板上糊一层模造纸。这种纸，两人从池袋的东急 hands 批发了一大堆回来。

"老师，纸好像不够用啊。"

"嗯，算上替换时要用到的，再追加五倍好了。"

明天就是除夕了。万一进入假期后再发现纸不够用，到时候肯定抓瞎，于是两人把池袋走了个遍，把能买到模造纸统统收了回来。

尽管已经万事俱备，最终还是额外花了一整天时间才让那间屋子彻底竣工。

"老师，您一直在这里干这个，本职工作那边不要紧吗？"

"嗯……谁让是为了公主呢……事后把这几天变成带薪假就好了。"

收工后，玲子披星戴月地回到了中野署。白天时她拜托石仓准备一套放大版的现场照片，这时回来便是为了取它。之后一直到早上，玲子再次借住在了中野坂上的胶囊旅馆里。

第二天回到"现场"，国奥已经准备好了满满一桶血浆，一大块海绵，以及一把菜刀。

"公主，照着这张照片里的样子，冲着这面墙，挥刀试试。"

"是像这样吧？啪的一下，把血水甩到右边去。"

"可不要砍到老夫哦！"

"这我还能不知道嘛……危险啦，躲开，躲开！"

玲子把菜刀刺入吸满血水的海绵，拔出来，刀上便带了适量的血，然后把刀"嘿"地往墙上一甩——

然而效果并不理想。

"再来一次。"

玲子听从国奥的建议，反复调整菜刀携带血量的多少、距离墙壁的远近，以及挥动菜刀时的角度，进行了一次又一次的尝试。

墙壁被血水糊满了，辨识不清了，就把模造纸换掉重新再来，血水不够用了，就再做。像这样，直到能够得出令人满意的结果，直至能够在墙壁上溅出与现场一致的血迹，玲子与国奥不间断地重复着同样的操作。

6

新年伊始，一月二日，周一，早八点半，玲子和国奥将模造纸全部替换后，开始正式向最终结论发起挑战。

玲子站在小林倒下的位置，在那里放好水桶，在刀上沾上血水，挥向四面墙壁。当然了，在纸上留下与现场形状完全一致的血迹是不可能的，但是飞溅角度与延展方式在大体上得到了再现。

其结果，玲子与国奥得出的结论如下。

小林在凶手一次次的刀割下，虽有竭力反抗，却防不胜防，在遍体鳞伤后，最终，心脏受到了致命一击，就此一命呜呼——是不可能的。

真相是，最初一刀便刺中心脏，致使小林身受濒死重伤，倒在了起居室中央的沙发前。其后，凶手蓄意砍伤小林身体，制造出无数处看似在激烈反抗中造成的防御伤，并当场用刀沾血，甩向四壁——

简而言之，凶手虽然有能力将小林这个暴力团成员一击毙命，却试图将其作案方式伪装成是手法拙劣的外行人所为。

可以断言，凶手绝不像柳井那般对杀人一窍不通。此人精通暴力，熟知防御伤与凶杀现场的惨状，换个说法，便是通常所说的职业杀手了。

然而这样一个杀人专家，却被国奥一语道破。

"的确，此人极有可能是杀人的惯犯，头脑冷静，下手准确。但是反过来也可以说，是过于沉稳，过于周全了……一心想要装成外行人的作案手法，反而露出了马脚。杀起人来或许是个行家，一旦到了伪装杀人，就是个彻头彻尾的外行了。伪装成自杀的谋杀、伪装成病死的谋杀、伪装成事故的谋杀……这些施加了伪装的凶案现场，老夫都数不清见过多少回了。有多年协助警方调查的经验在身，这么个把戏，老夫还看不透吗……监察医可不是能够小瞧的！"

到此为止，小林遇害的经过已经真相大白。

但是在玲子脑海中呈现出的凶杀场面里，站在起居室中央手握菜刀、让小林血涂四壁的人不是别人，正是那个男人。然而为男人的侧脸注入灵魂的，却是玲子不曾见过的丧心病狂的笑容。

而如今自己必须面对的，正是那张侧脸。

"老师……"

"嗯？"

拎着铁桶的国奥回头看向玲子。

"如果……我是说如果，一个女人，怀疑自己的恋人有可能杀了人……如果遇到了这种情况，那女人……该如何是好呢……"

国奥听了，喉咙震颤着发出沉吟。

"那女人……是真心爱那男人吗？"

玲子轻轻点头。

"嗯……大概吧。"

国奥抬头看向无意间溅到了血水的天花板。

"既然爱他……就信他一回，不能吗？哪怕不曾为任何人开过先例，这次说什么也要相信他，不能吗？"

能不能呢……

至少对现在的玲子来说，这个选择太难了。

玲子正在打扫讲堂，手机响了。

一看屏幕，上面显示"内田贵代"。

玲子只觉得两侧脸颊冷飕飕的。

糟糕……自从几天前在鉴定课的那晚想起了贵代之后，就彻彻底底地把她忘了。不是因为没能挽救她腹中孩子的父亲，觉得很自责吗？不是答应过贵代，出了状况要及时通知她吗？这么多天了，却把她完全忘在了脑后。

自己确实有这个倾向。眼里只盯着搜查的事，就看不见其他了。在身为一名刑警之前，自己作为一个人却有着巨大的缺陷。

可是贵代为何会在这个时候来电话呢？是已经通过某种途径得知了健斗的死讯吗？但是这件事应该还没有对外公开才对啊。

玲子深吸一口气，吐出，然后按下接听键，把手机举到耳旁。

"喂，我是姬川。"

"哦，那个……我是内田……您现在方便接电话吗？"

声音几乎是靠喘息带出来的，微弱得勉勉强强才能够听到。

玲子觉得国奥这里是不方便谈那么纠结的话题的，便对贵代说"稍等一下"，然后举起单手向正在拆解木框的国奥表示歉意，之后走出了楼道。

"现在可以了。"

"给您添麻烦了……那个，柳井君，死了的事……是真的吗？"

她到底还是知道了。

玲子实在不知该怎么跟她说，但事已至此，说谎并不能解决什么。

"嗯……是真的。"

贵代在电话里倒吸了一口气，沉默了。

"抱歉，一直没找到机会给你打电话……因为有任务在身，各种事情，警官也有抽不出身的时候……真的，非常抱歉。"

谎话连篇。明明就是忘了。

"内田小姐是怎么知道的？柳井先生的事。"

"刚刚，我去了公寓……门上面，贴着黄色的胶带……然后，赶上隔壁的人走出来……我就问了，说是已经死了。"

警戒带所代表的，应该是新宿署已经完成了家宅的搜查。

怎么办，自己能说什么呢……健斗的事，告诉她几分才算妥当呢……

就在玲子犹豫不决的时候——

"姬川警官……其实，我之前有收到柳井君发来的一封邮件。"

贵代出乎意料地改变了话题。

"这样啊……是封什么邮件呢？"

"就是一点也不明白他想说什么……只说万一出了事，就用这封信去调查，只说了这个。然后还有一段奇怪的英语。"

奇怪的英文邮件？

"那封信是什么时候收到的？"

"最后一次，在店里见到他以后。"

换句话说，上个月的十八号，柳井死亡的大约一周前。

玲子说马上过去，就挂断了电话。

贵代说十点开始打工，玲子便直接去了店里。

"你好……"

贵代站在柜台后面，眼圈红彤彤的像是哭肿了，双手搭在膝前轻轻点头行礼，之后很快把手插回了衣兜。

"抱歉让您特地跑一趟……那个，就是这个。"

贵代掏出手机，按下几个键，把屏幕面向玲子。

邮件的内容确实就像贵代在电话中提到的。

"万一出了事情，请查找这里，善加利用。C:WINDOWSsystem32SoftwareDistributionSetupServiceStartupwups.dll7.2.6001.788"

玲子一看就明白了。

"这是路径。"

"路径？"

"嗯……换句话说，它指示了某台电脑里文件夹的地址。最前面的C是硬盘符，所以是在C盘的，"WINDOWS"文件夹下面的"system32"文件夹里的……总的来说，是金字塔形的展开结构……这样说能明白吗？"

贵代皱着眉，摇了摇头。

"抱歉……虽然做的是这份工作，电脑的东西我一点都不懂。客人问我什么，也是经常答不上来……"

既然能把路径看成神秘的英文，大概就像她自己说的那样吧。

"总之，现在需要调查一下，这个路径提示的文件夹里到底有什么。"

话虽如此，只有路径，却不清楚该查看哪台电脑。C盘几乎是所有电脑的主驱动器，因此可以说是毫无线索的。

但既然是健斗希望贵代在他出事以后查看的东西，应该不是健斗家里的那台电脑。更不可能是西新宿那间屋里的电脑。最有可能的——

"如果我猜得没错的话，内田小姐家里肯定是——"

"嗯，没有电脑的。那东西又贵，我又不会用。"

既然如此，那台电脑必然就在这里。

想到这儿，玲子自然而然地转向了身后。略显昏暗的店内空间里，由木制隔板分割成的包间，乍看之下有二十来个。

"内田小姐……这里有多少台电脑呢？"

"十六台。"

"现在的上座率是？"

"呃……四个人。"

既然找不到捷径，就只好全部调查一遍了。

玲子先让贵代把邮件发到了自己的手机上。贵代虽然对电脑一窍不通，手机用起来却毫无障碍。记得上次见面时也是，很利索地就把健斗的照片用红外线发了过来。

"收到了吗？"

"嗯，收到了，没问题！"

接着，玲子把邮件拷贝进手机里的存储卡，然后把卡拔了出来。之后只要把卡插入电脑端的读卡器，就可以简便、准确地将邮件里的路径输入进电脑了。

向贵代确认过哪些隔间正在使用中后，玲子迅速开始了操作，从A排的第五台查起。

把存储卡插入电脑，随便打一个文件夹，在地址栏中复制粘贴那行路径。

于是，找到了路径末端名为"7.2.6001.788"的文件夹。里面只有一个文件，"wups.dll"。这个写作"dll"的扩展名，玲子记得其含意为可由多个应用程序共同使用的数据库。换句话说，不可单独运行。至少对电脑不太行的贵代，是应付不来的。

因此可以肯定，不是这台电脑。

玲子拔出卡，移动到旁边的隔间，用同样的方式打开路径提示的地址。然而这边的"7.2.6001.788"文件夹中，也只有"wups.dll"这一个文件。

跳过旁边用于收看电视的隔间，直接去调查A排的第二号。然后再次跳过使用中的隔间去调查下一间——

难办了。调查除"使用中"以外的全部电脑，"7.2.6001.788"文件夹下面都只有"wups.dll"这一个文件。难道说健斗是想要贵代在这个"wups.dll"里一探究竟吗？不可能。如果让贵代跟这样一个文件死缠烂打，玲子怎么都不认为她有办法打开局面。

回到柜台前，贵代正坐在里面的圆椅子上，呆呆地看着收银机的显示屏。

"内田小姐，我想跟你打听一下。"

贵代慌了神似的抬起眼睛，站起身。她似乎一点也没有察觉到玲子走过来了。

"啊……是。"

"店里，除了隔间里正在使用的那几台电脑，还有别的电脑吗？比如说状态不好被撤下来的。"

于是贵代"啊"的一声，指了指柜台的紧里面。大概是职工休息室吧，那儿有一扇窄门。

"那里面有一台……员工使用的电脑。"

啊……要是能早点知道的话，该有多好……

"那台也能让我看一眼吗？"

"啊，是，请……"

玲子跟着贵代进了那间屋。大概只有三叠大小的小房间里，确实摆着一台和营业用的台式机同型号的电脑。电脑没开，却插着电源，不知是否一向如此。

"不好意思。"

玲子说着在电脑前的椅子上坐下，再次用同样的步骤打开文件夹"7.2.6001.788"——

"有了！"

除了"wups.dll"以外还有一个文件，"1217.mp4"。"mp4"是视频音频混合文件的扩展名。那么"1217"呢？难道是指十二月十七日，小林充被杀的日子？

点开以后，自动跳出了播放器的窗口，随后可以听到微弱的底噪。没有画面，似乎是单纯的音频文件。

玲子刚刚把音量调大，突然蹦出"咔嚓"一声巨响。是麦克风直接受到摩擦的声音。想必是被衣服刮到了。或许里面的内容是有必要避人耳目录下来的。

玲子暂且停止了播放。

"内田小姐，请问有耳机吗？"

贵代走出了小房间，回来时给玲子拿来一副正经八百带耳罩的头戴式耳机。

"非常感谢。我会暂时在这里听这个，请内田小姐先回去店里吧。"

"好的……我明白了。"

目送贵代离开后，玲子接上耳机线，戴上耳机，重新开始播放。

将音量调大后，时而能听到有人说话的声音。但那声音离麦克风很远，说的什么并不能听清。

说起来，这段音频有多长呢？看一眼下方的进度条——00:00:48/01:45:22。总长度竟然有一小时四十五分钟。

近两个小时的时间里，健斗到底都录了些什么呢？

玲子听了一会儿也没听出来什么名堂，耳边依然回荡着一成不变的杂讯。听得不耐烦了，就一点点拖动滚动条，往前赶进度。但是渐渐地，一点一点拖动也觉得麻烦了，就索性一口气拖到了一小时三十分附近。这回，在数秒毫无变化的背景噪音过后，突然——

"越是这种时候，就越是要保持和平常一样的生活作息。我明白这很重要，不过，再稍微等一会儿。按计划应该是马上就要到了。"

出现了这样的声音。

一个熟悉的声音。低沉、浑厚，让听者为之动容。

短暂的沉默后——是门铃声。能感觉到某个新角色正在进入场内。

"有劳了……怎么样？结果。"

和刚才的是同一个声音。

现在已经可以断定，声音的主人就是牧田。

随后是衣物摩擦麦克风的声音。

"就让我们见识见识吧，这一票是怎么干的。"

"这一票"是指什么呢？想要展示的又是什么呢？

此后是长达数分钟的沉默，但玲子已经不敢贸然快进了。健斗曾在某个地方和牧田见面，并把当时的谈话内容录了下来。此举背后一定有着非凡的意义。

"怎么样？这就是老师盼望已久的，小林充的死期了。"

牧田口中的"老师"是指谁呢？但既然此人迫切想要看到小林充的死期，"老师"果然就是健斗吧。

"我也向你保证，小林充确实死了。这下满意了吧？"

原来如此——

这段音频记录下来的，正是某人将小林充杀害后，将其死亡的证据以照片或视频等看得见的形式交由健斗确认的过程。

也就是说，是牧田从健斗那里接受了杀害小林充的委托，并把这个任务交给了他人代为执行——

终章

下雨的日子。回到事务所里，川上迫不及待地开了口。

"大哥，那女的是谁啊？"

对牧田身边的女人，川上向来是不过问的。除非是觉得不过问就失礼了，才客套地问一句："是哪位啊？"

这次大概是直觉使然吧。

直觉地感到这个叫姬川玲子的女人身上，有着什么和牧田此前接触过的女人都不一样。

"那个是……警视厅的刑警。"

川上听了脸色大变。

"怎么……"

"反正，各种原因凑在一起。"

"到底因为什么啊？"

"没什么。你知不知道都无所谓的事。"

351

老实说，牧田自己也不是很清楚。自己是想拿这个女人怎么办呢？今后和姬川之间应该是个什么关系呢？

"是防暴的人？"

"不是。"

"那是谁啊？"

"行啦！你用不着这么上心。"

因为牧田把脾气摆出来了，这件事就这样不了了之了。

那天以后，牧田比以往更上心地看报纸，看新闻，满心只惦记着一件事，有没有人报道柳井的死讯。

然而始终一无所获。大街小巷已经满是正月的氛围，别说柳井了，就连藤元英也这个响当当的暴力团干部被人开枪打死的事，似乎也已经被世人所遗忘。

翌日三十号更是太阳打西边出来了，四课的小坂居然没来事务所露面。莫非是调查有了进展，小坂对自己已经失去兴趣了？已经得出结论，藤元的死和自己无关了？还是因为姬川的那句话——柳井健斗很可能已经死在那间公寓里了，和这件事有关呢？

然后，姬川也是没了消息。

自己都帮她到那个份儿上了，知会一声，报告一下结果，没什么吧……但也许干刑警的就是这么回事吧。情报吸走得容易，指望他们把消化以后的东西再吐出来，就没那么容易了。也许向来如此吧。如果自己是刑警——虽然这想法蠢得可以，恐怕也是同一套做法。就算情报是从你这里拿走的，最后变成了什么也不可能如实都告诉你。

既然如此，就应该自己主动一点。"那件事后来怎么样了"也好，

"想见你了"也好，就算被"抽不开身"的理由拒绝也好，怎样都好，只要能听到她的声音，就足够了。

但不论心里怎么想，到了要打电话的时候，牧田是下不去手的。因为不愿承认自己不成熟的部分。也因为害怕姬川身为刑警的那一面。总觉得她那瞬息万变的目光，可以畅通无阻地照见自己心底最见不得人的部分。

牧田从通信录里调出姬川的号码，再删掉。调出来，再删掉。反反复复。

牧田辗转反侧的这几天里，三原来请过他，问他要不要偶尔一起吃顿烤肉。和他关系不错的一家俱乐部里的女人也有打来电话，拿着娇滴滴的腔调跟他说最近都见不到他的人了，要他来店里坐坐。还有川上，因为六本木 SILK 重新装修的事，拜托他一起去洽谈日程安排。但不论谁说什么，都被牧田推掉了。没那个心情。丢下这句话，牧田继续把自己关在事务所里，只靠啤酒和电视度日。

电视里只有索然无味的正月节目。长相与艺名对不上号的搞笑艺人、只在这种时候登台亮相的岁数老大不小的上方①相声演员、用胸围弥补颜值与智商的写真偶像——仔细一看，里面还掺杂着被自己睡过一两次的女人。由这些人制造出的欢声笑语，要么像水波纹一样惊不起他注意，要么被他当成了摇篮曲，搞得自己昏昏欲睡。

所以那通电话打进来的时候，他一时分不清今天是何年何月，现在又是何日何时。

①　注：上方，即都城方面，包括京都及其周边地区。

看一眼手机屏幕，下午三点半了。日期是一月三号。

至于打来电话的人——

"喂，您好。"

是姬川玲子。

自己这是还在做梦呢吧？不能说牧田没这想法。

"是……"

"前些天……在各种事情上承蒙您的关照。"

声音低沉，语气生硬。

那天明明已经触碰到了两人关系的决定性变化，一切又因这一句话而显得遥不可及了。

"没什么谢不谢的……倒是那间屋子里，什么情况啊？"

"关于这件事，能再和您谈谈吗？"

就算牧田借着上回的劲儿跟她套近乎，姬川也丝毫没有跟随的意思。莫不是谈话内容严肃到了这种程度吧？要不然，她就是这种性格吧。单纯地磨不开面子，这么解释也不是不可以。

"明白了，去哪儿好呢？"

"之前的，那个停车场。"

心里还忘不了那天的事。说她是这个意思也未尝不可。还是说是自己自作多情呢……

"明白了，几点？"

"您几点能来呢？"

牧田看一眼墙上的表。

"一个小时以后吧。"

"那就四点半。"

"行。"

"那就这样……"

电话打完了，牧田心里却掀不起波澜。

曾经的心潮澎湃并未如期而至，只剩下嘈杂的背景音沙沙作响。

正好川上走进来，牧田便让他开车把自己拉到了目的地附近。早到了十五分钟，牧田把川上留在车里，自己溜达去了。

正月游白金台，却是在雨中漫步。雨下得不大，但是这新年头三天的雨，足以让想出行的人止步家中。走在街上，鲜有行人经过，就散步来说倒是好地方。透过塑料雨伞仰望到的混浊天空，也与牧田此时淤塞的心境若合一契。

最后五分钟，牧田提步向那栋公寓楼走去。

要怎么进去呢？牧田琢磨着，但是想到反正要在停车场里碰面，便和行车时一样，顺着水泥坡道溜了下去。

下到底层时外面的光线还能透进来，停车场内部就不一样了，那里是不分昼夜、只由灯具的荧光勾勒出的世界。或许是地面被漆成绿色的缘故吧，原本通透的白光打在眼睛上，也不可控地显成了荧光绿。

牧田沿着上次来时的路往前走。姬川是否还记得那位置他没有把握，但至少自己记得一清二楚。从入口一直向前，走到底便右转。

右转后，眼前笔直延伸的通路前方，恰好是上次停车的位置上，一个人影站在那里。身穿黑色立领风衣，双手插兜，双脚叉开与肩同宽，一个女人高挑的身影一动不动地，凝视着牧田走来的方向。

牧田自己都不敢相信，自己竟是一步一步凑过去的。心境丝毫不像是要去见一个令自己神魂颠倒的女人，反而伴随着毒品交易和走私枪支时特有的紧张感。

地面上白色的引导箭头径直向那女人延伸，然而在她身前的立柱脚下突然转向了右侧，仿佛稍有不慎便会随着那箭头与女人擦身而过，在停车场里拐过几个弯道后直奔出口，只当什么也没有发生过——

一晃神的工夫，牧田已经踩在了"此处右转"的箭头上，和女人相隔不过一个车位。

"应该，没迟到吧……"

这么说并非因为看过时间，毕竟牧田的左手也插在兜里。

于是，女人从兜里抽出了右手。

尽管理性告诉自己对方并不是在掏枪，牧田还是不自主地停下了脚步。

"嗯，富余一分钟。"

女人看过手机，便将那只手迅速插回了兜里。

"不是说有事要谈吗？关于那间有尸臭的公寓？"

"嗯……柳井健斗，确实是死在那里面了。是上吊自杀。"

宛如一盏悬挂在天花板上的吊灯，柳井瘦弱的身躯浮现在眼前。

"是吗……柳井他，死了……"

女人随后从兜里掏出了某样东西，这回是从左边的口袋。

"柳井留下了一封遗书，这是复印件……想知道上面写的什么吗？"

若问想不想知道，自然是想知道的。但是害怕从她嘴里听到。

"还是说……这上面的内容，牧田先生早就已经知道了。"

开什么玩笑，牧田心想。然而女人的表情不像在说笑。

"什么意思？"

"你心里不清楚吗？"

"不清楚。不可能清楚。"

谁知女人脸上突然一皱，眼泪呼之欲出。

"你说实话！"

"什么实话？"

不懂。实话是指什么呢？完全不懂。

"为什么你就认准了我心里应该清楚呢？"

女人没有回答。

"不说也罢。那就告诉我，那封遗书里到底写了什么！"

女人没有打开手里的东西，说道：

"柳井在遗书里……坦白了自己杀害小林充，以及杀害了藤元英也的事实。"

停车场里明明密不透风，牧田却觉得浑身不寒而栗。

"这，太荒唐了……怎么可能是柳井杀了藤元呢？他没这个心啊！再说也没那个能耐。"

"那么他杀害小林的动机，你心里应该有数吧？"

从远处传来车辆驶近的声音，但似乎在中途转了弯。

女人继续说道：

"只说柳井杀害小林的动机，牧田先生应该清楚吧？"

事到如今，再装傻充愣也没用了。

"啊……知道。他跟我说过，他恨小林。似乎是小林杀了他的姐姐。"

"听说以后呢，你是怎么做的？"

这女人，到底了解到了什么程度……

"我能怎么做……"

能说得出口吗？那种事。

"知道柳井恨小林以后，你主动找上了他，是不是？"

主动找上了他？什么意思……

不知从何处，再次传来轮胎尖锐的摩擦声。

"你不愿说的话，我就要替你说了。"

见牧田仍然无意开口，女人揣起手中的遗书，就那样插着兜讲起来。

"在得知柳井对小林怀恨在心以后……你主动提出，要替柳井杀了小林。由于你愿意替柳井报仇，柳井对你恐怕是完全信任的。但是你，却背叛了柳井的信任。把举报电话打到警署，把杀害小林的罪名嫁祸给了柳井……通过某个你认识的女人。"

什么举报电话……什么认识的女人……

"不仅如此，为了让行凶看起来是柳井所为，你还对作案手法进行了伪装，让人以为凶手对杀人一知半解……至此，你确信柳井已被你一手塑造成了凶手，便将目光转向了下一个目标……仁勇会的会长，藤元英也。将其杀害后，你让手枪沾上柳井的指纹，并导演了让手枪在中野署辖区内被发现的一幕。特意让某人扮成柳井持枪徘徊，并在被发现后弃枪而逃。"

此时牧田心中十分矛盾。想捂住她嘴的冲动和想让她把话说完的意愿激烈碰撞。

"作为整起事件的收官之笔……杀害藤元后，你责令小林死后就遭到监禁的柳井，上吊自杀了。而且还在事前逼他写下了遗书，让他承认是自己杀了那两个人。自杀肯定也是被逼无奈。'如果你不自裁的话，正在交往的女人会是什么下场，你有想过吗……'恐怕就是像这样威胁的吧。说不定你是知道的吧？他女朋友怀了他的孩子。那孩子的性命也被你拿来当了筹码吧？问他说女人和孩子变成什么样都无所谓吗……"

不知道……这种事，怎么可能知道呢……

"不是你想的那样！你得相信我！"

"我也想信你！"

女人为了发出喊叫几乎将身体对折。

"我是多么想相信你啊！可是我做不到……杀害小林的手法，杀害藤元的时机……一切都对你太有利了！也包括柳井自杀在内，这一切……所有的一切，都在朝对你有利的方向发展！"

女人紧咬牙关，将头深深埋了下去。

无可挑剔的一头直发，顺着肩头洒落下来。

"我喜欢过你……也相信过你……你却……"

那声音小到无法辨识。

但牧田听得十分真切。

喜欢过你。相信过你。她确实这样说了。

自己最想听到的话。最想亲耳听她亲口说出的话。可能的话，不是在这种情况下。在一个和眼下截然不同的时间，在一个和脚下截然不同的空间。可能的话，不是用过去式。

换句话说，自己已经无法再博得她信赖了，已经无法再夺得她喜爱了。因为我是黑社会吗？因为我是杀人犯吗？但这些，你不是已经接受了吗？接受了，才把身体交给了我，不是吗？接受了，才想要敞开胸怀任我拥抱，不是吗？就在你现在所在的地方……

和那时相比，到底是哪里变了呢？我可是哪里都没变呢。要说变了的，就是你吧。为什么呢？因为发现了柳井的遗体？因为发现了柳井的遗书？所以怎么就全都错在我呢？怎么就全都成了我的居心叵测呢——

就在牧田心潮腾涌之时，在他注意不到，在她也注意不到的，右侧一根立柱背后，一个人影走了出来。

"所以我就说嘛，大哥是不能插手这件事的。"

是川上，手里握着枪，对着姬川。

"你……这是干什么？！"

终于，牧田向前，迈出了一步。

"选谁不好，偏偏把这么个女刑警招惹进来……不可以哦！必须让她消失哦！"

川上步步紧逼，直至枪口抵在姬川的太阳穴上。但看样子不像是马上就要开枪。绕到她身后，剥夺她自由，像是要将她带去哪里。

"别这样！她——"

"这种女人，还是算了吧！大哥……大哥的眼里，只要看着高处就好了！"

"川上，你——"

"在我心里，大哥是一定要出人头地的！一定要再往上爬得更高！

不但要背起石堂组的大匾，总有一天还要青云直上，成为大和会的会长！我可不想看到你在这种地方，为了这种女人，毁了自己的大好前程！"

糟了！原来不止川上一人，阿滋从他身后闪现出来。而且神情之诡异非平日可比，眼睛睁开到极限冲着牧田，嘴角浮现出痉挛般的笑容。

而他手中攥着的是——

*

那个叫川上的牧田的舍弟，突然端着枪从柱子后面走出来。而在他身后几步远的地方还有一名同伙，一个小个子男人。但不知为何，玲子就是觉得此人面熟。

那双吊眼——

难道说……是那个女人！从赤堤的公寓里走出来的吊眼女人——他到底是男是女？

川上一面指责牧田与玲子的关系，一面放出狠话说一定要让她消失，然后，把枪口抵在玲子头上，束缚了她的自由。不过玲子认为事情还有周旋的余地，还可以再拖住川上一段时间。

川上继续说道：

"在我心里，大哥是一定要出人头地的！一定要再往上爬得更高！不但要背起石堂组的大匾，总有一天还要青云直上，成为大和会的会长！"

361

话音刚落，玲子便感到头部受到了重创。她不自主地抬眼看向牧田，牧田同样是一副惊恐的神情。

为什么呢？

难道不是牧田？

难道这一连串事件的幕后主使，是这个叫川上的男人？

混乱的心境钝化了玲子的反应速度。

情急之下，只见牧田脸色大变朝这边冲来，眼睛瞪着左侧吊眼男人的方位。玲子慌忙顺着牧田的视线看去，吊眼男人正手持刃物向玲子咄咄逼近。

这下糟了，玲子想。如今自己的双手被川上擒住动弹不得，但岂料所有人的反应都迟了一步。牧田身后十几米远处，藏在车辆背后的汤田、叶山和菊田一起飞奔出来。所辖属的调查员以及前来支援的特警班也应该已将现场层层包围。然而，全员配备的防弹衣也罢，手枪也罢，在这一瞬都显得过于无力了。

最终赶上的人只有牧田。

"住手！"

牧田挡在玲子面前。

然而就在那巨大背影将自己遮住的瞬间，吊眼男人的面孔让玲子感到了几近绝望的恐惧。

男人的视线并未落在自己身上。

男人直勾勾看着的，明显是牧田。握在腰间蓄势待发的刃物尖端，对准的明显是牧田。

随后听到的是身体与身体碰撞在一起的闷响。

"所有人！不准动！"

蜂拥而上的无数脚步声、刺耳的笑声。束缚自己的力量消失了，人影如墙壁一般围堵上来，眼前牧田的背影却摇晃着发生了倾斜。

"抓获！抓获！"

触手可及的巨大背影，将他抱过来，沉重的身体便跌落在玲子怀里，继而倒在了难以支撑、双膝跪地的玲子身上。

"牧田先生？"

仿佛将要入睡一般频频颤动的双眼。

"牧田先生……牧田先生！"

插在白色衬衫胸口上的黑色刀柄。

刀柄根部不断浮现出的红色斑痕。

"牧田先生……振作一点，牧田先生！"

"快叫救护车！"某个声音喊道。

玲子想要触碰那刀柄，却被不知是谁喝止住了。"别动！不要拔！"

为什么……为什么会变成这样——

是由于我把他叫出来的缘故吗？因为我把他叫来了这种地方，事情才变成了这样……是吧？是这样吧？

"不要……"

睁开眼睛啊！牧田先生！把眼睛睁开，看着我啊！

"不要啊……不要……不要……"

求你了……别这样……我不要你这样……

你是在戏弄我吧，对不对？因为我说了那么多怀疑你的话，你才动了坏心眼儿，对不对？你只是想让我体会一下你的感受，对不对？

363

我道歉还不行吗？不相信你是我错了还不行吗？原谅我吧！别再欺负我了！睁开眼啊！跟我说全都是骗人的！冲我笑哇！你不是想要我嘛！可以的！随便你想怎样都可以的！所以你饶了我好不好？牧田先生！

求你了……用你那双手，还像上次那样，抱紧我——

一月三日，十六时五十八分，川上义则因违反非法持有枪支刃物罪，伊藤滋因违反非法持有枪支刃物罪及杀人未遂，当场被捕。

川上被捕后，坦白了自己曾委托伊藤滋，将小林充、藤元英也及柳井健斗三人先后杀害的事实。搜查本部将对其进一步的审理纳入计划，目前仍在针对供述内容进行调查。

另一方面，伊藤滋至今对其一切罪行保持沉默。就连其真实身份，在审讯之初亦不予交代。但是在川上的供述以及验证调查的支持下，其本来面目逐渐浮出水面。

伊藤原本就有女装癖，生活中更是习惯以"伊藤留美"的化名自称，据说就连伊藤身边的人，也丝毫没有怀疑过他的女性身份。

伊藤与川上的交往始于十四年前，川上开始经营一家名为"8 Choose"的塔可饭连锁店的时候。而两人从一开始便是恋爱关系。意料之中地，川上是在悉知伊藤生为男儿的前提下与之交往的。换句话说，川上同样钟情于男人的美色。

但是由于名叫渡边勇太的仁勇会成员，恐怕是在不了解伊藤性别的情况下想要横刀夺爱，"8 Choose"的整体经营状况陷入了危机，川上和伊藤的关系也因此发生了奇妙的变化。川上转而对挺身而出化解纠纷的牧田勋一往情深，伊藤则妒火中烧弃川上而去。

然而，伊藤对川上似乎仍余情未了。

为了令已经成为牧田舍弟、加入极清会的川上回心转意，伊藤也纵身跃入了黑社会的世界。通过活用自己擅长的女性装扮，在从事仙人跳、恐吓、违禁药物的贩卖以及内幕消息的收集等活动过程中，最终也干起了杀人的勾当。

这样的伊藤对川上可谓言听计从。两人很快恢复了性关系，至此，不论在黑社会上还是在私生活上，伊藤都重新成为了川上背后的支柱。

但是，若说川上这把剑是否已被完全收回了原配的鞘里，事情却并非如此。川上的心已经从牧田那里收不回来了。对此伊藤是难以忍受的，他时常将不满挂在嘴上，甚至不惜恳求川上脱离极清会。但是川上一边跟他打马虎眼，一边继续让他为己所用。不过据川上供述，牧田对川上的性取向是毫不知情的。这也是因为川上其实男女通吃，在牧田面前时可以很自然地对女人动手动脚。

在这样的背景下，一连串罪行开始上演。

首先，伊藤色诱了小林充，在成功进入其住所后将其刺杀，并于翌日清早绑架了归家后的柳井。接着，伊藤打电话到警署，把行凶的罪名推给了柳井，并完成了指纹的复制工作。随后，伊藤射杀了早已被其美色所惑的藤元英也，并故意让沾有柳井指纹的手枪落到了警方手中。以上所有罪行，据说几乎全部是伊藤一人所为。川上虽然也有出谋划策和帮助伊藤监禁柳井，但实际犯案的人毕竟是伊藤。以上便是川上对于整起事件的自白，理所当然地，在查清事实真伪之前这番话是不可尽信的。

一切都将等到接下来的调查结果明了之后再做定论。

玲子作为本部的调查员之一，自然也加入了搜查。不过任务并非对川上和伊藤的审讯。玲子自愿参加的是这两人同居那所公寓的搜索工作。具体来讲，便是要找到证据，证明在现场缴获的塑形用硅胶与复制用液态合成橡胶，是如何被用来对行凶进行伪装的。

当被问及为何宁愿选择搜索工作时，玲子心中的理由只有一个。

因为只有这样才能令自己感到，眼下的搜查是最远离牧田的。

牧田在事发后被送入新宿区内一所急救医院，接受了耗时数小时的大手术。伊藤将刀插入牧田体内时，似乎蓄意拧转了两三次。因此即使只扎一刀，内脏的损伤程度也极其严重，据说伤口血流难止。

即使现在，牧田仍然徘徊在生死的边界线上。

"妹子，歇会儿吧。"

这句话玲子已经听下井说过很多次了。但是一旦停下手上的工作，自己就又将无法自拔地想起牧田的事。又将变回那个除了祈祷他生还以外就再也无能为力的女人。

"没关系的，我还能行。下井警官请先回去吧。之前给您添了那么多麻烦，现在做好这部分工作也是应该的。"

由鉴定课分递上来的关于硅胶与橡胶成分的报告书，玲子正在做的便是将其与健斗的遗体检验书进行对照，整理出一份完成的调查报告。虽然太多的化学专业术语阅读起来非常吃力，但这反而救了玲子。对牧田的想念，对过分怀疑了他的自己的厌恶，为了方便自己对这些视而不见，工作无疑是一个冠冕堂皇的借口。

想尽快完成这份报告，也是因为救一课心切。虽然不可能完全听从长冈的要求，但或许，可以在立案时让小林的死稍微远离柳井健斗吧？可以想方设法在不触及九年前那起事件的情况下令本案结案吧？这就是玲子眼下正在寻求的出路。

唯独不想见到的，就是自己的擅自行动，给亲近的人带来伤害。倘若能够斩断九年前那起事件与本案之间的关联，和田、今泉，还有十组和姬川班，或许都可以逃过一劫吧。

将自己培养成一名刑事调查员的场所，对玲子来说，一课是学校，十组是班级，姬川班的全体成员恰如同窗共勉的同伴，同时也是情同手足的兄弟。哪怕在外人面前必须硬撑面子，在他们面前，玲子是不必藏起眼泪的，也可以耍耍小性子。

然而这次，自己是相当于背叛了他们。

很后悔。因为自己动了离经叛道的念头，这就是报应吧。

所以才想要尽力而为。不，是事情一定还有挽回的余地！

眼前的这摊调查资料里，一定有着什么可以作为和长冈讨价还价的筹码。

一月十三日星期五，上午十一时，位于警视厅本部大楼六层的第一会议室里，和田一课长坐在主席台中央，右侧是桥爪管理官，左侧是今泉组长。

"那么……现在将就发生于去年十二月十七日的，暴力团六龙会成员小林充遇害案，以及发生于十二月二十五日的，仁勇会会长藤元英也遇害案，公开发表声明。"

会议室里被为数众多的媒体记者挤得满满当当。

全场的闪光灯在同一时间爆发，和田待灯光安静后继续讲道：

"这两起案件，均被认为是由指定暴力团体极清会的成员，四十三岁的川上义则进行策划，再由无固定住所、无固定职业、三十六岁的伊藤滋代为实行，具体情节仍在调查中。以上两人由于在一月三日，港区白金台三丁目某公寓中引发的暴力事件，被分别以违反非法持有枪支刃物罪，以及杀人未遂的嫌疑，于同日十六时五十八分当场被捕。事发当时，极清会的会长，四十八岁的牧田勋被伊藤滋以刃物刺伤，并于六日晚八时十五分，于接受救治的医院死亡。受此结果影响，伊藤滋的犯罪嫌疑由两起谋杀及一起杀人未遂，转为三起谋杀。接下来……将继续对事件发生的详细经过进行说明。"

玲子坐在会场的最后一排，守候着招待会的进行。包括玲子在内的全体本部调查员，没有人知道和田即将公开怎样的内容。

正因为如此，所有人都大惊失色，当和田直言不讳地谈起九年前柳井千惠遇害案的时候。

"根据以上供述，可以认为，柳井健斗是由于想要报姐姐被杀之仇，才委托牧田勋，将小林杀害的。之后由川上义则牵线，由伊藤滋执行。此外……"

关于藤元英也的死，和田亦是毫无隐瞒地进行了公开。川上义则企图令牧田勋在石堂组内部掌管大权，出于这一目的，指示伊藤滋进行了作案。其后，两人合谋将两起凶案伪装成是柳井健斗所为，在此之上胁迫柳井自绝性命——

由于案情过于复杂，电视台及一般报社的记者未能迅速理解和田的意图，但是部分长年负责一课报道的记者不同，这些人的矛头直指调查中存在的疑点。

"本社有个问题想要请教一课长。按照您刚才的说法，这次一连串事件的发生，似乎是九年前在柳井千惠遇害案的调查中，警方将嫌疑人锁定为其父柳井笃司所致，这样理解没问题吗？"

闪光灯再次一起亮起。

和田将头探向麦克风，说道：

"一如你指出的。"

同一名记者继续发问：

"换句话说，柳井笃司尽管不是凶手，却被当作了杀害亲生女儿的凶手处理，由于饱受其苦，他才从警官手中夺枪自尽的。"

"九年前的真相至今未明，不过……我认为，是当时的调查情报泄露，以及其后的新闻报道，最终招致了柳井笃司自杀的结果，这是事实。"

"那么，如果没有九年前的调查失利，柳井健斗也就不会策划并执行杀害小林充了，这样考虑没有不妥吧？"

太奇怪了！为何这名记者如此轻易便对案情把握得如此透彻——

"我认为，由于警视厅怠于发掘九年前事件的真相，在这一点上应负起一定的责任。"

和田此言一出，全场一片哗然。就连安插在主席台两侧的刑事总务课的人，也纷纷哑然失声，面面相觑。

"还有一个问题。由于九年前没有提出诉讼的一起案件，导致了今次一连串事件的发生，以及包括柳井健斗在内的四名牺牲者的出现，警视厅打算如何负起这个责任呢？"

坐在和田两侧的桥爪与今泉一同端正了坐姿。

不过负责解答记者疑问的，无论如何都只是和田。

"九年前事发当时的搜查关系人，多数都已从警视厅离去。不过，关于这次小林充遇害的案发当时，没有将柳井健斗纳入调查视野一事，我认为，现今的警视厅刑事部难辞其咎。"

"那么关于因此造成的事件连续发生呢？"

"关于相继出现三名牺牲者的情况，我深感责任重大。"

"请问您打算如何负起这个责任呢？"

另一名记者扬声插话道。

和田将会议室整体环视一遍，郑重地举起了话筒。

"我认为，以刑事部长为首的，参与了本次调查的全体刑事部干部，有责任引咎辞退当前职务。"

语毕，和田起身立正。桥爪、今泉亦效之。

"未能及时防止事件的发生，给广大市民带来了莫大的不安与诸多不便，在此，请允许我表示深切的歉意。"

三人一起低下头，闪光灯三度亮起。

和田平身后径直向出口走去。总务课的人赶忙上前护卫。此外还有忙着拍照的人、忙着给社里打电话的人、忙着飞奔出会议室的人，形形色色。

一屋子人当中有个男人始终坐在椅子上，双肩颤抖着。玲子走近一瞧，原来是那名最先向和田提出质疑的、负责报道一课的记者。

看到他侧脸，玲子想起来了，这位不是朝阳新闻的记者曾根吗？此人与和田关系甚好，经常一起喝酒，一起在课长室里谈天说地。

他哭了。死死地攥着笔和本，紧紧咬着牙。

于是玲子把想说的话都收了回去。

楼道里仍然是一片混乱不堪的景象。

玲子推开、拨开成群结队的记者和摄影师，好不容易挤到了课长室门前。房门被总务课的人把守得严严实实，但玲子只要瞪上一眼，便有一人闪开身子，将玲子请了进去。

桥爪和今泉正坐在沙发上。和田坐在靠里的办公桌前，手中握着话筒。

然而，话筒在手却一言不发，只听对方滔滔不绝。

不久，"失礼了"，和田只回复了这一句便撂了电话。

玲子行过一礼，向前一步。

"课长，刚才那到底是……"

出乎意料地，和田冲玲子笑着站了起来。

"姬川主任，这次辛苦你了！若是没有你的话，事件也不会顺利得以解决。请让我对你说一声……谢谢。"

然而玲子没有听到最后便打断了和田的话。

"我想听的不是这个！记者招待会，那不等于是集体辞职嘛！"

"没错啊。为了焕然一新，为了让搜查一课焕然一新。"

"怎么会这样……"

玲子顿时觉得不再能支撑自己身体，身不由己地双手戳在课长办公桌上。

"我倾尽全力去调查，不是为了见到这种结果……"

"也许，就像你说的……不过，现在的结果，是我认真考虑后的结论。不只是我个人，和桥爪，和今泉，都已经合计过了，也得到了他们赞同。"

"可是……如今牧田和柳井已经死了，就算不牵扯到九年前那件事，一连串事件不是也可以自圆其说嘛！不是可以单独立案嘛！既然如此，长冈部长肯定也——"

和田仍然面带笑容，缓缓摇头。

"那样下去不行啊……由着那种人飞扬跋扈，便是对社会的不尽责了，对整个警察体系也是余毒不浅。"

果然，和田是为了与长冈同归于尽，才召开了这次的发布会。特地找来交好的记者唱黑脸，把舆论导向责任追究的问题。

"姬川主任……组织这种东西，让它永远维持在同一形态，绝不是一件好事。它是需要被不断地砸碎、剥落，同时组装上新的东西。而对我们来说，组织并非是用来依附和攀爬的载体，而是需要我们每一个人脚踏实地、竭尽全力去支撑的存在……就像如今你所做的那样。如果组织里的人都能像你一样的话，该有多好啊！遗憾的是现实并非如此。总有人挖空了心思想要跷起一条腿来，可能的话最好双脚离地，哪怕一步也好，爬到居高临下的地方去，让其他人托着自己……不得不说，抱有这种想法的人，恐怕要占大多数。我是实在不愿去想象，这种风气已经蔓延到了全日本的每一个人身上。"

听了和田的话，这回玲子彻底无言以对了。

"迫不得已把你的上司拉下了水，我很抱歉。还有，虽然不知能否实现，我的愿望是你能继续留在搜查一课。为了这件事，我不惜尽一切努力。"

和田的手落在玲子的肩膀上。传递给玲子的是力量，回馈给和田的是眼泪。

"姬川主任，搜查一课是我毕生的追求，以这种形式卸下担子并非我的初衷。但是在与它同度的最后时刻，能与像你这样的刑警一同办案，我感到非常自豪！对我而言，这段经历本身就是一枚至高无上的勋章！"

落在玲子肩上的手，又暖，又软，又厚实，充满了关怀与体恤。

"一定要让一课重获新生！姬川主任……由你，也由你们每一个人！"

遵命——

简简单单的两个字，玲子却无法自如地还给和田。

喉咙里卡着什么，让玲子只能不住地点头。

事件过后，和田被任命为鸟取县警察学校校长，离开了警视厅。校长这个头衔听起来响亮，但是考虑到鸟取县警的规模，一校之长的级别其实与警视相当。且不说和田原本的警视正，堂堂由警视厅录用的警察官被派遣到其他道府县的事例，实属罕见。这次派遣被赋予的惩戒性质，任谁看都是一目了然的。

在此基础上不得不提的是，就任鸟取县警本部长的人正是长冈警视监。这起人事变动的力度与对和田的降格处理可以说不分伯仲。结果上的冤家路窄，不知是长冈的处分在先，和田被他拖下了水，还是单纯的造化弄人。至少玲子是无从知晓的。

373

此外，桥爪被调到八王子署做了副署长，今泉则出任了东村山署刑事课的课长代理。杀人犯班十组遭到了完全解体，除包括日下在内的若干名调查员留在了一课外，其余人员不是变动到了别的课，就是变动到了所辖署。

没错，尽管和田郑重地下过保证，玲子果然也是难逃一劫。

二月二十日，周一。

"我是来自搜查一课的姬川，请多指教。"

玲子的去处是位于池袋警察署四层的，刑事课强行犯搜查组。头衔是担当组长。组员算上玲子共八人。其中警部补四名，巡查部长三名，巡查一名。

"今后你就用这张桌子吧。怎么说呢，因为是临时辟出来的地方，窄了点，请你多担待。"

"不会，没关系的。"

玲子的办公桌挨着统括组长，在最犄角的位置，几乎是被憋在了里面。

尽管如此，玲子却不可思议地感到了如释重负。

即使失去了一切的痛，还在。尊敬自己的部下，令自己无比尊敬的上司，如今谁也无法与玲子同在了。心里被牧田打开的窟窿也依然没有愈合。

特别是碰上下雨的日子，一定会想起与牧田出走的那个瓢泼雨夜。雨中的城市映在眼中竟是如此明晃，那光景自己怕是再也见不到了……

有时候无意中仰望天空，为的只是寻找那已经不复存在的雨。

因为想见记忆中的牧田了。因为想要感觉到他就在身边。

然而玲子重新赴任的这一天，东京上空却是万里无云。这让她不免有些失落。仿佛老天也在责令自己把脑袋里的东西清空。

既然天意如此，玲子便也无意再与命争。自己要从这里重新开始，从这里重新爬回霞关的本部。然后这次，要亲自把菊田他们召集回来，让姬川班再次集结在一起。

"统括组长，目前由强行犯组接手的，所有未解决的案件，我想尽快过目一遍。如果有任何因人手不足而悬置的案子，也请全部交给我来处理。"

加油吧，闲不住的日子又要开始了！

版权登记号：01-2016-1736

图书在版编目 (CIP) 数据

看不见的雨 /（日）誉田哲也著；丁楠译 . 一北京：
现代出版社，2019.6
ISBN 978-7-5143-7807-8

Ⅰ.①看… Ⅱ.①誉… ②丁… Ⅲ.①推理小说 - 日
本 - 现代 Ⅳ.① I313.45

中国版本图书馆 CIP 数据核字（2019）第 104879 号

看不见的雨

作　　者　〔日〕誉田哲也
译　　者　丁　楠
责任编辑　赵海燕　毕椿岚
出版发行　现代出版社
通信地址　北京市安定门外安华里 504 号
邮政编码　100011
电　　话　010-64267325　64245264（传真）
网　　址　www.1980xd.com
电子邮箱　xiandai@vip.sina.com
印　　刷　三河市宏盛印务有限公司
开　　本　890mm×1240mm　1/32
印　　张　12
字　　数　259 千字
版　　次　2019 年 8 月第 1 版　2019 年 8 月第 1 次印刷
书　　号　ISBN 978-7-5143-7807-8
定　　价　48.00 元